上海师大中文学术文库

刘畅／主编

马茂元论唐诗

马茂元 —— 著
刘 晓 —— 编

中西书局

"上海师大中文学术文库"学术委员会

陈伯海　蒋哲伦　王纪人　杨国华　范开泰
潘悟云　朱宪生　曹　旭　梅子涵　杨文虎
杨剑龙　张谊生　徐时仪　朱易安　陈　飞

"上海师大中文学术文库"编委会

陈昌来　朱振武　詹　丹　查清华　施　晔
宗守云　李　丹　郑桂华　曹秀玲　董丽敏
宋莉华　吴夏平　王宏超　刘　畅　潘黎勇

著者简介

马茂元(1918—1989),字懋园,安徽桐城人,桐城派古文大家马其昶之孙。著名文学史家、古典文艺理论家、唐诗研究专家。1938年毕业于无锡国学专修学校,1954年起任教于上海师范专科学校。1981年任上海师范大学中文系教授、上海市古籍整理小组成员,后调任上海师范大学古籍整理研究所教授、顾问,文学研究所教授。马茂元先生一生致力于中国古典文学研究,主要著作有《唐诗选》《楚辞选》《古诗十九首探索》《晚照楼论文集》等。

编者简介

刘晓,女,上海师范大学人文学院讲师,武汉大学文学博士。主要从事唐代文学与文化、东亚唐诗学研究。

总　序

查清华

1954年，火红的8月，上海师范专科学校宣告成立。中文科作为全校8个学科中规模最大的学科，以15位青年、7位中年教师构成的师资队伍，轰轰烈烈地开启其历史征程。到1963年，上海师范学院中文系教师已达88人，2024年的上海师范大学中文学科已近120人。一代代学人绳绳相续，怀揣梦想，辛勤耕耘，著书立说，教书育人，共同铸就中文学科的神圣殿堂。

从事中国古代文学与文献学研究的胡云翼、马茂元、章荑荪、曹融南、商韬、孙逊、李时人，从事语言文字学研究的罗君惕、张斌、许威汉、何伟渔，从事比较文学与世界文学研究的朱雯、朱乃长、郑克鲁、孙景尧、黄铁池，从事中国现代文学研究的胡山源、魏金枝、任钧、邵伯周，从事文艺学研究的徐缉熙，从事语文教育研究的姚麟园、何以聪等，可谓群星荟萃、俊杰云集。他们在各自的研究领域卓有建树，也为我校中文学科的发展奠定了坚实基础。

中国古代文学学科的开创者之一马茂元先生是古典诗歌研究大家，他的《古诗十九首初探》《楚辞选》《唐诗选》《晚照楼论文集》等著作深受学界推重，《楚辞选》《唐诗选》还被教育部指定为大学文科教材，有学者评曰："一二十年间，全国文科学生几无不读茂元之书；读其书者，则莫不喜爱而服膺之。"另一位重要的开创者胡云翼先生是词学研究大家，早在20岁时便已出版被称为"第一部具有现代学术价值的词史专著"的《宋词研究》，1956年调入我校后完成的《唐宋词一百首》《宋词选》等著作广受赞誉，以发行超百万之数获评"中国优秀畅销书"。章荑荪先生的曲学研究，曹融南先生的汉魏六朝文学研究，商韬先生对元杂剧和中国古代小说理论的研究,李时人先生对中国小说史与明清文学的研究等,均在各自领域开辟新境,在学术界产生了深远的影响。要特别提及的是,孙逊先生不仅致力于中国古代小说研究,其《红楼梦脂评初探》《明清小说论稿》《中国古代小说与宗教论稿》等著作具有重要学术价值,而且在域外汉文小说及都市文化研究领域独辟蹊径,成就卓著。在担任人文学院院长、中文一级学科带头人的多年里,他运筹帷幄,精心谋划,为学科建设作出了不可磨灭的贡献。

罗君惕、张斌、许威汉等先生是上海师大语言学科的开创者。罗君惕先生专工古文字研究,著有《说文解字探原》《中国汉文字和汉文字学的源流》《秦刻十碣考释》等,其中《说文解字探原》是他历时四十年才最终完成的煌煌巨著,至今为学界尊崇。张斌先生在汉语语法研究方面成就斐然,其《汉语语法学》《现代汉语描写语法》等论著开新立派,曾荣获上海市哲学社会科学界的最高奖项——上海市哲学社会科学学术贡献奖。许威汉先生是词汇学和训诂学研究名家,他的《汉语词汇学引论》《训诂学导论》《训诂学教程》等著作获得学界高度评价,被誉为"博通宏肆,殊多新见","发前人所未发"。

上海师大比较文学与世界文学学科为国家重点学科,其奠基者朱雯、朱乃长等先生均为蜚声海内外的翻译家、外国文学研究专家,在外国文学作品及理论的译介和研究上成果丰硕,如朱雯先生对阿·托尔斯泰、雷马克等作家作品的译介,朱乃长先生对 E. M. 福斯特的《小说面面观》、麦克尤恩的《无辜者》等著作的译介,至今仍为学界所称道,也形成了这个学科研究与翻译并重的传统。此后,郑克鲁先生对法国文学、外国文学理论的翻译和研究及对外国文学史的研究,孙景尧先生对中国比较文学学科体系、理论体系的探索,黄铁池先生对欧美文学、中外文化诗学的研究,为比较文学与世界文学学科的发展作出了卓越贡献。

他们是名家,也是名师,在学术研究的同时,一直致力于教书育人,以科研为教学提质,以教学促科研增效。当我们翻开中文系档案,1954 年的"教师名册"记录着:"马茂元,36 岁,担任中国文学讲授,每周 6 小时。张斌,34 岁,担任现代汉语及实习,每周讲授 8 小时……"

据学生回忆,一生著书数十种的胡云翼先生,将教书育人视为神圣事业。他备课极为认真,每节课都投入大量时间和精力,准备数倍于课程内容的材料。他曾说:"讲课又不是开留声机,炒一遍现饭就行了。而是要因人而教,因时而教,因自我认识的长进而教,绝没有重复的课程,每次讲课都要有新意。"著名翻译家、作家、外国文学研究专家朱雯先生共发表作品170多万字,翻译作品500多万字,他讲外国文学作品和相关理论时旁征博引,逻辑清晰,能像磁石一样牢牢吸引住学生,以至历届学生都把听朱先生讲课当作一种艺术享受,称朱先生的讲义就是一篇篇严谨而又精美的研究论文。著名语言学家张斌先生也是教书育人的典范,直至93岁高龄,他仍坚持站着上课,且从不迟到,生动地诠释了"为之不厌,诲人不倦"的师道精神。著名翻译家和外国文学研究专家郑克鲁先生在外国文学史教学体系建设上居功甚伟,先后主编了教育部"十一五"规划教材《法国文学史教程》《二十世纪外国文学史》和高等教育出版社精品教材《外国文学作品选》等,他主编的教材《外国文学史》(高教版),20多年来总发行量突破160万册。著名比较文学和外国文学研究专家孙景尧先生,30余年不间断地为本科生开设比较文学课程,这门课获评我校第一门国家级精品课程;他还经常带着研究生长途跋涉,去贵州边远地区支教,许多年轻学子在他感召下选择了从教之路。

从学科成立至今,已然70个春秋。上述名师只是上海师大中文学科被缅怀的部分代表,还有许多为学科为专业作出重要贡献的老师,限于篇幅,无法一一提及。他们的学术成果泽被后世,师道精神代代相传,被载入本学科发展的史册。

正是在他们的引领下,中文学科形成深厚的学术底蕴和鲜明的研究特色,先后获批全国首批硕士学位授权点、首批全国高校古委会人才培养基地、首批国家级文科人才培养基地,较早获批一级学科博士后流动站、一级学科博士学位授权点、教育部人文社会科学重点研究基地、国家重点学科、教育部特色专业、国家语言文字推广基地、国家级专家服务基地,获首批上海市重点学科、上海市高峰学科等,并入选上海市高水平地方大学(学科)建设计划,在最近一轮教育部学科评估中,其成绩使本校获得历史性突破。

学科的优势和特色,需经过岁月的漫长淬炼才逐步成型。因此无论世间如何喧嚣,我们都应该向优秀前辈学习,敬畏天道,敬畏学术,敬畏讲台,守护好我们的人文传统;同时也要遵循"文律运周,日新其业"的通变法则,根据新时代的需要,在传统的地基上开疆拓土,寻找新的学术增长点。

当今天的我们在这里赓续前辈的文脉、分享他们的文化芬芳时,我们心怀感恩,由衷敬仰。基于此,在上海师范大学建校70周年之际,中文学科策划出版这套"学术文库",先行选录本学科已故学者的部分代表性论著,此后再陆续推出其他,既为礼敬前辈学者的学术贡献,也为传播其历久弥新的学术思想或治学方法,更为传承他们的师道精神。我相信,这些著述在今天重新面世,不仅学术上能施惠学人,也将流布"明明德、亲民、止于至善"的"大学之道",还能使读者从中感悟"化成天下"的人文理想。

是为序。

2024年7月8日于上海市桂林路文苑楼

目 录

总序 / 001

一 唐诗综论 / 001

隋唐五代诗歌概述 / 003
关于孙洙《唐诗三百首》及其编选的指导思想
　　——《唐诗三百首新编》前言 / 014

二 作家作品研究 / 025

论骆宾王及其在"四杰"中的地位
　　——为重印《骆临海集笺注》作 / 027
思飘云物动　律中鬼神惊
　　——论杜甫和唐代的七言律诗 / 038
谈杜甫七言绝句的特色 / 052
论《长恨歌》的主题思想 / 060
李商隐和他的政治诗 / 078
玉谿生诗中的用典 / 091
韦庄讳言《秦妇吟》之由及其他 / 097

三 诗歌理论 / 107

论《戏为六绝句》 / 109

从严羽的《沧浪诗话》到高棅的《唐诗品汇》 / 120
略谈明七子的文学思想与李、何的论争 / 126

四 考辨笺证 / 135

唐诗札丛 / 137
读两《唐书·文艺（苑）传》札记 / 155

五 唐诗赏鉴 / 179

读诗偶记 / 181
晚照楼诗话 / 193
唐诗赏析三题 / 197

附录 / 205

马茂元先生学术年表 / 207

一 唐诗综论

隋唐五代诗歌概述

马茂元　陈伯海

　　隋唐五代（公元581—960年）是我国诗歌史上的黄金时代。特别是唐诗，标志着古典诗歌成就的高峰。从大量的有关资料中可以看出，唐人诗作在流传中已多散佚，可是《全唐诗》录存的作品仍有四万八千九百多首，有姓名可考的作者二千三百多人。在这名家辈出、名作如林的诗坛上，李白、杜甫、白居易等具有世界影响的伟大诗人的出现，给时代增添了光辉，成为中华民族的骄傲。唐诗创作之繁荣，流派之众多，题材风格的丰富多样，各类诗歌体制的愈益齐备和全面定型，这些，都显示了我国古典诗歌的发展已达到一个完全成熟的阶段，盛况空前。

　　唐诗之所以取得这样的高成就，是在封建经济和政治进一步发展、变革的历史条件下，在社会思想比较解放，艺术文化普遍高涨的影响与推动下，诗人们继承和发扬了《诗经》《楚辞》以来的优良传统，广泛地总结前人创作经验，百花齐放，推陈出新的结果。

　　隋唐五代诗的发展，大致经历了以下的过程：隋及唐初，在梁、陈余风的影响下，诗歌面临着变革的关头。经过一个相当长的准备阶段，到开元、天宝之际，唐诗进入全面繁荣的时期，这就是为后人所称的"盛唐之音"。安史乱后，社会生活矛盾日益激化，诗歌内容和艺术表现不断向纵深发展，到元和、长庆之际，唐诗又掀起第二次全面繁荣的高潮。晚唐到五代，其间虽也出现过在文学史上产生重大影响的优秀诗人和一些自具特色的作者，但总的说来，诗风渐趋纤巧，诗人更多地在形式技巧方面下功夫，缺少前两个阶段的阔大气魄与浑融境界，随着时代的衰弱而日益走向衰落了。

　　隋完成了统一的大业，南北长期分裂的局面至此结束。隋朝诗人，一般是从齐、周以及南方的陈过来的文学侍从之臣。当时诗风，仍然受南朝后期的支配，正如《隋书·文学传序》所指出的："时俗词藻，犹多淫丽。"然而，较有名望的作者如薛道衡、卢思道、虞世基、杨广等，也有少数刚健清新的作品，透露出一点新的时代气息。同时，永明以来诗歌声韵格律的讲求，发展到这时，已接近成熟，诗歌体制的建设较前有了进步。像薛道衡的《豫章行》、卢思道的《从军行》，已粗具初唐七言歌行的规模。杨广《江都宫乐歌》，形式上比庾信《乌夜啼》更接近唐代七律。而无名氏的《送别诗》(杨柳青青著地垂)，音律调谐，更宛然是一首成熟了的唐人七绝。它们的产生，预示着由齐梁诗向唐诗转变的广阔前景。

唐兴四五十年间，社会生产有了恢复和发展，政治上进行了一系列的革新，然而历史遗留下来的意识形态领域里的问题，则往往积重难返，非一朝一夕所能解决，诗歌创作也还处在陈隋余光返照之下。聚集在李世民周围的一批人才学士如陈叔达、虞世南、杨师道、李义府之流，诗思基本未越出宫廷贵族生活的狭窄范围，写的大都是应制颂圣、宴饮唱酬之作，稍后，更发展出"以绮错婉媚为本"(《旧唐书·上官仪传》)的"上官体"。其时虽有个别作家能自拔于流风习俗之中，如魏征《述怀》骨气劲拔，开陈子昂的先声；王绩意趣澹远，为王孟的前驱；但他们有的作品不多，有的地位不高，不足以扭转整个风气。

七世纪下半叶开始，诗歌创作的潮流发生了重要变化。大约在高宗麟德(公元664—665年)、乾封(公元666—668年)年间，被称为"初唐四杰"的王勃、杨炯、卢照邻、骆宾王踏上诗坛。他们是一群地位不高而才名颇盛的年轻诗人，不满意于宫廷应制诗的空虚内容和呆板形式，热切要求抒写自己建功立业的豪情壮志与悲欢离合的人生感慨，从而推动诗歌题材"由宫廷走到市井"，"从台阁移至江山与塞漠"(闻一多《唐诗杂论》)。正是在这个意义上，元杨士宏《唐音》把"四杰"定为唐诗的"始音"，承认他们开启了一代新风。

将"四杰"的创新事业大大向前推进一步的，是武则天时代的诗人陈子昂。"四杰"的诗还没有摆脱六朝后期"彩丽竞繁"的影响，陈子昂提倡"汉魏风骨"，主张继承建安、正始时期诗歌现实性的内容和雄健的风格，用以抵制和扫荡齐梁以来的浮靡习气，这样以复古为革新，从理论上端正了唐诗发展的方向。他的创作实践，也体现了其文学主张，显示了创新的实绩。代表作如《感遇》《登幽州台歌》等，指陈时事，深切著明，愤世忧生之情和当时流行的诗风迥然相异。所以韩愈指出：

"国朝盛文章,子昂始高蹈。"(《荐士》)充分肯定了他的历史功绩。但陈子昂在大力反对颓风的同时,对于南朝诗人长期积累的艺术经验,未能予以应有的重视和吸取,因而其诗往往质朴有余,文采不足。胡震亨说:"子昂自以复古反正,于有唐一代诗功为大耳。正如夥涉为王,殿屋非必沉沉,但大泽一呼,为群雄驱先,自不得不取冠汉史。"(《唐音癸签》)这话是符合实际的。

与陈子昂约略同时而形成不同流派的,有经常出入武后掖庭的沈佺期、宋之问以及号称"文章四友"的李峤、崔融、苏味道、杜审言,他们是一批御用文人,所作多半是奉和应制、点缀升平的篇什。在他们写的其他题材诗篇中,虽然也有一些历来为人们传诵的优秀作品,特别是杜审言,风格遒劲,气象开阔,颇为后人推重,但总的说来,其贡献主要还是在律体的完成方面。他们总结了齐梁以来对诗歌声律的种种探索,尤其是"四杰"大量写作近体诗的经验,"回忌声病,约句准篇"(《新唐书·宋之问传》),实现了五七言律诗格律形式的基本定型化,为以后的作者提供了可以遵循的规范。从此,古近体各类诗才有了明确的界限,诗歌的体制更加丰富多样,正如胡应麟所说,"实词章改变之大机,气运推迁之一会"(《诗薮》),其意义不容低估。

陈子昂的"复古"和沈宋的"变新",从不同方面为唐诗兴盛作了贡献,下一阶段的诗人在这个已经准备好的基础上,进一步把充实的内容和完美的形式结合起来。到玄宗开元(公元713—741年)、天宝(公元742—756年)年间,诗坛上百花争艳的阳春景象,便展现在人们眼前,殷璠在《河岳英灵集》里曾经用"文质半取,《风》《骚》两挟。言气骨则建安为传,论宫商则太康不逮"来概括盛唐诗总的成就,说明盛唐诗人在这些方面所取得的成绩,所达到的深度和广度,确实超越了过去任何一个时代。

这是唐王朝的鼎盛时期,逐渐发展着的社会矛盾,尚处在经济繁荣、国力富强、政权稳定、文化高涨等现象的掩盖之下,给人以充满希望的感觉。现实生活的丰富与广博,开拓了诗人们的胸怀和诗歌的意境。许多著名诗人同时出现。高棅《唐诗品汇总序》云:"李翰林之飘逸,杜工部之沉郁,孟襄阳之清雅,王右丞之精致,储光羲之真率,王昌龄之声俊,高适、岑参之悲壮,李颀、常建之超凡,此盛唐之盛也。"此外,如张说、张九龄、张若虚、王翰、王湾、王之涣、崔颢、崔国辅、祖咏、刘眘虚等,虽艺术造诣的深浅、作品存留的多少不尽相同,都能卓然名家,互不相掩,他们的诗歌，大都寓工力技巧于自然浑成之中，华美而不浓腻，精丽而不纤巧，雄健而不粗野，细致而不琐碎，流利而不浮滑，清新而不僻涩，厚重而不呆板，沉着而不黏滞，兴象超妙，韵律谐和，表现了这个时代的艺术特色。

盛唐诗歌的内容异常丰富，在大量流传千古的名篇里，描写边塞战争和田园山水这两方面题材的，占有相当大的比重。这个时期不少诗人，往往有一段边地从军的生活经历，在他们笔底，不仅描绘了壮阔苍凉、绚丽多彩的边塞风光，而且抒写了请缨投笔的豪情壮志，洋溢激昂慷慨的时代精神。由于具体情况不同，他们对战争的态度，有歌颂，有批评，也有诅咒和谴责，思想上往往达到一定的深度。这类诗人中，以高适、岑参、李颀、王昌龄最为知名，他们的作品气氛浓郁，情调悲壮，多采用七言歌行或七言绝句的形式。另一派以题咏山水景物和田园生活著称的代表诗人，则有王维、孟浩然、储光羲、常建等，他们的作品较多地反映了闲适、退隐的思想情绪，色彩清淡，意境深幽，多采用五言古体和五言律绝的形式。这派诗人在发掘自然美方面，把六朝以来的山水诗向前大大推进了一步。其中尤以王维的成就为高，他是诗人，又是画家，能够以画理通之于诗，深湛的艺术造诣，于李、杜之外别立一宗，对后世产生了很大的影响。

"李杜文章在，光焰万丈长。"（韩愈《调张籍》）标志着盛唐诗歌最高成就的，是李白和杜甫。他们的诗歌风格不同，但在艺术上同样达到出神入化的境地。严羽《沧浪诗话》曾指出："子美不能为太白之飘逸，太白不能为子美之沉郁。太白《梦游天姥吟》《远别离》等，子美不能道；子美《北征》《兵车行》《垂老别》等，太白不能作。"两人各有绝诣，不容妄加轩轾。

李白的名篇，多半成于安史乱前，亦有一部分作于变乱发生后。其中有对黑暗政治的大胆揭露，有对叛乱势力的严厉斥责，有民生疾苦的反映，有侠士、商人、矿工、农夫、戍卒、妇女等各类人生活的描绘，有拯物济世的宏伟抱负的抒写，有个性自由解放的追求，有爱情和友谊的讴唱，也有祖国大好河山的颂歌，从多方面反映了唐王朝由全盛向衰败转折期的社会生活与时代心理。诗篇气势雄放，想象奇妙，语言清新自然而又瑰丽多彩，有强烈的抒情气息，形成天马行空、飘逸不群的艺术风格，成为后人追摹难及的典范。

如果说，李白的诗歌主要是动乱酝酿时期的写照，那么，杜甫就成了动乱时代的"诗史"。天宝十四载（公元755年），安史之乱爆发，揭开了大唐帝国繁荣富强的外衣,潜伏已久的社会危机,阶级的、民族的以及统治集团内部的各种矛盾,像火山一样喷迸出来,一发而不可收。从此,藩镇割据、宦官专权、朋党相争、边患频仍,经济的凋残衰敝和政治的动荡不宁,支配着唐代后半叶的历史,直至唐末农民大起义和唐朝灭亡。社会的剧变引起诗歌创作的重大变化,兴象超妙,声韵和美的诗歌意境,让位于面向惨淡人生的沉吟悲慨。这一变化具体体现在杜甫的创作中。杜甫的诗忠实地记录了国家的变乱和人民的苦难,对受迫害者寄予深挚的同情,成为后来白居易等人倡导新乐府运动的先声。他善于把时事政治和个人身世遭遇紧密地结合起来,既有生动场景的典型概括,又有主观情感的强烈抒发,熔理、事、情于一炉,包孕深闳,形成沉郁顿挫的独特风格,在诗歌语言、格律、技巧等方面,他善于"转益多师",广泛吸取前人和并世作者的创作经验,"尽得古今之体势,而兼人人之所独专"(元稹《唐故检校工部员外郎杜君墓系铭》),为后来诗歌艺术的发展,开辟了万户千门、大途小径。

同时的元结,也曾经写过一些同情人民疾苦的诗,词意深挚,为杜甫所激赏。元结编有《箧中集》,提倡为人生的质朴的诗风,反对"拘限声病,喜尚形似"(《箧中集序》)。入选的作者有沈千运、孟云卿等七人,诗二十四首,全是短篇五古,没有一首律诗。内容多半为愤世嫉俗和抒写个人牢骚之作。在风骨与声律兼崇、古体和今体并重的盛唐诗坛上,他们这种"好古遗近"的创作态度,代表着一种特异的倾向,形成一个小小的流派。

杜甫之后,从代宗大历(公元766—779年)初至德宗贞元(公元785—805年)中的三十多年间,唐王朝处于大乱过后的衰落时期,诗坛上也很不景气。著名的诗人有刘长卿、李益和以钱起、郎士元为代表的"大历十才子"。他们多工五言律体,语言精致妥帖,韵度娴整秀润,诗风近似王维。但这些人大半是权门清客,诗中有大量投献应酬和流连光景之作,内容浮浅,气象单弱。其中卢纶、李益有一部分色调苍凉、意境雄浑的边塞绝句,尚可作为盛唐之音的嗣响。这时期比较杰出的诗人是韦应物。他的田园山水诗继陶渊明和王孟之后,"高雅闲淡,自成一家之体",乐府歌行则又接近杜甫、元结,"才丽之外,颇近兴讽"(白居易《与元九书》)。此外,戎昱、顾况、戴叔伦诸家也各有一些反映民生疾苦的佳篇,成为从杜甫过渡到元、白、张、王之间的桥梁。

九世纪初,围绕着以顺宗永贞(公元805年)革新和宪宗元和(公元806—820年)

削藩为标志的政治改革浪潮的兴起,积衰不振的唐王朝,曾经一度给人们以中兴的展望;与此同时,诗坛重又出现大活跃的景象。白居易、元稹、李绅、张籍、王建等一派作家倡导"新乐府运动",写下大量政治讽谕诗,在揭露现实的广泛性和批评时政的自觉性方面,继承杜甫而有所前进。张、王乐府精警凝炼,风格不同于元、白。元、白发展了叙事的技巧,剪裁集中,情节曲折,描写细致,《新乐府》中就有不少首尾完整的叙事诗,长篇歌行如白居易《长恨歌》《琵琶行》和元稹《连昌宫词》,又分明可以看出传奇小说的影响。与元、白舒徐坦易诗风相对立的,则有以韩愈、孟郊、李贺、贾岛为代表的另一诗派。他们在诗歌艺术上,继承杜甫"语不惊人死不休"的精神,标新立异,洗削凡近。韩气豪,孟思深,而皆能硬语盘空,精思独造。韩愈同时又是杰出的散文家,其诗有散文化的倾向,雄奇恣肆,挥斥自如,但有时不免矜才炫学,斗险争奇,流于怪诞僻涩。这两者都对宋诗发生了重大影响。李贺的诗,在作意奇诡和思路峭刻方面接近韩、孟,而旨趣幽深,色彩秾丽,又自与韩、孟异趋,孕育了晚唐温、李一派的作风。贾岛及姚合则取法于王、孟及"大历十才子"摹写山水景物的短章,从其中吸取灵秀之气,加上字句的刻苦推敲,形成清奇僻苦的诗风。虽然格局狭小,也能自辟门庭,开宗立派。他如卢仝、刘叉等人,都以奇崛见长,各有名篇传世。两大诗派以外,卓然成家的还有柳宗元和刘禹锡。柳宗元一部分写田园山水的五言诗,"发纤秾于简古,寄至味于澹泊"(苏轼《书黄子思诗集后》),风格近似陶渊明,与韦应物并称韦柳;而另一些政治抒情诗,则哀怨激越,富有楚骚意味。刘禹锡才力雄健,有"诗豪"之称。他的七言律诗和绝句多有名篇,深为白居易所叹服,特别是《竹枝词》诸首,具有浓郁的生活气息和独特的音调,成为后世文人学习民歌的范本。"诗到元和体变新"(白居易《余思未尽加为六韵重寄微之》),这一时期诗坛上所呈现的创新精神,诗歌里所表现的个性风格,是异常突出的。

"元和中兴"的势头消逝后,唐王朝衰亡的命运逐渐逼临。反映在诗篇里,感伤颓废的情调和藻饰繁缛的风气逐渐增浓。从文宗大和(公元827—835年)、开成(公元836—840年)到宣宗大中(公元847—859年)年间,杰出的诗人如杜牧、李商隐,诗作中充满伤时忧国的感喟,而哀怨深沉,给人以"夕阳无限好,只是近黄昏"(李商隐《乐游原》)的没落感,毕竟缺乏鼓舞人心的力量。他们对诗歌艺术的技巧作出了独特的贡献,尤工七言近体,律对精切,文诗清丽,笔意宛转,情味隽永,独辟蹊径地开拓出风调流美,情韵芳悱的胜境。两人中杜诗俊爽,李诗深婉,各有千秋,而尤以李的影响为更大,成为唐代诗坛的殿军。由于时代唯美风尚的习染,其部分诗篇中存在着隶事过多,过于追求词藻精丽,文胜于质的情况,成为宋初"西昆体"的滥觞。同时与李商隐齐名的温庭筠,才思清绮,词采秾丽,但比较缺乏思想深度,格调不高,不能和李相提并论。余如许浑、刘沧、薛能、马戴、赵嘏、张祜等人,体貌各殊,也各有佳篇秀句流传于世,然而正如俞文豹所说:"风容色泽,轻浅纤微,无复浑涵气象。求如中叶之全盛,李、杜、元、白之瑰奇,长章大篇之雄伟,或歌或行之豪放,则无此力量矣。"(《吹剑录》)

懿宗咸通(公元860—874年)以后直至唐亡的半个世纪内,社会动乱不宁,诗歌创作领域也出现普遍衰退的趋势。这时期的作者大多是前代诗风的追随者。如唐彦谦、吴融、韩偓学温、李的华美,李频、方干、周朴、李洞学贾岛、姚合的清苦,司空图、项斯、任蕃、章孝标学张籍的雅正,于濆、曹邺、刘驾、聂夷中学元结、孟郊的简古,皮日休、陆龟蒙学韩愈的博奥,杜荀鹤、罗隐、韦庄学元、白的通俗,等等,虽然成就高低各有不同,然而"依人作计终后人",总的说来,未能超越前人,在艺术上有重大突破。其中皮日休、聂夷中、杜荀鹤诸人用平易流畅的语言写的一部分反映民生疾苦的篇章以及罗隐的政治讽刺小诗和韩偓感愤时事的七律,为唐末社会变乱留下了真实的写照。

五代十国时期(公元907—960年),军阀混战,祸乱相继,社会情况是唐末的延续,诗坛也更加落寞,是唐诗的尾声。其中环境比较安定、文化比较发达的南唐和西蜀,曲子词代替诗歌而兴盛起来。这个时期,没有出现著名的诗人。一时风气,以效法白居易和贾岛、姚合者为多。前者如黄滔等人,得白诗的浅易流畅,而遗其讽谕,后者如李中等人,有贾岛的苦涩风味,而深峭不及。两派诗风都曾延续到宋初。此外,张泌、和凝等也有才名,文词鲜妍,接近温、李。蜀国女诗人花蕊夫人的宫词,则从王建宫词化出,情景翔实真切,流传于世。

隋唐五代诗不仅发展出各种流派,还形成了多样化的体制。"三四五言,六七杂言,乐府歌行,近体绝句,靡弗备矣。"(胡应麟《诗薮》)宋以后的整个中国古典诗歌,都没有越出它的范围。丰富多样的形式,为诗歌反映现实生活提供了充分的便利。"长篇以叙事,短篇以写意。七言以浩歌,五言以穆诵。"(刘熙载《艺概·诗概》)前人多注意到各种诗体的不同表现功能,对它们的流衍变化也作了一番探索。

古体诗是隋唐以前就得到发展的诗歌样式，进入唐代，由于篇幅短小、格律严整的律绝近体盛行，促使其发生新变。一般说来，唐人的古诗笔力驰骋，气象峥嵘，不仅用以抒写波澜起伏的感情，还用来叙事和议论。唐代诗人中也有接近汉魏古诗含蓄醇厚作风的，如王、孟、韦、柳，但比较少见。音节上，唐代古诗受今体的影响，或吸取声律的和谐与对仗的工整，或有意走上反律化的途径，皆不同于晋宋以前古诗的纯任自然。就演化过程而言，五言在隋及唐初犹承齐梁变体，到陈子昂手里，才确立了唐代诗歌中以五言古体质朴、真切地记叙时事、抒写怀抱的传统；经张九龄、李白等进一步发扬，至杜甫堂庑顿开，博大宏深，无施不可，产生出像《自京赴奉先县咏怀五百字》《北征》那样的熔感事、纪行、抒怀于一炉的鸿篇巨制；韩、孟则更向"以文为诗"的方向发展，铺张益甚，拗折特深。七言在唐代一开始走的是歌行的路子，语言流丽，音调和谐，对仗灵活，抒情宛转，显示了乐府民歌的清新本色和诗体律化趋向的结合。初唐"四杰"引进南朝小赋的表现手法，于排比之中，见宛曲流动之致，规模渐拓；盛唐高适、李颀运以气势，骨力愈益开张；到了中唐，元、白以故事入诗，委婉叙说，曲尽情致，又为诗歌表现生活开一新境，晚唐郑嵎《津阳门诗》、韦庄《秦妇吟》是其嗣响。与高适、李颀同时，李白、岑参则破偶为奇，以纵肆的笔调、参差错落的句式写激荡跳动的感情；至杜甫、韩愈更以散文的句法、章法及材料入诗，音节上也尽量排除声律的拘限，形成奇崛拗峭的诗风。这种不入律的七言歌行和七言古诗，与精工整炼、有律化倾向的传统歌行体，在中唐以后始终如双峰对峙，二水分流，并行而不废。

乐府是古体诗中特殊的一类。唐人乐府大多不合乐，或借旧题写新意，或立新题纪新事，完全不受乐府古题的限制。大体上，杜甫以前一般是旧题新词，有不少杰出的作者，尤以李白成就为最高，《蜀道难》《远别离》《将进酒》《梁甫吟》诸作，均能在保持乐府民歌朴挚风格的基础上，融入楚辞的要眇意境和六朝以来文人诗清新俊逸的气调，倜傥生姿，纵横多变，杜甫始着力创作"即事名篇，无复依傍"（元稹《乐府古题序》）的新题乐府，如《哀江头》、《悲陈陶》、"三吏三别"等，不仅彻底摆脱了旧调的拘束，还恢复和发展了汉乐府"感于哀乐，缘事而发"（班固《汉书·艺文志》）的精神，为诗歌反映时事开辟了广阔的道路。元、白、张、王更予以发扬光大，他们的乐府诗取材于社会百态的各个方面，有类于后来的报告文学；某些篇章议论激切，近乎政治杂感；明白通俗的语言和"三、三、七"句式的配合使用，又可以看出民间讲唱文学的影响。同时的李贺则喜欢立新题以咏古事，如《金铜仙人辞汉歌》《补梁庾肩吾宫体谣》《公莫舞歌》《秦王饮酒》之类，精思要眇，恢诡奇谲，在唐人乐府中别是一体。

五七言律诗是唐代新兴的诗体，由于它篇幅适中，律法整严，音韵调协，和婉动听，得到人们广泛的应用。五言律诗在唐初已有少量完篇，如王绩《野望》；"四杰"的大量创作，更为这一诗体进一步奠定了基础；到沈、宋，终于实现了体制的规范化。七言律诗兴起较晚，沈、宋和杜审言始有成篇，至盛唐，作者有王维、李颀、高适、岑参、贾至、崔颢、祖咏等人，其中虽有高华秀朗的名篇，但绝大部分都是应制赠酬、登临游览之作，缺乏深刻的社会意义。杜甫开拓了律诗的境界，时事政论、身世怀抱、风土人情、文物古迹，一概熔铸于精严格律之中，特别是他的后期，大量创作七律，浑灏流转的气势，大荡开阖的笔意，抒身世飘零之感、忧时念乱之情，并写出了如《秋兴八首》《诸将五首》等大型组诗，把这一诗体提到了前所未有的高度。他的一些拗体七律，如《崔氏东山草堂》《白帝城最高楼》等，从音节和意境上为律诗别开了生面。杜甫以后，五七言律平行发展，如"大历十才子"及贾岛、姚合、许浑、赵嘏等，都以律体名家。他们或致力于锤字炼句，把五律的形式琢磨得更加工致妥帖；或刻意以声调波峭取胜，发展了拗体七律。晚唐李商隐的七律，深得杜诗神理，虽笔力雄健稍逊，而思绪深密，格律精纯，则又过之，通过双声、叠韵等联绵词的运用，多种多样的工巧对仗，把七律的音调美和语言技巧，发展到更为成熟的境地。

律诗中又有排律，因篇幅加长，拘限益甚，多数作者往往铺排典实，堆砌词藻，用于投献应酬，少有佳作。杜甫的一部分五言排律，写重大题材，属对工切而气脉流动、情意真切，和他的其他各体诗同样取得了高度的成就。后来的元、白、皮、陆虽也写了不少长篇排律，但不免逞博矜奥，往往以夸多斗靡为能事。

绝句本自民歌小调化出，唐人用以合乐歌唱，实际上是唐代的乐府诗，流传最为广泛。创作之盛，终唐之世，未曾衰歇。盛唐以前的绝句兴象玲珑，语意浑成，情景单纯而韵味悠长，饶有民歌风致，李白、王维、王昌龄诸家最为擅长。中晚唐绝句则以含思婉转、笔意曲折见长，杜牧、李商隐是其代表。王世贞论唐人绝句，谓"盛唐主气，气完而意不尽工；中晚唐主意，意工而气不甚完"(《艺苑卮言》)，就是指此而言的。此外，杜甫开绝句中议论之体，对宋代诗人直接影响。刘禹锡、白居易仿民歌体的《竹枝》《杨柳枝》《浪淘沙》诸词，咏写风土人情，以风趣活泼为主，其音调也往往于拗中取峭，又为绝句平添一格。

隋唐五代诗对后世文学影响巨大。"一切好诗，到唐已被作完"（鲁迅《致杨霁云》）的话，虽不必理解得太拘泥，而后世诗人一直把唐诗奉为古典诗歌的典范。多方面学习唐诗的成果，则确是事实。小说、戏曲、讲唱文学等，也多从唐诗中吸取养料。从唐代起直到今天，对唐诗的编选、辑录、笺注、品评和研究，未曾间断。

历代汇编、选录隋唐五代诗的总集，目前存留的有好几百种。近人丁福保辑《全汉三国晋南北朝诗》，录《全隋诗》四卷，作者九十余人，诗四百五十多首。全面收辑唐诗的有明胡震亨《唐音癸签》一千零三十三卷，清初季振宜《唐诗》七百十七卷，康熙年间彭定求等据以编成《全唐诗》九百卷。后来日本上毛河世宁从日本存藏的文献里补辑得《全唐诗逸》三卷，诗六十余首，残句若干。今人王重民再从敦煌出土材料中辑成《补全唐诗》及《补全唐诗拾遗》，前者收诗一百零四首，后者收诗一百二十七首；而孙望又有《全唐诗补逸》二十卷，收诗八百三十首，残句八十六句；童养年有《全唐诗续补遗》二十一卷，收诗一千余首，残句二百三十余句。汇编五代诗的，则有清李调元《全五代诗》九十卷，凡进入五代的作家均予收录，其中一部分与《全唐诗》重复。

唐诗的选集在唐代即已出现。今存《唐人选唐诗》十种，大多是代表唐诗发展中某一阶段或某一流派的选本。如佚名的《搜玉小集》选"四杰"至沈、宋等诗作，反映了"初唐体"的风貌。芮挺章《国秀集》选初盛唐之间的篇什，亦以"风流婉丽"（楼颖《国秀集序》）相推。殷璠《河岳英灵集》明提"声律"与"风骨"兼备的宗旨，体现典型的盛唐诗风。《箧中集》标出"雅正"的主张，显示元结一派的趣尚。高仲武《中兴间气集》鼓吹"理致清新"，实以"大历十才子"为楷模；姚合《极玄集》与之同调。至五代韦縠《才调集》，虽选录较广，重点则在温、李一派词藻秾艳之作，可以看出其取法晚唐的用意。

宋以后选本情况更复杂。李昉等《文苑英华》是诗文合编的大型选集，保存了大量的唐诗资料。王安石《唐百家诗选》门庭宽广，但去取标准，难以窥寻。郭茂倩《乐府诗集》里有过半数篇章是唐人乐府。洪迈《万首唐人绝句》对绝句一体辑录备详。元好问《唐诗鼓吹》专收七律，多声调宏壮，感慨苍凉之作。方回的《瀛奎律髓》则又用江西诗派的手眼来选评唐、宋两代的律诗，以生涩瘦硬者为胜境。统而言之，略盛唐，详中晚唐，这是宋元时期选本的共同倾向。

至元末杨士宏选《唐音》，始标举盛唐诗为唐代正声。明初高棅《唐诗品汇》大加发展，分唐诗为初、盛、中、晚四个时期，又列有"正始""正宗""接武""正变""余响"等名目，从编次中反映出诗歌的流变，对后世研究唐诗者有所启发。李攀龙的《唐诗选》，代表明中叶前后七子"诗必盛唐"的复古思想；钟惺、谭元春合编的《唐诗归》，反映晚明竟陵派幽深孤峭的论诗旨趣；清初王士禛《唐贤三昧集》，从"神韵说"出发独尊王、孟；乾隆间沈德潜《唐诗别裁》，又在"格调论"指导下崇奉李、杜，都是影响较大的唐诗选本。其中《唐诗别裁》较能兼顾各种风格、流派，选录面宽，在旧选本中流传颇为广泛；后来蘅塘退士孙洙的《唐诗三百首》就是以它为蓝本再加遴选，而成为一个家弦户诵的唐诗普及本。

总集以外，历代研究隋唐五代诗人及其作品的资料，散见于有关的史书、唐宋人笔记、宋以来诗话以及各家文集的极为丰富，难以枚举。专著方面，偏重于事迹考证的，以唐孟启《本事诗》为最早；宋计有功《唐诗纪事》叙事简略，著录诗人达一千一百余家。偏重于诗歌品评的，有南宋敖陶孙《臞翁诗评》、刘辰翁《七家诗评》、明王世贞《全唐诗说》等；元辛文房《唐才子传》，则合品评与传记为一体，给将近四百位唐代诗人写了评传，成为研究唐诗的重要典籍。综论唐诗流变的，晚唐张为《诗人主客图》作了划分诗派的初步尝试，宋严羽《沧浪诗话》确立了初、盛、中、晚基本分期的雏型，明胡应麟《诗薮》对各体诗的流衍变化加以系统的探讨，而胡震亨《唐音癸签》则在综合前人成果的基础上，就唐诗的源委、因革、体别、法式、评汇、诂笺、事考、集录等问题展开全面论述为建立"唐诗学"作出了巨大贡献。此外，专论五代诗的，有王士禛草创而经郑方坤补成的《五代诗话》，收辑有关五代十国四百名作者的材料一千二百余条，可资参考。今人的研究专著，则有闻一多《唐诗杂论》、岑仲勉《读全唐诗札记》、傅璇琮《唐代诗人丛考》、谭优学《唐诗人行年考》、万曼《唐集叙录》、任半塘《唐声诗》等。

原文刊载于《上海师范大学学报》（哲学社会科学版）1984年第3期

关于孙洙《唐诗三百首》及其编选的指导思想

——《唐诗三百首新编》前言

马茂元　赵昌平

在数以百计的唐诗选本中,清人蘅塘退士孙洙的《唐诗三百首》是流传最广的一种,二百多年来,它对唐诗的普及化起了重要的作用,有其存在的价值。然而"存在"具有二重性,它是合理的,又是不合理的;随着时间的流逝,其不合理的一面就会逐渐显露出来。于是编选新的唐诗普及读本的任务就历史地落在今天的唐诗研究工作者身上。多年来,已有不少同志作出了努力。我们这部《唐诗三百首新编》就是在吸取各种新旧选本的经验教训的基础上,作一次新的尝试。

一

一部诗选是由相互关联的两个方面组成的,即选本的目的、对象与选家的文学观点。选家总是根据自己的文学观点,通过具体选篇,把一定的读者对象引导到自己认为是正确的道路上来。正是在这个意义上,二百年来孙编《三百首》经历了由合理而转化为不合理的过程。

《三百首》原序云:"世俗儿童就学,即授《千家诗》,取其易于成诵,故流传不废。但其诗随手掇拾,工拙莫辨,且止五七律绝二体,而唐宋人又杂出其间,殊乖体制。因专就唐诗中脍炙人口之作,择其尤要者,每体得数十首,共三百余首,录成一编,为家塾课本,俾童而习之,白首亦莫能废,较《千家诗》不远胜耶?谚云:'熟读唐诗三百首,不会吟诗也会吟。'请以是编验之。"可见《三百首》编选的目的是指示学诗门径。因为学慎始习,故入门须正;因为对象是儿童和一般读者,故首先注意到"易于成诵",即可接受性。

可接受性是一切普及读本必须遵守的普遍原则,《三百首》吸取了《千家诗》的经验,做得尤其成功,这表现在三个方面:

一是思想内容为学童与一般读者所易于理解,凡历史背景过于复杂,涉及的典章故实过于广博,或文字艰深,用意过于隐晦的,不选。

二是艺术形象能为学童与一般读者所欣赏,所领会,凡怪怪奇奇,或质木无文,缺乏审美价值者不选。

三是声调方面,专取音节和谐,富于韵律感,读起来朗朗上口,凡佶屈聱牙,不便吟诵,难于记忆者不选。

《三百首》有不少成功的经验值得重视,例如书中选了杜甫不少长篇,却不选《洗兵马》《自京赴奉先咏怀》《北征》,其主要原因就在于它们不易为一般读者所接受。近年来有人据此批判孙编《三百首》排斥同情人民的作品,实为隔靴搔痒。果真如此,为什么书中又选有《兵车行》《丽人行》呢?又如元结的五古,选《贼退示官吏》,而不取《春陵行》,诸如此类,都是费了一番心思的。

入门须正的原则,有其主观性和时代性。主观性指的是选家的文学观点,这一点,我们将在后文论述,这里先谈谈有关《三百首》的时代性的问题。《三百首》成书于乾隆二十九年(公元1764年),当时的学童和一般读者,都是科举应试的士子,都将步入仕途,因此所谓正,首先是思想纯正,凡离经叛道,或过于怨怼愤激,不轨于中庸者不录。其次,与思想紧密相联的是技法之正。为了给试帖诗指明途辙,为应酬唱和揭橥规范,那就要求符合于雅正的诗风,不违背儒家正统的审美标准,其旁蹊曲径者不取。这样《三百首》时代的阶级的局限,就不可避免地显露出来。

二

《三百首》在今天逐渐显现的不合理性,更在于孙洙的文艺观点,表现在他对"正"的艺术性含义的理解上。这即使在当时看来,也是比较狭窄的。

旧说一般认为《三百首》是以沈德潜的《唐诗别裁》为蓝本。今按:《三百首》所选五古四十首,见于《别裁》者卅四首;七古四十二首,见于《别裁》者亦为卅四首；五律八十首，见于《别裁》者五十九首；七律五十四首，见于《别裁》者四十四首；五绝三十七首，见于《别裁》者廿九首；七绝五十八首，见于《别裁》者卅五首，总计《三百首》收诗三百一十一首，见于《别裁》者二百四十四首，为百分之七十，这一数字，确实说明《三百首》与《别裁》有着一定的联系，在某种程度上取资于《别裁》，然而是不是可以据此而说，《三百首》完全附庸于《别裁》，是它的复选本呢？问题并不如此简单。《别裁》收诗一千九百二十八首，门庭广大，"备一代之诗"（《别裁》序），孙洙所选"尤脍炙人口者"，自难完全轶出其范围，因此必须同中求异，看孙洙是本着什么观点来对待《别裁》，进行取舍的。倘若我们仔细分析一下，就会发现除沈德潜外，对他产生更大影响的是王士禛。沈德潜的格调说及其《别裁》，在崇尚唐音这一主要倾向上虽和渔洋笙磬同音，并无二致，但《别裁》之选，则又有意纠正渔洋专尚神韵而流于空疏枯寂之偏。《别裁》重订于乾隆三十六年癸未，在孙洙编选《三百首》前一年。孙洙兼取王、沈二家，而以王为主。他往往以渔洋观点，而且是渔洋晚年比较狭隘的观点对《别裁》进行修正。关于这，从《三百首》选目的框架结构即可看出。例如五、七言古体诗，《别裁》通选四唐，兼容各种不同的风格和流派，而《三百首》则把时代缩短，集中在盛唐一段，于初唐略而不取；中唐入选者韦、柳、韩、白等寥寥数家而已。而且在五言这个领域里，韩、白亦不得阑入。于七言，晚唐仅取李商隐《韩碑》一篇作为殿军。所有这些，和《别裁》取径之广，大有径庭，而在渔洋的《古诗选》里，却能找到它的来龙去脉。孙编《三百首》大抵是以归愚所倡"温柔敦厚"诗教论与渔洋的神韵说相揉合作为其选诗的指导思想。故所选诗篇，不但参考《别裁》，而且更多取自渔洋编选的几个唐诗选本。试将《三百首》选目与渔洋的《古诗选》《唐贤三昧集》《唐人万首绝句选》相对照，问题就不难看清楚。《三百首》内五古四十首，见于渔洋所选者为二十五首，较见于《别裁》者少九首，这是因为《古诗选》不录杜，《三昧集》不录李、杜，而《三百首》选李、杜五古十一篇，实际上取诸渔洋者较《别裁》为多。七古四十二首，见于渔洋所选者为三十二首，与《别裁》同；五绝三十七首，见于渔洋所选者为三十一首，多于《别裁》二首；七绝五十八首，见于渔洋所选者为五十首，多于《别裁》十五首。以上四体，《三百首》共收诗一首七十三首，见于渔洋各选者达一百三十八首，为百分之八十，较见于《别裁》者比例为高。至于五、七言律二体，因渔洋在《三昧集》中专选盛唐，而《别裁》通选四唐,故无法比较。然而《三百首》所选盛唐五、七言律,几乎全部见于《三昧集》。合王、沈四选本观之,《三百首》所录三百十一篇诗中,见于上举四选者为二七〇首,其余四十一首,大部分见于高棅《唐诗品汇》、唐汝询《唐诗解》中。根据上述统计数字,可以看出孙编《三百首》是以王、沈二家之书为主干,参以其他唐诗选本而编成的。它的出现,与清初诗坛唐宋之争紧密关联,是时代的产物。

唐诗宋诗不仅仅是朝代的区分,而是指诗风的殊异:"唐诗多以丰神情韵擅长,宋诗多以筋骨思理见胜。"(参钱锺书《谈艺录》)诗人崇尚不同,于是形成互相排斥的壁垒。这种论争,起自宋代,至明清愈演愈烈。孙洙生于康熙末年,卒于乾隆中期,当时王士禛、沈德潜先后主盟诗坛,风气所趋,唐诗处于鼎盛阶段。而带有宋诗意味的袁枚的性灵说已经崛起,翁方纲的肌理说也已萌生,唐宋论争的情况是复杂而剧烈的。这一时代背景,决定了作为府学教授,担任引导生徒应试博取功名的孙洙,必然以王、沈诸选为其所选之主干,决定了《三百首》成为唐诗派的一个普及选本。孙洙在序中极诋《千家诗》,其根本原因是因为这是一部带有浓重宋诗色彩的选本,这从它大量收录杜甫开宋调法门的疏宕一路的七律,收录程、朱理学意味及欧阳修、苏东坡、杨万里的诗篇就可以看出。孙洙之诋毁《千家诗》,其矛头似正对着当时在江南逐渐风行的袁枚的性灵派。

王、沈势力笼罩有清诗坛一百余年,时间最久,影响极深。这就是《三百首》在当时能够取代《千家诗》而广泛流传的原因。它的存在,在当时是充分"合理"的。

三

王士禛与沈德潜,作为唐诗派的主坛坫者,都受到明七子的影响,渔洋的神韵说固有惩于七子的肤廓空疏与竟陵派的尖新僻厌,然而过分追求"不著一字,尽得风流""羚羊挂角,无迹可求";特别是到了晚年,从中年时以唐为主,兼取唐宋的立场上倒退回来,专尚王孟,遂流于枯寂空疏,与明七子貌异神合,故吴乔称之为"清秀李于鳞"。于是沈德潜起而纠偏,在《重订〈唐诗别裁集〉序》中开宗明义宣称:

新城王阮亭尚书选《唐贤三昧集》,取司空表圣"不著一字,尽得风流",严沧浪"羚羊挂角、无迹可求",盖味在盐酸外也。而于杜少陵所云"鲸鱼碧海",韩昌黎所云"巨刃摩天"者,或未之及。余因取杜、韩语意定《唐诗别裁》而新城所取,亦兼及焉。

渔洋与归愚一崇王、孟,一主李、杜、韩;这里面包涵着深刻的内容,涉及一系列的问题。由于李、杜、韩是代表唐诗新变的作家,特别是杜甫,后来的各种流派,都可从中找到渊源,因此对不同于盛唐诗风的各家,归愚都能兼收并蓄,给予一定的历史地位。归愚早年受学于叶燮,叶氏通变的文学史观对他不无影响,相对来说,比渔洋的门径要宽广得多。孙编《三百首》从表面上看有与归愚相符处,如选诗数量也以杜甫为第一位,但实际上则大异其趣,最容易看出的一点是选王维诗(二十九首),多于李白(二十七首);而在杜诗的具体选目上,更处处可看出他以渔洋的观点反过来修正归愚观点的倾向,现分体析之:

五言古诗是唐以前主要的诗体,汉、魏、两晋名家辈出,风格各殊,都以自然浑成为极则。刘宋元嘉时颜、谢、鲍崛起,辞尚藻绘刻炼,体尚发越跌荡,已埋下五古应变的胚芽,但齐、梁后诗人只从颜、谢修炼藻饰一面发展,风格日渐卑靡。唐初诗人反对齐、梁诗风,提倡汉、魏风骨,往往连颜、谢、鲍也一起反对在内,故唐代五言古诗在杜甫之前仍以简古浑朴为尚。杜甫转益多师,继承发扬了陈子昂五古中趋向排荡的因素,以海涵地负之力,创造了唐代五古发扬踔厉、纵横驰骋的新格局,从而下开韩、白,启迪宋贤。

关于唐代五古演变的历史,王渔洋和沈归愚都有深刻认识,然而在对待这一演变的态度上,二人却有重大分歧。渔洋承李于鳞"唐无古诗,而有其古诗"之论,在《古诗选》中选唐人五言古诗,以陈(子昂)、张(九龄)、李(白)、韦(应物)、柳(宗元)为正宗,以为观此五家"四唐古诗之变,可以略睹焉",后五年又选《唐贤三昧集》,则以王、孟为上、中卷首,趣味更趋狭隘,五古所取绝大多数为清远淡微一路,对于杜甫,二选均排斥于"正格""三昧"之外。沈德潜有感于渔洋之偏。《别裁》序云:"有唐一代诗,凡流传至今者,自大家名家外,即旁蹊曲径,亦各有精神而日流行其间,不得谓正变盛变不同,而变者衰者可尽废也。"因此所选五古以李、杜为宗,杜诗入选者五十三首,居第一位,对于杜甫以下韩愈、孟郊等继起者亦各选十二首,多于孟浩然。其凡例有云:

> 苏李十九首以后,五言所贵,大率优柔善入,婉而多风。少陵才力标举,篇幅恢张,纵横挥霍,诗品又一变矣。要其为国爱君,感时伤乱,忧黎元,希稷、高,生平种种抱负,无不流露于楮墨中,诗之变,情之正者也。新宁高氏列为大家,具有特识。

与渔洋所论相比,识见气度均迥出其上。

孙编《三百首》选有杜甫五古,从现象看,似不同于渔洋,而与《别裁》有相似处。但倘若将其具体选目研究一下,就会发现实质上并不是这么一回事。《三百首》所收杜甫《望岳》《佳人》《赠卫八处士》《梦李白》等五诗,大都是保持汉魏传统风格的作品,而对《别裁》所录带有变新意味的如《彭衙行》《玉华宫》《义鹘行》,以及感讽激切的"三吏""三别"等都弃置不录。又陈子昂《感遇》、李白《古风》,为唐人五古名作,《古诗选》及《别裁》均大量选入,《三百首》却一篇不选。其所选李白《下终南山过斛斯山人宿置酒》《月下独酌》《春思》《子夜吴歌》等篇,均属清逸一路,与归愚主要着眼点之所在是不相同的。从《三百首》前不取陈子昂,后不取韩愈、白居易,中间重王、韦过于李、杜,可以看出孙洙在对五古这一诗体的认识上,执正而不知变,完全站在渔洋一边,甚至比渔洋更为保守,更为偏窄。

七古是到唐代才发展起来的诗体,故诗家论七古,都以唐为正格。初唐四杰虽丽辞藻绘有尚齐、梁余习,而格局宏大,已开唐人七古先声。中经宋之问、李峤诸家,至盛唐高(适)、岑(参)、王(维)、李(颀),"驰骋有余,安详合度,为一体"(《别裁》凡例)。李、杜崛起,雄远恢宏,开阖排荡,前无古人。元和时韩愈兼崇李、杜,合李之奇妙恣纵与杜之沉雄激壮为一手,"踔厉风发,又别为一体"(同上)。对于唐人七古发展的主流,渔洋与归愚的认识是相同的,故选录唐人七古都以李、杜、韩为中心,他们的分歧,则在对韩愈同时与以后诸家的看法。渔洋《古诗选》,韩愈以后仅附录李商隐《韩碑》一篇,此外张(籍)、王(建)、元(稹)、白(居易)、李(贺)诸人一概不取。这种选法的实质,参以渔洋论诗就更清楚了。

对于张、王、元、白,渔洋虽不全盘否定,然而评价是不甚高的。其《分甘余话》云:"许彦周谓张籍、王建乐府宫词杰出,所不能追踪李杜者,是气不胜尔。余以为非也,正坐格不高耳。"于元、白尤多贬词,以为二人诗"初学尤不可观"(《香祖笔记》)。至于李贺,在他的眼目中,"纯乎鬼魅世界矣"(张笃庆语,见《师友诗传录》)。

沈德潜在七古方面对于渔洋思想最大的突破是能深究正变源流,对中晚唐诸名家博取众长,认为"白傅讽喻,有补世道人心,《本传》所云'箴时之病,补政之缺'也;张、王乐府,委折深婉,曲尽人情,李青莲后之变体也;长吉呕心,荒陬古奥,怨怼悲愁,杜牧许为《楚骚》之苗裔也"(重订《别裁》序)。故《别裁》录白居易七古十三首,仅次于李、杜、韩,而与岑参同列第四位,取张籍八首、王建七首、李贺六首,仅略少于王维(九首)、李颀(九首)。

《三百首》七古一体韩愈而外,选柳宗元《江雪》,白居易《长恨歌》《琵琶行》与李商隐《韩碑》,其余一概不取。这里有两点值得注意:一是不选白氏《新乐府》,而选《长恨歌》《琵琶行》,这是因为"童子解吟《长恨曲》,胡儿亦唱《琵琶篇》"。这两首诗实在流传太广泛了;而《三百首》是普及读物,毕竟不同于《古诗选》《三昧集》这类专门选本,面对上述情况,使孙洙没有回旋的余地,只得把它选入。二是《韩碑》牵涉史事繁多,句奇语重,音调沉闷,且有七平七仄的句子,对于初学者来说,既不易领会,又不便讽诵,为什么孙洙一反可接受性的原则,把它选了进来呢?很显然,这是完全步渔洋《古诗选》的后尘的。

唐人五律,由齐、梁新体发展而来。初、盛之际,沈、宋之典丽精工,王、孟之清微淡远,为世所宗。杜甫别开生面,寓纵横颠倒于缜密之中,错综变化,不可端倪。其格调不主故常,宏大、阔远、富丽、幽微,各体皆备。《别裁》选杜甫五律八十一首(合五言排律计算,下同),王维四十一首,为杜甫的二分之一,孟浩然二十一首,为四分之一。孙编《三百首》选杜诗十首,而王、孟亦各九首,不仅在选目的比重上明显看出一主杜陵一主王、孟的歧异;而且所选杜诗,绝大多数偏于体势稳顺,蕴藉自然,与归愚径路之广,也是有所不同的。王、孟以下,《三百首》所选以刘长卿及大历十才子为重点。这些诗都是摩诘的嗣响,他们在书中形成一条线索。

中兴高咏属钱郎,拈得维摩一瓣香。不解雌黄高仲武,长城何意贬文房?

从渔洋这首论诗绝句,可以看出孙编《三百首》五律选目主导思想的渊源所在。不仅五律如此,七律亦有类似情况。

和七古一样,七律是唐代新兴的诗体。初、盛之际,以高华典丽为贵,内容则以应制唱酬为主。王维、李颀,兴象超妙,为盛唐七律的正格。稍后杜甫崛起,"雄浑浩荡,超忽纵横",极尽变态,大大扩展了七律的题材和意境。大历、贞元间,诗坛宗尚王维。到了元和时,杜律方受到重视。元和诗人中如刘禹锡、柳宗元、白居易以及稍后的杜牧、许浑都以七律名家,他们的性情体貌各有不同,但就传统继承关系来说,则是发展了杜律的一体,都可看作杜陵之支流,宋诗之先导。此乃七言律诗由唐到宋转变的关键。正是在这个关键问题上,王、沈二人持有不同的看法。渔洋云:

> 唐人七律以李东川、王右丞为正宗,杜工部为大家,刘文房为接武。高廷礼之论确不可易。(《师友诗传录》)

又云:

> 七律宜读王右丞、李东川,尤宜熟读刘文房诸作。宋人则陆务观。若欧、苏、黄三家,只当读其古诗、歌行、绝句,至于七律,不可学。学诸家七律,久而有所得,然后取杜诗读之,譬如百川学海而至于海也。(《然灯记闻》)

虽王、杜兼崇,但盛唐以后,唯取刘长卿等大历诗人一派。沈归愚则不然,其论唐代七律,以为王维虽"风格最高,复饶远韵",然视杜甫"才之大,气之盛,调之变,恐瞠乎其后"。对于杜甫以后诗人,则认为"刘梦得骨干气魄,又似高于随州(刘长卿)";"柳子厚哀怨有节,律中骚体,与梦得故是敌手",评价在刘长卿之上。故《别裁》选刘禹锡七律十三首,白居易十八首,多于刘长卿。晚唐七律除选取杜牧七首、许浑九首、温庭筠十首、李商隐二十首外,收入三十三家,见出其门庭之广大。

孙编《三百首》王维、杜甫以下,入选者共十四家,而刘长卿及其他大历诗人就占了六家,将近二分之一。刘禹锡、白居易则各取一首而已。晚唐温、李而外,取薛逢、秦韬玉各一首,于杜牧、许浑则一首不录。其于七律一体,鄙薄元和,不取宋调,倾向于渔洋的观点,是非常明显的。

七律一体中孙编《三百首》有个很突出的地方，即关于李商隐的选目，《别裁》于七律亦重李商隐，但多取其继承杜甫格调，较为悲壮一路，如《安定城楼》《哭刘司户》《重有感》《隋师东》等，而对无题诗一首不录。《三百首》选李商隐七律十首，其中无题六首，《锦瑟》《春雨》二诗，论其性质，也应属无题一类，合计凡八首，着眼点与《别裁》是大不相同的。我们认为这是受到当时另一唐诗流派晚唐诗派的影响。晚唐诗派与王、沈虽有宗盛、宗晚之分，而反对宋调诗，则较之王、沈更为剧烈。他们推崇温、李，以为其诗深于比兴，曲折深微，而无题诗都有政治寄托。(参冯浩《玉谿生诗注》)所谓"寄遥情于婉娈，传深怨于蹇修"（朱鹤龄《李义山集笺注·序》)，孙洙似正从这一角度而看重李商隐的无题。这就与渔洋观点表现出一种微妙的联系。渔洋认为"宋初学西昆①，去唐却近，欧、苏、豫章，始变西昆，去唐却远"（《师友诗传录》)，认为西昆在宋调诗之上，与晚唐诗派有一致之处。

在绝句方面，孙编《三百首》所选，同于渔洋《万首绝句选》者较多于《别裁》(见前统计数字)。这里值得注意的是：《三百首》于七绝一体，选入晚唐诗篇特多，和其他各体颇不一致。这是因为重视晚唐七绝，是明七子以来至王、沈诸人的一致观点。王世贞《艺苑卮言》于其他各体极推盛唐，于七绝则云：

> 七言绝句，盛唐主气，气完而意不尽工；中晚唐主意，意工而气不甚完。然各有至者，未可以时代优劣也。

渔洋《万首绝句选》凡例引王世贞语，认为"此论甚确"，并云："中唐之李益、刘禹锡，晚唐之杜牧、李商隐四家亦不减盛唐作者云。"沈德潜《唐诗别裁序》亦以李益、刘禹锡、杜牧、李商隐、郑谷五家绝句为盛唐嗣响，孙洙正是按上述思想安排选目的。而在王、沈两家之间或有异同之处，他所拳拳服膺的则在渔洋方面。

---

① 西昆，诗派名，始于宋初杨大年、钱惟演等人的《西昆酬唱集》，在这之前，并无西昆名目。由于西昆学李商隐，后人往往把西昆和李商隐混为一谈，甚至错误地把李商隐说成西昆。如惠洪《冷斋夜话》："诗到义山，谓之文章一厄，以其用事僻涩，时称西昆体。"元好问《论诗绝句》："望帝春心托杜鹃，佳人锦瑟怨华年。诗家总爱西昆好，独恨无人作郑笺。"这里的"宋初学西昆"，是说西昆学李商隐，也是把李商隐说成西昆。"唐"指盛唐。

沈德潜《说诗晬语》有云：

> 诗有当时盛称而品不高者，王维之"白眼看他世上人"，张谓之"世人结交须黄金"，曹松之"一将功成万骨枯"，章碣之"刘项原来不读书"，此粗派也；朱庆余之"鹦鹉前头不敢言"，此纤小派也；张祜之"淡扫娥眉朝至尊"，李商隐之"薛王沉醉寿王醒"，此轻薄派也。又有过作苦语而失者，元稹之"垂死病中惊起坐，暗风吹雨入船窗"，情非不挚，成蹙蹴声矣。李白"杨花落尽子规啼"正不须如此说。

这里所举除王、张二例外，均为中晚唐的七绝名作，也都是唐人七绝的变调。所谓粗派，亦即后来的宋调七绝；所谓纤小派、轻薄派正是明清人所说的晚唐体七绝。可见沈德潜虽不一概反对晚唐七绝，却极力反对中晚唐人有乖盛唐"语近情远，含吐不露"的诗风的七绝。孙编《三百首》于归愚所举各诗中，仅录入朱庆余"鹦鹉前头不敢言"一首，而这一首却见于《万首绝句选》。应当指出：渔洋在七绝方面的观点较之归愚反而较为开通，对于晚唐体七绝并不反对，归愚所举纤小、轻薄三例，均见于《万首绝句选》中，但归愚所举粗派诗，渔洋亦一概不取（参《万首绝句选》及例）。由此可以看出孙洙受影响于渔洋者更甚于归愚，无论渔洋较归愚保守或开通处，孙编《三百首》多从渔洋。对于晚唐诗派，《别裁》不选，而渔洋不尽废，孙编《三百首》亦略有所取；对于宋调诗，渔洋晚年颇加厌薄，孙洙也步趋唯谨，摒弃不录。

合计以上各体，孙洙所选三百一十一首诗中，盛唐一百六十一首，大历五十一首，共二百一十二首，约占百分之七十，而对唐诗第二个高潮元和时期，收诗三十三首，仅占百分之十，这显然因为"诗到元和体变新"，元和是唐音变调、宋诗先驱的缘故。

综上所述，可以看出孙编《三百首》是一部以盛唐为正宗，大历为接武，提倡和平清远的诗风，严格区分唐、宋诗的界线的普及选本。书中确实选了不少"童而习之，白首亦莫能废"雅俗共赏的好诗。然而，它的艺术趣味比较单调，所展现的艺术天地不够宽广，远远不能反映唐代诗歌丰富多彩的全貌，更不能从中窥见唐诗承传因革关系和发展线索。对于这份珍贵的文学遗产，如何撷取精英，以少总多，今天读者有着更高的历史主义的要求，是不可能从孙编《唐诗三百首》里得到满足的。

我们这本《唐诗三百首新编》吸取了孙编《三百首》的经验教训，力图破除过去各种派别门户之见和一切理论教条的束缚，从唐诗客观存在的实际出发，在可接受性的前提下，尽可能地发挥微型断代选本的作用，选取各个时期各种不同风格流派的优秀诗篇，使之成为既是具有较高美学价值、欣赏价值，为初学所喜闻乐诵的唐诗读本，同时对于有志研究的青年，它又可作为窥测唐诗发展概况角度得当的窗口，引向堂奥深处的起步台阶。

在作品编排方面，采取按人和分体相结合的方法，首先按作者时代先后依次排列，以卒年为准；卒年未可确定者，按登第年；二者均无可考，则据有关记载插入相应地位。其次，对同一作家的作品，按五古、七古、五律、七律、五绝、七绝分体编排；排律附律诗内，乐府不另析出。由于入选的诗篇，对每一位诗人即使是大诗人来说，数量也很有限，而且又是分体编排，因而写作时间的先后不作考虑，而是按照诗歌风格以类相从，以便于读者的吟诵体会。

在注释方面，力求把释事释义和评文三者很好地结合起来，有关文字训诂，典故史实的解释，词句的剖析，旨在探求作者的用心，疏通原诗的意绪语脉，首先使读者能够正确地理解它，而不至以辞害义。并在此基础上，通过各种方式，阐明诗歌的语言艺术因素，为进一步欣赏它创造条件。注释之外有作者小传和评述。小传简要地介绍诗人生平及其创作上的主要成就；评述或综论全诗思想艺术，辨析某一问题，或辑录有关资料，与注释相发明。评述不一定每篇都有，视具体情况而定。

文学历史长河的波浪，在继承与革新的辩证推动下滚滚向前。"李杜文章在，光焰万丈长"，唐诗曾经是我国古典诗歌的高峰，对后代诗歌的发展发生过不可估量的深远影响。今天，我们正面临着伴随社会主义经济建设全面繁荣而到来的文化高潮，编选一部适合于时代要求，能够取代孙洙《唐诗三百首》的唐诗普及读本，看来是刻不容缓的了。当然，这并不是一件轻而易举的事。为此，我们从研究孙洙的选诗标准着手，思考了一些问题，并作了相应的努力。但由于水平所限，不足和错误之处，知所难免，诚恳期待广大读者的批评指正。

原文刊载于《文学遗产》1985 年第 1 期

二 作家作品研究

论骆宾王及其在"四杰"中的地位

——为重印《骆临海集笺注》作

一

我国古典诗歌发展到唐朝,可说是进入了完全成熟的阶段。作家的众多,作品的繁富,体裁的齐备,风格流派的多样化;它所反映的社会生活内容,它在思想上和艺术上所达到的深度和广度,就其成就的总和来说,确实是发扬光大了《诗经》《楚辞》以来诗歌的优良传统,超越了以前的任何一个时代。唐代诗人总结前代的创作经验,奠定了诗歌的形式和体制,开拓了尔后诗歌发展的道路。如同宋词和元曲一样,我们就是从这个意义来突出唐诗在文学历史上的地位的。对前人研究唐诗的成果,择要地分别加以整理、介绍,从而有利于广大读者批判地接受,是件具有重大意义的工作。

任何一个时代,任何一种体裁的文学,都有其时代的和阶级的内容以及它自身发展的传统继承关系。

开元、天宝以后,才是唐代诗歌的全盛时期,从八世纪初到九世纪末将近二百年内,诗坛上不断地掀起一个接着一个的高潮,呈现出空前未有的盛况。唐诗之所以如此地兴盛,不是偶然的,它是随着社会矛盾的发展,随着诗人社会生活的变迁和他们对现实的感受与认识日益丰富和深刻化而形成的。但是我们也绝不能忽略了另一方面的事实:就是唐诗的发展,其自身曾经经历过一个很长的准备阶段。许多杰出的诗人,在漫长曲折的道路中,披荆斩棘,负起了筚路蓝缕以启山林的历史任务,从各个方面替下一阶段诗歌的发展创造了良好的条件,这功绩是不可泯没的。

隋末农民起义,推翻了隋朝短暂而残暴的统治。李唐王朝建立后,魏、晋以来国内长期分裂的混乱局面才算真正告一结束。久经战乱的劳动人民努力于和平生活的重建,统治者又采取了一定程度的有利于发展生产的措施,使得当时封建社会的政治、经济呈现出一种活气而面貌一新,这就是历史上所艳称的"贞观之治"。可是,假如我们再看一看作为社会上层建筑之一的文学,则颇为冷寞寂寥,没有现出更新的气象。扬宫体之余波,以"绮错婉媚为本"的上官体①,居然风靡一时,统治着整个贞观时代的诗坛。这种不调和的现象,是有其历史根源的。

　　六朝以来,在诗歌方面,重形式、轻内容,以绮章绘句为工的不良倾向在贵族文人创作中一天天地滋长着。到齐、梁宫体诗出现,诗风的衰落,可说到了极点。隋朝统治短短的三十多年中,文学上的建设,根本还谈不上。唐朝建立起比较巩固的封建大一统政权之后,封建社会进入了一个新的发展阶段,文学上自然也面临着不得不变的状态。但是,唐朝立国之初,贵族大地主的势力,仍然处于支配地位。到武后时期,一般地主经济得到发展,新兴势力逐渐形成,因而朝廷不得不对他们更多地开放政权,使能参与统治;而作为地主阶级代言人的知识分子,为了表达阶级的利益和要求,就不能完全使用陈旧的思想武器而必须有所革新。"四杰"和陈子昂同时出现于这一时期,是和这种情况分不开的。其次,文学艺术进程的步伐,往往跟不上现实经济政治的变化;它们之间的关系是相适应的,又是不相适应的,由旧的不相适应发展到新的相适应。不相适应的状况是会经常出现的。虞世南曾经谏阻太宗李世民不要作宫体诗,并且把问题提到影响诗风的理论高度②,然而积重难返,他本人的创作,却成为对自己主张的一种嘲讽。在七世纪上半期,六朝余风还笼罩着整个诗坛的时候,这种现象完全可以理解。像王绩、魏征那样古调独弹的诗人,在当时是文艺园地上极个别的新的萌芽,他们没有也不可能产生什么重大的影响。

　　正式揭开唐诗序幕的是七世纪下半期的诗人,其中最具有代表意义的是号称

---

　　① 见《旧唐书·上官仪传》。
　　② 宋计有功《唐诗纪事》卷一载:"帝尝作宫体诗,使虞世南赓和。世南曰:'圣作虽工,然体非雅正。上有所好,下必有甚,臣恐此诗一传,天下风靡,不敢奉诏。'"

"初唐四杰"的王、杨、卢、骆和陈子昂。

文学发展的历史是割不断的,沿和革、创和因的关系是辩证的。六朝绮靡颓废的诗风必须变革,大力端正诗歌的方向,这是摆在初唐诗人面前新的时代课题,是问题的主要一面。可是六朝以来,这许多诗人在创作上所积累的丰富的艺术经验,特别是他们在声律上的讲求,已经取得了成绩,也不可简单地一概予以否定;这又是问题的另一面。姚铉在《唐文粹序》里说:

> 至于魏、晋,文风下衰;宋、齐以降,益以浇薄。然其间鼓曹、刘之气焰,耸潘、陆之风格,舒颜、谢之清丽,蔼何、刘之婉雅,虽风兴或缺,而篇翰可观。

把思想内容和艺术技巧等量齐观,相提并论,虽未免主次不分;但他看到六朝文学"风兴或缺"的同时,而"篇翰可观",从而揭示出要扭转当时"衰""薄"的"文风",存在着恢复"风兴"和继承技巧这两方面的问题,却也不为无见。

当文学史上处于重大的变革之际,艰巨而复杂的历史任务,往往要通过不同流派的作家群分途努力,才能逐渐完成。如果说,陈子昂的主要贡献是力崇汉、魏,鄙弃齐、梁,在诗歌发展方向上开辟了一条康庄大道的话,则"四杰"以及稍后于"四杰"的沈、宋的贡献,主要在于继承和发展了六朝的技巧,奠定了唐代"今体诗"的形式。一般说来,前者革新多而因袭少,后者革新少而因袭多。其成就虽有高低之分,贡献有大小之别;然而就其终极意义来说,则他们同样建立了开启一代诗风的不可磨灭的历史功绩。

"四杰"虽不满于上官体,但旗帜并不像陈子昂那样鲜明,他们的制作,也未尽脱六朝余习。他们的缘情绮丽的诗风,和陈子昂那种指陈时事,深切著明,不尚藻饰的风格也是各异其趣的。可是"四杰"的继承六朝,并不是陈陈相因,而是因中有变,在某种程度上也具有革新的意义。

首先,他们大多出身于中下层的知识分子,其阶级地位不同于宫廷贵族诗人,对社会矛盾,特别是他们这一阶层在政治上的苦闷,有切身的感受。他们有所向往,有所愤慨和不平,因此诗歌所反映的生活内容比较广阔,现实意义显然是加强了。同时,六朝以来,诗歌语言的精美工致,色彩的艳丽鲜明,音律的调协和婉,却为他们所吸收,而基本上扫除了纤巧堆砌的恶习;乐府歌行在他们手里有很大的提高;正在发展中的律诗体制,由于他们的大力创作,也更加纯熟而渐趋于定型。

"四杰"和陈子昂就是这样从不同的途径去解决继承和革新的问题的。这就使下一阶段许多大诗人有可能在这个准备好的基础上,把正确的方向和完美的形式进一步结合起来,形成了盛唐时代诗歌的高潮。论"四杰"本身的造诣,因为较多受到因袭六朝的束缚,还存在着许多缺点,在唐朝并没有达到第一流诗人的水平,特别是当唐代诗歌发展到高峰以后,回过头来一看,正如李商隐《漫成》所说:

沈宋裁辞矜变律,王杨落笔得良朋①。
当时自谓宗师妙,今日惟观对属能。

可是从诗歌发展的意义来衡量,他们仍不愧为开创时期的重要诗人。杜甫在《戏为六绝句》里曾指出"王杨卢骆当时体",虽然是"当时体",有着时代的局限,但却"不废江河万古流"。胡震亨认为"杜少陵自咏万古之四子"②,意思是说,这是万古的定评,因为他是把"四杰"放在特定的历史地位上而加以衡量的缘故。

"四杰"和陈子昂在初唐属于两个不同的诗派,他们在理论认识和创作实践上,都是有区别的。但他们并不是道不同不相与谋,而是在改革六朝诗风,开辟唐诗途径上殊途而同归的。过去有不少的诗论家把"四杰"和陈子昂截然对立起来,这样,就很难看清整个唐代诗歌发展的线索,由开创走向极盛时期的大途小径。有人又不适当地高抬"四杰",甚至用来压倒李、杜;也有人对"四杰"的成就,一笔抹煞,把他们看作点染花草的无聊诗人,都是不符合于事实的。

"四杰"不仅是诗人,同时又是骈文名手。破骈为散,唐代文体的改革,陈子昂倡导于前,但"古文运动"的兴起,则是九世纪初韩、柳出来以后的事。"四杰"的文

---

① 这里举"王、杨"以概"卢、骆",是因为受到诗句字数的限制;不说"卢、骆"或"四杰"而说"王、杨",是因为平仄声和对仗的关系。
② 见《唐音癸签》卷二十五。

章虽然全部都是骈四俪六,可是在才华艳发,词采富赡之中,寓有一种俊逸清新的气息。无论是抒情、说理或叙事,都能够运笔如舌,挥洒自如,和陈、隋以来那些堆花丽叶,拖泥带水,略无生气的骈体文是有区别的。我们不妨把这种文体称之为唐代的新骈体文。最能够表现出这种特色的,那就要首推王勃《滕王阁序》、骆宾王《讨武曌檄》两篇脍炙人口的名作了。

二

王、杨、卢、骆排列的次序,寓有品鉴的意义。可是在当时就已引起了纠纷①,后人的看法也不一致。这说明他们四人功力悉敌,很难有高下之分。

"四杰"年辈不同,但论其主要创作时期,则他们四人是桴鼓相应的。四人在政治上都是失意之士,有着浪漫的性格。虽然在当时蒙受"浮躁浅露"之讥,可是他们生命中所迸射出来的火花,他们的才华以及悲惨的身世遭遇,却赢得后代文人不少的同情。其中给人们印象最深,轶事流传最广的,那就是骆宾王。

骆宾王,义乌(今属浙江省)人。关于他的家世不可详考,只知道他父亲曾经做过博昌县令,死在任上。他在极端落魄无聊的岁月中度过了早年生活。高宗李治永徽(公元650—655年)间,他为道王李元庆府属,道王叫他陈述自己的才能,辞不奉命。后以奉礼郎从军西域,久戍边疆。从塞外还,宦游蜀中。仪凤(公元676—679年)年间,由长安主簿入朝为侍御史。因事下狱,出为临海县丞,郁郁不得志。徐敬业起兵讨武后,他以衰暮之年②,毅然地参加了。敬业兵败,宾王下落不明。灵隐为僧的传说虽不可靠,但他留给人们的印象,却是个传奇式的不平凡的人物。

"四杰"的出身、所走的生活道路和他们的性格,有其共同之点。他们都怀才自负,充满着时代热情和积极向上的功名事业的意念。他们不肯安于庸俗的官僚生活,或者是俯首帖耳地做个统治阶级倡优同蓄的御用文人。王勃陵藉同僚;杨炯

---

① 杨炯曾有"愧在卢前,耻居王后",卢照邻曾有"喜居王后,耻在骆前"的话。
② 《上吏部侍郎帝京篇启》中有"老不晓事,有类扬雄"的话,《帝京篇》作于上元(公元674—676年)年间,其时骆宾王任明堂主簿(见张鷟《朝野佥载》)。徐敬业起兵于光宅元年(公元684年)这时,宾王最少也是五十以上的老人。宋王谠《唐语林》说他年方弱冠,系传闻之误。

讥讽朝士为"麒麟楦"①,并发出"宁为百夫长,胜作一书生"②的慨叹;卢照邻忽而学道,忽而为儒,忽而仕,忽而隐,终于在无可奈何的矛盾与病魔缠绕的痛苦中用自杀方式结束了悲凉的一生;骆宾王做过市井的赌徒,从军的浪子,囚系的南冠,最后卷入复杂的政治斗争,参加了极其冒险的军事行动,都是最明显的表现。但同时他们四人,仍然各自有其特色。

当唐、周政权将近交替之际,统治集团内部新旧势力的明争暗斗已经非常剧烈。武则天掌握政权以后,矛盾和斗争却更加复杂、更加扩大起来。武则天在政治上是很有才能的,在她统治期内,对内对外,都曾采取过某些英明的措施,这是不容否认的事实。但她为了排除异己,利用特务执行残酷的统治政策,严刑峻法,杀戮太重,株连太过,从而引起了许多人的反感,使他们对贞观、永徽之治,产生了更多的留恋。因此徐敬业以"皇唐旧臣、公侯冢胤"③的身份,用恢复旧政权作为号召,起兵反对武则天,振臂一呼,旬日之间,便集中了十多万人,也就不难理解了。

骆宾王和徐敬业的身份不同,他之所以参加幕府,乃是由于长期以来侘傺失志,特别是亲身受到迫害和压抑,对武则天政权有所不满。因此,他的反抗行为,固然与"宝剑思存楚,金椎许报韩"④的维护李唐王朝的思想有关,同时也是一种个人感愤的爆发。后来有人单纯从封建正统观念来表彰他"心存故国,不忘旧君"的"忠义大节",也有人只看到武则天在政治上进步的一面,而没有看到她残暴的一面,因而对骆宾王采取完全否定的态度,则都是把当时的矛盾和斗争理解得过于简单化了。

骆宾王在出狱以后,出任临海县丞以前,曾经北赴幽燕,再度厕身戎幕。他那首《于易水送人》绝句,就是在这时写的:

此地别燕丹,壮士发冲冠。

---

① 元辛文房《唐才子传·杨炯传》:"炯恃才凭傲,每耻朝士矫饰,呼为'麒麟楦'。或问之,曰:'今弄假麒麟者,必刻画其形复驴上,宛然异物,及去其皮,还是驴耳!'闻者甚不平,故为时所忌。"
② 《从军行》中的句子。
③ 《讨武曌檄》里徐敬业的自述。
④ 见《咏怀》。这诗是起兵失败后所作,说见本书《读两〈唐书·文艺(苑)传〉》一文。

昔时人已没,今日水犹寒。

满腔热血,无处可洒;对古代英雄的深切向往,激昂慷慨的心情,在寥寥二十字之中,跃然纸上。他参加了徐敬业的幕府以后,有《在军登城楼》一绝:

城上风威冷,江中水气寒。
戎衣何日定,歌舞入长安。

看,这心情是多么爽朗,多么开阔,多么富于乐观幻想的色彩! 这种性格以及诗歌的风格,"四杰"之中,骆宾王表现得最为突出,也是他在思想情调上最能突破六朝藩篱的代表作品。

骆宾王的《帝京篇》和卢照邻的《长安古意》,都是以当时首都长安的生活为题材的长篇歌行。两诗都染有六朝藻绘余习;思想上蒙着一层感伤色彩,有其消极因素。论韵致,卢胜于骆。但诗人通过自身感受,在繁华景象的描写中,大胆地暴露了统治集团的腐朽荒淫及其爪牙们的骄横不法和他们内部互相倾轧的真实情况,两篇都不失为富有现实意义的好诗。最后一段,作者自抒感慨,总结全篇,结构也相类似。《长安古意》云:

寂寂寥寥扬子居,年年岁岁一床书。
独有南山桂花发,飞来飞去袭人裾。

《帝京篇》云:

已矣哉,归去来!
马卿辞蜀多文藻,扬雄仕汉乏良媒。
三冬自矜诚足用,十年不调几遭回。
汲黯薪逾积,孙弘阁未开;
谁惜长沙傅,独负洛阳才!

一个寂寞自伤,措辞比较微婉,一个牢骚满腹,发泄得痛快淋漓。从这可以看出两人不同的情感色彩。陆时雍论"四杰"诗,曾说:"照邻清藻,宾王坦易。"[①]但这"坦易"并不是掉以轻心,出之于凡近,而是以一种权奇倜傥的精神和磊落嶔崎的气息为其基调的。

闻一多在《四杰》一文里指出:"卢、骆擅长七言歌行,王、杨专攻五律。"论其大较,这话是不错的。骆宾王集中除上引《帝京篇》在当时就已被称为绝唱外,[②]他如《畴昔篇》《艳情代郭氏赠卢照邻》《代女道士王灵妃赠道士李荣》等篇和卢照邻的《长安古意》《行路难》都是具有时代代表意义的作品。这类长篇歌行不同于排比铺陈的排律。抒情叙事,间见杂出,形式非常灵活;可以运用典故,也可以运用比较通俗的语言,往往带有浓厚的民歌意味。这种诗体,从六朝后期小赋变化而来,它吸收了六朝乐府中像《西洲曲》一类辘轳辗转的结构形式以及正在发展中的今体诗的格律;它的特点,在于音节和谐,言辞流利,声情并茂,感染力强,易于上口成诵。稍后如刘希夷的《代悲白头吟》、张若虚的《春江花月夜》,盛唐李颀的《古从军行》、王维的《老将行》、高适的《燕歌行》,中唐白居易的《长恨歌》、元稹的《连昌宫词》,晚唐郑嵎的《津阳门诗》、韦庄的《秦妇吟》等许多为人们所熟知的名篇,都是沿着这条线索发展下来的。李、杜长篇中如《猛虎行》《洗兵马》等也还是采用了这种形式。在唐朝,它和破偶为奇、不入律句的古诗,始终是双峰对峙,二水分流,并行而不废。

骆宾王诗中,五言律体并不算少,总的说来,是抵不上王勃那样的清丽高华,也不如杨炯的精警凝炼,但其中却有个别的成功之作,如人们所熟知的《在狱咏蝉》:

> 西陆蝉声唱,南冠客思侵。
> 那堪玄鬓影,来对白头吟!
> 露重飞难进,风多响易沉。
> 无人信高洁,谁为表予心。

---

① 见《诗镜总论》。
② 见《旧唐书·文苑传》。

托物寄兴,感慨无端,若即若离的笔意,真正勾画出"咽露哀蝉"的魂魄。这种境界,在王、杨两家集中是见不到的。又如《送郭少府》:

> 边烽警榆塞,侠客度桑干。
> 柳叶开银镝,桃花照玉鞍。
> 满月临弓影,连星入剑端。
> 不学燕丹客,徒歌易水寒。

格高韵美,词华朗耀,居然是李白《塞下曲》一类律诗的先声;除了全首的平仄声调还不协调,形式尚未成熟外,比起杨炯的《从军行》《紫骝马》等篇,也略无愧色。

综上所述,也就可以看出"四杰"在继承与发展六朝诗歌的形式和技巧上所作的重要贡献。可惜的是,当他们迍遭失意的时候,较多的是把忧愤停留在个人的遭遇上,这就影响到诗歌思想的深度;同时,也由于他们对变革的要求不够彻底,创作的方向性还不够明确,创作的方法又偏重于继承前人技巧,因而仍不免于"风兴或缺"。从这一意义说来,虽然"四杰"和陈子昂同样是负起时代使命的重要诗人,但仍然不能同陈子昂等量齐观。

三

流传的"四杰"诗文集,均系后人所辑,并非原本①。其中骆宾王集,是在他起兵失败以后,由郗云卿奉令编的。原序云:

> 文明中,(宾王)与嗣业于广陵共谋起义。兵事既不捷,因致逃遁,遂致文集悉皆散失。后中宗朝降敕搜访宾王诗笔,令云卿集焉。所载者,即当时之遗漏,凡十卷。

---

① 参看《四库全书总目提要》别集类。

不难想象,从兵燹灰烬之余掇拾到的绝不可能是宾王作品的全部,可是就连这个比较早的辑本,现在也已看不到了。清《四库全书总目提要》著录《骆丞集》四卷,云:"云卿所编百余篇,今已久佚,此本盖后人所重辑。"明、清两代流行的骆集有各种不同的本子,除四卷本外,也有分为六卷或十卷的,但所收篇目,大致相同。陈熙晋笺注的《骆临海全集》后出,最为完善。

凡旧本漏收的骆宾王诗文散见于《全唐诗》《全唐文》《文苑英华》以及有关书籍中的,都被辑入;旧本佚去篇题及文字上脱漏的地方,都很谨慎地做了校补工作。骆集原有明朝颜文的注解,疏略鄙陋,参考价值不大,陈氏的新注,则完成了一项极其艰巨的工程。

"四杰"在当时虽然负有才名,但沉沦下僚,关于他们生平的事迹,《旧唐书·文苑传》《新唐书·文艺传》所载略而不详,见于他书的也不多。明胡震亨专研唐诗,就有"四子轶事,不少概见"[①]之叹。骆宾王在"四杰"之中年辈最长,阅历较多,比起王、杨、卢三人还要复杂一些。在文献不足征的情况下,笺注他的诗文,那就更加困难了。

陈氏本知人论世的精神,运用以意逆志的方法,在分体编年,逐篇笺释之中,首先贯串了一条历史的线索。我们读了他的《续补唐书骆侍御传》之后,再读全书,不但比较完整地了解了骆宾王的生平,而且从其中可以看出一个时代的影子。原注例有云:

> 临海一生涉历,诗文所传,尚可略见其概。今从本集证以新、旧《唐书》及初唐人集,借以考见时事。其所不知,付之阙如。

这确实不是容易事,而他的态度则是严肃认真的。但其中也有某些勉强牵合的地方。例如骆宾王的下狱,据《旧唐书》本传说是"坐赃"。证以《狱中书情通简知己》所说"绝缣非易辨,疑璧果难裁",《在狱咏蝉》所说的"无人信高洁,谁为表予心"的话看来,所谓"赃",当然是受到诬陷。至于别人为什么要诬陷他,却难以查考。据《狱中书情》"三缄慎祸胎"之语,可知是因言语不慎,而招致了莫须有的打

---

① 见《唐音癸签》卷二十五。

击。但言语不慎,不一定就是指上书朝廷,或者和当时统治集团新旧势力的明争暗斗有必然联系;上述两诗和《萤火赋》中,作者并未流露什么存君兴国的思想感情。而陈氏在《续补传》里据胡应麟等人说法,却作出了这样的推断:

> 时高宗不君,政由武氏,宾王数上章疏讽谏,为当时所忌,诬以赃,下狱。久系,尚未昭雪,作《萤火赋》以自广。

这是替宾王后来参加徐敬业的军事行动安一伏笔,并使自己的论点构成一个体系,但却缺乏充分的论据,是难以成为定论的。然而总的看来,他那苦搜冥索的精神,钩稽排比的工作成绩,是值得我们重视的。

此外,书中有关舆地、职官、典章制度以及典故和成语的出处,也都作了详尽的考订和阐述。引文忠实,绝少以讹传讹,辗转致误的地方。书后有附录一卷,辑录了不少历代有关骆宾王的题咏篇章,但参考价值并不大。令人感到不足的是,名家诗话、笔记中的材料却未收入。

本书据骆祖攀的跋文说:"考订笺注,阅数十年而成帙。"功力之深,可以想见;但过去流传并不广泛,甚至连很多图书馆里都看不到;至于私人购求,那就更不容易了。中华书局上海编辑所这次重印这本书,并做了校勘和句读的加工工作,是有其必要的。

本文原为中华书局上海编辑所1985年重印《骆临海集笺注》附载,
后收入《晚照楼论文集》

思飘云物动　律中鬼神惊
——论杜甫和唐代的七言律诗

一

洪迈《容斋随笔》评唐人传奇文,以为"与诗律可称一代之奇"。论唐诗,着眼在于律体。焦循《易余籥录》卷十五也有这样一段话:

> 商之诗,仅有《颂》,周则《风》《雅》《颂》,载诸《三百篇》者尚矣。而楚骚之体则《三百篇》所无也,比屈、宋为周末大家;其韦元成父子以后之四言,则《三百篇》之余气游魂也。……至唐则专以律传。杜甫、刘长卿、孟浩然、王维、李白、崔颢、白居易、李商隐等之五律、七律,六朝以前所未有也。若陈子昂、张九龄、韦应物之五言古诗,不出汉、魏人之所范围。故论唐人诗以七律、五律为先,七古、七绝次之,诗之境至是尽矣。……余尝欲自楚骚以下至明八股撰为一集,汉则专取其赋,魏、晋、六朝至隋专录其五言诗,唐则专录其律诗……还其一代之胜。

吴淇则更进一步只取唐代的七言律诗。他在《古诗十九首定论》里说:

> 汉诗体错出,惟五言纯乎一朝之制,亦犹诸体备于唐,而独七言律为唐之专制也。

是不是律诗、甚至仅仅是七律就能代表唐朝一代诗歌的成就呢?洪迈、焦循和吴淇显然都是单纯从形式来看问题的。然而律诗、特别是七言律诗是唐朝新兴的诗体，却是事实。

文学体裁是不断推陈出新的，文学的形式也有它自身发展的规律：第一，任何一种新的文学体裁的出现，它必然包含有某种新的因素。虽然新旧之间并不一定就互为代谢；新的体裁出现以后，旧体裁也不一定就成为"余气游魂"；可是，新体裁的涌现，形式品种的增多，一般说来，总是文学史上演进的现象，它和社会生活内容的日益丰富、人们艺术实践和要求的日益提高是分不开的。第二，任何一种新的文体从萌生到成长，都必然经过不少作家不断尝试、反复实践的过程，然后才能相对地稳定下来。正因为它是新的东西，本身蕴藏着无穷丰富的生命力，等待人去垦发；也正因为它等待人去垦发，因而在运用这一新形式的时候，最能表现出某一作家的艺术力量和独创精神。古代许多文艺巨匠，往往在这上面显示其卓越的成绩。如屈原之于骚，司马相如之于赋，司马迁之于传记文，曹、刘之于五言诗，徐、庾之于骈体，这样的例子，是不胜枚举的。

六朝文学的主要成就，在于"丽辞"和"声律"，这是形成唐代律体的新因素；而律诗在唐朝的出现，则是齐、梁"新体诗"发展的必然结果。关于前者，焦循所论，是符合事实的。不过由于他的着眼点仅仅在于形式，因而机械地理解为律体和七言歌行是代五言古诗而兴，错误地把唐代的五言古诗一笔抹煞[1]。关于后者，倘若从上述的意义来说，则我们虽不能像洪迈、焦循那样，把律诗看作唐代诗歌成就的最高表现，然而从律诗的创作来分析、衡量诗人的艺术特征及其造诣，也许更容易看出这一诗人在文学发展史上所起的推动作用。

杜甫是伟大的全能的诗人，他的诗歌在艺术上所达到的高度，除了绝句是较为薄弱的一环而外，其他各体同样是兼综众长，难分轩轾的。然而在文艺形式的运用上，最能见出杜诗独创性的，应该是他的律诗，特别是七言律诗。

"觅句新知律"（《又示宗武》），"遣辞必中律"（《桥陵诗三十韵》），"晚节渐于诗律细"（《遣闷戏呈路十九曹长》），杜诗中提到诗律的地方很多。在艺术的

---

[1] 王士禛《古诗选》于五古一体，断自六朝，唐代仅取陈子昂、张九龄、李白、韦应物、柳宗元五家，以为可"附于六代作者之后"（见凡例）。焦循所举，也只有陈、张、韦三家，不承认唐代自有其古诗，当是受王士禛的影响；而王士禛这种看法，又是从明七子演化而来的。

锻炼上,古、律之间,杜甫更多地在律诗方面下功夫。即如"清词丽句必为邻"(《戏为六绝句》),"为人性僻耽佳句"(《江上值水如海势聊短述》),"新诗改罢自长吟"(《解闷》),所谓"清词丽句""佳句""长吟",虽兼指古、律,但侧重的则是律诗。这当然不意味着杜甫的古诗就不如律诗,然而他之所以如此,却说明了这样的一个事实:古体是已经成熟的诗体,有前人丰富的创作经验可以资藉;律诗是新生的幼芽,无旧贯可仍。在原有的基础上提高,固然不容易;褴缕开疆,创造一个新的局面,尤其困难。杜甫对此是看得非常清楚的。例如他那"即事名篇、无复依傍"的乐府叙事诗,像"三吏""三别"之类;包含有大量叙事、议论成分的长篇抒情诗,像《自京赴奉先咏怀五百字》《北征》之类,论其社会意义,自然是前掩古人,冠冕百代;可是从诗歌的体制来说,则有汉代的乐府(如《孔雀东南飞》)、古诗(如《十五从军征》)以及某些文人的制作(如蔡琰《悲愤诗》)在前,渊源所自,并不是没有轨辙可寻的。

因为杜甫在诗律方面费了更多的钻研,所以他的艺术独创性在运用这一崭新的形式上就显得更为突出。杜甫之所自负者亦在此。

观存杜甫的律诗,五律多于七律。可是从文学史上发展的现象,就这两种诗体建设的过程来看,杜甫在七律方面所起的作用和影响,更超过了他的五律。

五律和七律虽然同是唐代新型的诗体,然而它们之间的发展情况并不平衡。沈德潜《唐诗别裁集·凡例》有云:"五言律阴铿、何逊、庾信、徐陵已开其体,初唐人研揣声音,稳顺体势,其制大备。"至于七律,则在初唐之世,还是"英华乍启,门户未开"。

齐、梁"新体诗"中,具备五律雏形的触目皆是;而可以看作七律权舆的,仅仅有像庾信《乌夜啼》("促柱繁弦非子夜"一首)极个别的几篇。初唐四杰大力创作五律,但并没有写七言。沈、宋以及杜审言、李峤等人在这方面是开始尝试了,但重点仍然放在五律上面。尽管"卢家少妇"一章(《独不见》),高振唐音,然而这乃是"英华乍启"的一种偶然现象。到了开元、天宝之际,是五言律诗全面繁盛的时期,七律的作者虽也逐渐多了起来,并取得一定的成绩,可是和五律相形之下,那就显得黯然失色。这从创作数量比例的悬隔上可以看出问题;同时,对这新出现的为数不多的七律,人们也还没有予以足够的重视。举个例子来说吧,殷璠的《河岳英灵集》是部盛唐人选的唐诗选集。选录的标准,选者说得非常明白,是"文质取半,风、骚两挟","声律"与"风骨"并重;企图通过这部选集,全面体现唐诗的新成就。此书共选盛唐诗人二十四家,入选诗二百二十八首①,其中七律仅有崔颢《黄鹤楼》一首。从这,就可以看出他把这一新的诗体放在怎样的地位上。

律诗的发展,五律和七律之间是不平衡的,通过创造性的艺术实践,从各个角度把七律这一新的诗体全面地建设起来,把唐代诗歌的艺术大大向前推进一步,这不得不归功于杜甫。

二

衡量一个作家的成就,首先得把他放在一定的历史地位上。我们要确切地评估杜甫在七言律诗方面的贡献,必须了解盛唐律诗创作的一般情况,比杜甫稍早或同时的诗人所达到的水平。当时七律的作者,主要有王维、李颀、岑参、高适、崔颢、崔曙、祖咏、张谓等人,就中以王、李为最高。谢肇淛《小草斋诗话》曾说:"诗中诸体,惟七律最难,非当家不能合作。盛唐惟王维、李颀颇臻其妙。然顾仅存七首,王亦只二十余首;而折腰叠字之病时时见之,终非射雕手也。"其实,问题倒不仅仅在格律上面。盛唐七律中有少数作品,如王维的《出塞作》、崔颢的《黄鹤楼》,尽管还有个别地方不完全合乎格律的要求②,但究竟不愧为千古绝唱。可是总的说来,七律在这个时期,还是早春的蓓蕾,并没开出绚烂的花朵。

七律一体,本是从应制诗中逐渐发展起来的;内容单薄,是它先天带来的毛病。到了盛唐时期,这情况基本上还未改变。一般的都是歌颂、唱酬、流连光景之作。描写广泛的社会生活题材,足以反映诗人复杂的思想情感的诗篇,并不多见;像张谓《杜侍御送贡物戏赠》那样的政治讽刺诗,更是绝无而仅有的。在艺术上,他们所追求的一味是秀丽融浑、匀称自然,以兴象超妙取胜。论其意境,有如七宝楼台,空灵缥缈,然而它终究是显现在云阶月地之中,而不是奠基在人间的土壤上。而且

---

① 《四部丛刊》影明本《河岳英灵集》原叙作"诗二百三十四首"。岑仲勉《唐集质疑》"河岳英灵集"条:"明本所收诗确为二十四人,据卷目数之,共二百二十九首,然常建称十五首者实只十四首,则二百二十八而已。"

② 《出塞作》中"马"字重见;《黄鹤楼》三四一联失对。

他们的作风,彼此大致相同,合起来,有个共同的时代风貌;分开来,就很难看出作家的个性特征。例如岑参、李颀经历塞垣之后,诗风都有显著的变化,可是这在他们的七律里却很难以得到证明。

姚鼐在《五七言今体诗钞序目》里,论述唐代七言律诗,把杜甫别出于盛唐诸家之外。他说:

> 杜公七律,含天地之元气,包古今之正变,不可以律缚,亦不可以盛唐限者。

这话颇为扼要,它触及唐代七言律诗的发展,杜甫在掌握、运用这一诗歌形式从思想内容到艺术风格等一系列的问题。

杜甫是怎样突破时代的水平,"不可以盛唐限者",在艺术实践上有其具体的过程;同时,就杜甫各体诗歌的创作情况来看,其间的发展,也是不平衡的。

倘若把杜甫七律的创作划为两期,则前期应以肃宗乾元二年(公元759年)避难入蜀为断限。

安史之乱前后,是杜甫诗歌创作的一个顶峰。首先,他在古体和歌行方面,已取得决定性的伟大成就。杜诗中具有划时代意义的名篇,十之六七都是这个时期的作品。即就律诗而论,这时,他的五律也已达到完全成熟的境地。翻开杜集一看,就是人们所熟悉的杜甫五律的代表作,如《房兵曹胡马》《画鹰》《春日忆李白》《对雪》《月夜》《春望》《喜达行在》《收京》《秦州杂诗》之类。这个时期,杜甫一共写了律诗二百一十二首,其中五律一百八十首,七律仅有二十一首(《钱注杜诗》分体编年九、十两卷)。这个不平衡的数字,说明了入蜀以前,杜甫的七律还是处在尝试写作的阶段。

和其他诗人一样,杜甫这时期的七律,并没有描写什么重大的题材,和他同时期的五律,如《秦州杂诗》之类正好是个鲜明的对照。就艺术方面来说,情况更为复杂。其中有一部分,和一般的盛唐七律风貌大致相同,而且并没有超过其他诗人的水平。例如《奉和贾至舍人早朝大明宫》一诗,虽然比贾至的原唱略胜一筹,可是和王维、岑参的同题之作比较一下,就难免相形见绌。然而这只是问题的一面。

从另一方面来看,杜甫这时期的七律,其中确实有很大的一部分值得引起我们的注意。这些诗篇,有的极为优秀突出,可以置之杜甫后期七律之中而无愧,如《九日崔氏蓝田庄》:

老去悲秋强自宽,兴来今日尽君欢。
羞将短发还吹帽,笑倩旁人为正冠。
蓝水远从千涧落,玉山高并两峰寒。
明年此会知谁健?醉把茱萸仔细看。

杨万里曾说这诗"一篇之中,句句皆奇;一句之中,字字皆奇"(见《诚斋诗话》)。的确,像这种劲健挺拔的笔力,而又表现得如此的清隽深稳,在其他各家中是看不到的。三、四两句,将一事翻腾作一联,杨氏以为"孟嘉以落帽为风流,少陵以不落为风流,翻尽古人公案,最为妙法"。其实,这话虽与"孟嘉落帽"的故事有关,但在杜甫只是借以写眼前实事,并不一定有意做翻案文章。用典使事,到了这样,才是不黏不滞,化腐朽为神奇。这是前所未有的。从造句用词来看,杜甫往往不拘常格。如《曲江》中的"且看欲尽花经眼,莫厌伤多酒入唇",以"欲尽花""伤多酒"入句中,变上四下三的七律句法为上五下二。律句如此奇兀而又妥帖,也是前所未有的。又如七言拗律一体,也是创自杜甫。一开始,他就在这方面开山辟路,如《郑驸马宅宴洞中》《题省中院壁》《崔氏东山草堂》等篇皆是。拗律之拗,不仅仅是个音节问题;和这种音节相适应的,必须是语言艺术的洗练,从拗折之中,见波峭之致。如"落花游丝白日静,鸣鸠乳燕青春深","有时自发钟磬响,落日更见渔樵人",都体现了这种特色。

这些,都表明了一个迹象:杜甫在七律的创作上,不肯俯仰随人,力图于盛唐诸家之外,自辟蹊径,而且已经取得不小的成绩。当然,其中还有些地方,风格未臻成熟。这乃是摸索过程中难以避免的现象。万里苍梧,此其发轫;全面收功,自然还有待于下一阶段。

入蜀以后,杜甫的七律在各体诗中的数量比重明显地增长了。为什么会突然有这样的现象?问题的关键是在于他从诗歌的内容打开了七言律诗广阔的天地。

从这时起,杜甫已不仅仅用七律来描绘自然景物,用于赠答唱酬,而且以之抒写忧民忧国的情怀和漂泊支离的身世之感。不过是一首凭吊古迹的诗吧,"三顾频繁天下计,两朝开济老臣心。出师未捷身先死,长使英雄泪满襟"(《蜀相》),已综括了诸葛亮一生心事,饱和着诗人的政治热情。咏史诗写到这样,无怪后来企图改革而失败的王叔文反复吟诵,为之流泪了①。再如"闻道河阳近乘胜,司徒急为破幽燕"(《恨别》),"寡妻群盗非今日,天下车书正一家"(《题桃树》),"惟将迟暮供多病,未有涓埃答圣朝"(《野望》),"花近高楼伤客心,万方多难此登临"(《登楼》),"新松恨不高千尺,恶竹应须斩万竿"(《将赴成都草堂途中有作先寄严郑公》),在极寻常的题目里,跳动着时代的脉搏,闪耀着诗人个性的光辉。不仅如此,到后来,像《诸将》《咏怀古迹》《秋兴》这类大型组诗终于在杜集中出现。其中《诸将五首》,指摘将帅,议论时事;《秋兴八首》,沉雄博丽,体大思精,更全面地反映了杜甫进步的政治见解和深湛的艺术造诣。到这时,凡杜甫在其他各体诗歌里所表现的思想感情,在七律里也同样得到表现。把这些诗和前期所作相比,发展的痕迹是非常明显的。

我们完全有理由说:唐代的七言律诗,到了杜甫,境界始大,感慨始深;而在杜甫来说,入蜀以后,才是他七律的全盛时期。七律在杜甫的创作中是一丛晚秀之花,这和这一诗体本身的发展历史有关;和杜甫其他各体诗歌的创作,不能混为一谈。

三

杜甫诗歌是古典文学中思想性和艺术性相结合的典范。内容的扩大和加深,这就要求杜甫在已经取得的成绩的基础上进一步创造性地运用这一新的形式;把它的艺术提高到和思想同样的高度。杜甫就在这种情况下完成了他的七律的艺术风格,也就在这种情况下把唐代的七律全面建设了起来。

刘熙载《艺概·诗概》云:"律诗取律吕之义,为其和也;取律令之义,为其严也。"律诗和古体不同,它受到篇幅的限制,要有和谐的音调,整齐的句式,这是五律

---

① 见《通鉴·唐纪》五十二,顺宗永贞元年(公元805年)。

和七律所共同的。然而五律的艺术是不是就等于七律的艺术，人们在五律上所取得的艺术经验，是否就可以完全搬用到七律上来呢？这又不能。古代诗人中，两者不能兼长的大量事实，便是最好的说明。

严羽《沧浪诗话·诗法》有云："律诗难于古诗，……七言律诗难于五言律诗。"吴可《藏海诗话》也有同样的说法。为什么难？王世贞在《艺苑卮言》里有这样解释："五律差易雄浑，加以二字，便觉费力。"其实，哪种诗体最难，并没有绝对的标准；然而任何一种体裁，都有它自己的特点。姚鼐说："夫文以气为主，七言今体，句引字贶，尤贵气健。"（见《五七言今体诗钞序目》）"句引字贶"，确实是七言的特点，气势不足，便觉萎弱；而"七律束于八句之中，以短篇而须具纵横奇恣、开阖阴阳之势，而又必起结转折，章法规矩井然，所以为难"（方东树语，见《昭昧詹言》卷十四）。

前面说过，盛唐诸家七律，以兴趣情韵见长，由于他们所描写的是一般的题材，在一首八句之中，往复回旋，自有余地；加上他们在语言艺术上都掌握得极为纯熟，色彩的渲染，音调的配合，表现得风度端凝，仪容修整，容易给人一种"态浓意远淑且真，肌理细腻骨肉匀"的美感。然而这只能适应于这种内容。到杜甫，模写物象，抒发性情，"壮浪纵恣，摆去拘束"，于尺幅之中，运以磅礴飞动的气势，一变而为巨刃磨天，金鹅擘海的壮观。磅礴飞动的气势和精严的诗律融合在一起，构成了杜甫七言律诗的独特风格。这种风格，倘若用杜甫自己的话来形容，则"思飘云物动，律中鬼神惊"（《敬赠郑谏议十韵》），可以得其仿佛。试以《诸将》第二首为例：

> 韩公本意筑三城，拟绝天骄拔汉旌。
> 岂谓尽烦回纥马，翻然远救朔方兵！
> 胡来不觉潼关隘，龙起犹闻晋水清。
> 独使至尊忧社稷，诸君何以答升平？

"本意""拟绝""岂谓""翻然""不觉""犹闻""独使""何以"，一气旋转，任意挥斥，有如掣电流虹。说它是一篇议论文吧，不是，它是一首格律严整的律诗。三四两句，用流水对的方法，使人不感觉是对仗（杜诗中这样的对法极多）；连句中的虚字,有的放在句首,有的放在句中(首尾四句,每句一变,中间四句,每联一变),都错综运用,以见变化之妙。严羽在《沧浪诗话》里反对"以议论为诗",这诗是包含着绝大议论的,而且从正面说了出来;然而它却能震动读者的心弦,具有强烈的感染力,并不"堕入理趣"。为什么会如此,是值得深长思之的。

刘熙载《艺概·诗概》云:"律诗声谐语俪,故往往易工而难化。能求之章法,不惟于字句争长,则体虽近而气脉入古矣。"惟其运之以气,故能开阖排奡,转掉自如,造成不平凡的体势;惟其深于律,所以同时又能在拏掷飞腾的气势中见出精细的脉络。杜甫七律所以"工而能化",区别于盛唐诸家者,正在此等处。姚鼐所谓"不可以律缚",意即指此。例如《送路六侍御入朝》:

> 童稚情亲四十年,中间消息两茫然。
> 更为后会知何地,忽漫相逢是别筵!
> 不分桃花红似锦,生憎柳絮白如绵。
> 剑南春色还无赖,触忤愁人到酒边。

久别重逢,乍逢又别,别后会见无期,诗中有这样几层意思。从"童稚情亲",顺序写来,第三句忽然来个倒插,逆摄下句,全诗便有了主脑,显出血脉动荡,气韵深沉;而诗人感伤离乱的情怀,也就深刻地表现了出来。五、六两句阑入景物的描写,似与上文不相涉。读了结尾两句,才知道这"酒边"的"剑南春色",正是"别筵"的眼前风光。"桃花红似锦""柳絮白如绵",这风光是明艳的,而诗偏说"不分""生憎",因为它"触忤"了"愁人";它之所以"触忤愁人",则是由于后会无期,离怀难遣,对景伤情的缘故。这样,"不分""生憎"就不犯痕迹地把上半篇和下半篇联系起来,情和景就融成不可分割的整体。这诗句句提得起,而又处处打得通。论气势,是活虎生龙;论布局,是草蛇灰线。又如《秋兴》第六首:

> 瞿塘峡口曲江头,万里风烟接素秋。
> 花萼夹城通御气,芙蓉小苑入边愁。
> 珠帘绣柱围黄鹄,锦缆牙樯起白鸥。
> 回首可怜歌舞地,秦中自古帝王州。

中间四句,纯从空际着笔,写景不是真的写景,这景是远在"瞿塘峡口"的诗人的想象。诗人怎样把这想象写入诗里呢?开头一句,"瞿塘峡口""曲江头"是两个地名,接着用"接素秋"的"接"字把它们连接起来,于是涌现出联翩的浮想,构成了鲜明的形象;最后用"回首"两字一笔兜回,表现了忧念时局、眷怀京国的无穷感慨。浦起龙评云:"瞿塘、曲江,相悬万里,次句钩锁有方。趁便嵌入'秋'字,何等筋节!中四乃申写'曲江'之事变景象,末以嗟叹束之,总是一片身临意想之神。"这话是颇能抉发诗人的艺术匠心的。

前面一诗,把主句放在篇中;此诗以首尾包举全局,都是大开大阖。它表现了诗人不可一世的气概和拔山扛鼎的笔力;而脉络分明,"钩锁""嵌入"有法,则见诗律之精。

杜甫七律中最为人们熟悉的一种类型,如《将赴荆南寄别李剑州》:

> 使君高义驱今古,寥落三年坐剑州。
> 但见文翁能化俗,焉知李广未封侯?
> 路经滟滪双蓬鬓,天入沧浪一钓舟。
> 戎马相逢更何日?春风回首仲宣楼。

前四句写李,称颂他"能化俗"的政绩,为他"未封侯"而鸣不平。然而这不平乃是诗人有感而发的,就李本人来说,只见他勤勤恳恳替人民办事,哪里会计较个人官途的升沉得失呢?诗从"高义"和"寥落"生发出这两层意思,见出李思想境界之高,从而使人对他那沉沦州郡,得不到朝廷重用的坎坷遭遇,更加为之惋惜。文翁政绩流传蜀中,比拟李之官剑州刺史;而未封侯的李广,则和李同姓,典故用得非常贴切。然而诗人的能事,并不在此。于"文翁能化俗""李广未封侯"之上,着以"但见""焉知",运之以动荡之笔,精神顿出,人物形象就跃然纸上了。在历史上,李广对自己屡立战功,未得封侯,是耿耿于怀,终身引为憾事的。这里却推开来,说"焉知李广未封侯",这就在用典的同时,注入了新的意义,改造了典故,提高了诗的思想性。就语言艺术来说,从这种地方,可以看出杜甫把七言歌行中纵横挥斥的笔意,运用、融化于律体之中。像"但觉高歌有鬼神,焉知饿死填沟壑"(《醉时歌》),和这不正是波澜莫二吗?下半篇抒身世之感,离别之情,写的是意想中的自己将赴荆南的情景。"路经滟滪",见瞿塘风涛之险恶①,"天入沧浪",状江汉烟水之微茫。在这里,诗人并未诉说其迟暮飘零的悲哀,而是通过"一钓舟"与"沧浪"、"双蓬鬓"与"滟滪"鲜明的形象对照,展示出一幅扁舟出峡图。倘若说,这是诗中有画,那么,这画意,便可借用杜甫另外两句诗"亲朋无一字,老病有孤舟"(《登岳阳楼》)来作为说明。尾联用"仲宣楼"点出将赴之地。诗人清楚地意识到自己到了那里,也还像当年避乱荆州的王粲那样,仍然是漂泊他乡,托身无所;而当此时,回望蜀中,怀念故友,想到兵戈阻隔,相见无期,那就会更加四顾茫茫,百端交集了。

这类的诗,往往劈空而来,一起既挺拔而又沉重,有笼罩全篇的气势。写到第四句,似乎诗人要说的话都已说完了,可是到第五、六二句忽然又转换一个新的意思,喷薄出更为汹涌、更为壮阔的波澜。然而它又不是一泻无余;收束处,总是荡漾萦回,和篇首遥相照映,显得气固神完。此诗便可看着这一类型的标本。他如《野人送朱樱》《野望》《白帝》《阁夜》《登高》……都是脍炙人口的名篇,就不一一枚举了。

另一种类型的诗,如《和裴迪登蜀州东亭送客逢早梅相忆见寄》:

> 东阁官梅动诗兴,还如何逊在扬州。
> 此时对雪遥相忆,送客逢春可自由?
> 幸不折来伤岁暮,若为看去乱春愁。
> 江边一树垂垂发,朝夕催人自白头。

对着似雪的梅花而伤感迟暮,这诗是因裴逢早梅相忆见寄诗触动了自己的心情。首句的"梅",牵引出一条线索,一直贯串到最后一句。"东阁官梅"是裴迪诗中的梅;"江边一树",是自己朝夕相对的梅,从梅生发出许多意思,表现得极为深曲。诗中并没有掀起浩瀚的波澜,而是潜气内转,有如独茧抽丝。这类的诗在杜甫七律中占有相当数量,如《所思》《九日》《白帝城最高楼》《滟滪》《又呈吴郎》等皆是,其

---

① 《太平寰宇记》卷一百四十八:"滟滪堆周回二十丈,在(夔)州西南二百步蜀江中心瞿塘峡口。冬水浅,屹然露百余尺;夏水涨,没数十丈。其状如马,舟人不敢进。……谚曰:'滟滪大如朴,瞿塘不可触;滟滪大如马,瞿塘不可下;滟滪大如鳖,瞿塘行舟绝;滟滪大如龟,瞿塘不可窥。'"

中有的是拗体。虽然它们的表现手法,并不完全一样,然而它们的意境,是同样拗折而峻峭的。

杜甫的七律,多半是精心刻意之作,特别是那些大型组诗,炼意创格,如孙、吴布阵,真能见出作者惨淡经营的艺术构思。然而并不能说,这就足以尽杜律之妙,我们不应忽略他那意兴横逸的一面。如《即事》:

暮春三月巫峡长,皛皛行云浮日光。
雷声忽送千峰雨,花气浑如百和香。
黄莺过水翻回去,燕子衔泥湿不妨。
飞阁卷帘图画里,虚无只少对潇湘。

从阴云到暴雨,从深山到江面,信手拈来,顺序写去,不费安排,对仗也很突兀。绳以律法,诚如黄生所说,有些"不衫不履",可是它却是一首难得的好诗,是一幅绝妙的暮春巫峡看雨图。再如《十二月一日》:

寒轻市上山烟碧,日满楼前江雾黄。
负盐出井此谿女,打鼓发船何郡郎?
新亭举目风景切,茂陵著书消渴长。
春花不愁不烂熳,楚客唯听棹相将。

写的是眼前景,抒的是心中情,直起直落,而真意盎然。这类的诗,多半出现在杜甫晚年。他自述创作变化的过程有云:"为人性僻耽佳句,语不惊人死不休。老去诗篇浑漫与(一作兴),春来花鸟莫深愁。""浑漫与"的诗篇,有的如前面所说,潜气内转,还有筋节可寻;有的则略无润饰,如画家写意,连笔墨全都化去。

律诗达到了这样的境地,真如黄庭坚所云:"不烦绳削而自合矣。"(见《与王观复书》)是杜甫"晚节渐于诗律细"的另一种表现。仇兆鳌解《遣闷戏呈路十九曹长》云:"公尝言'老去诗篇浑漫与',此言'晚节渐于诗律细',何也?'律细'言用心精密,'漫与'言出乎纯熟:熟从精处来,两意未尝不合。"(《杜诗详注》卷十八)把两者结合起来看,这话完全不错;然而就具体作品来说,两种不同的表现,也与题材有关:"浑漫与",写眼前情景,契机所发,脱口成吟;而《诸将》《秋兴》之类鸿篇巨制,则来尝不"事出沉思,义归翰藻",两者又当分别看待。前者金声玉振,后者流水行云;而从容于规矩之中,神明于法度之外,则两者是一致的。

律诗的语言艺术,是建筑在骈偶藻丽的基础上的。综缉词采,错比文华,盛唐诗人朝着这个方向发展,到杜甫集其大成。关于这,前人已有定论,无待赘述。而在七律里运用口语,则是杜甫的独创。"黄莺过水翻回去,燕子衔泥湿不妨","负盐出井此谿女,打鼓发船何郡郎"。从上引的诗里,就可以看出这种特点。再如《见萤火》:

巫山秋夜萤火飞,疏帘巧入坐人衣。
忽惊屋里琴书冷,复乱檐前星宿稀。
却绕井栏添个个,偶经花蕊弄辉辉。
沧江白发愁看汝,来岁如今归未归?

通篇到底,简直口语化。我想,在唐代,这就该是白话诗。杜甫在提炼口语上所取得的惊人成就,本不用说;然而值得注意的,这是"声谐语俪"的律诗,而且是"句引字赊"的七言律诗!这类诗,在"林花着雨燕脂落,水荇牵风翠带长"(《曲江对雨》),"锦江春色来天地,玉垒浮云变古今"(《登楼》),"丛菊两开他日泪,孤舟一系故园心"(《秋兴》),"沧海未全归禹贡,蓟门何处尽尧封"(《诸将》),"胡骑中宵堪北走,武陵一曲想南征"(《吹笛》)等作品之外,是杜甫七律语言艺术的另一个重要方面。

四

杜甫七律多方面的成就,所遗留下来的丰富多彩的艺术成品,是最好的说明;要想在一篇文章里,作出较详备的阐述,是不可能的。但有一点可以看得很明白,那就是他在七律这一诗体发展历史上所起的作用和影响。

在律体诗的范畴内,五律的发展,到盛唐已达到了全面繁荣的阶段。诚如姚鼐所说:"盛唐人诗固无体不妙,而尤以五律为最。"(见《五七言今体诗钞序目》)过此虽嗣响有人，但就总的情况而论，则发展不大。王、孟、李、杜而后，拿唐、宋两代来说，以五律擅场的有刘长卿、大历十才子、姚合、贾岛、马戴、司空图等人；在宋代，有永嘉四灵及江湖派诗人。尽管他们的清词丽句，不废流传；然而他们的五律，却不能算是代表时代最优秀的诗篇；这些诗人，也不能算是第一流的作者。可是七律的情况，却大大不同。中唐以来，它就后来居上，成为律诗中主要的体裁，人们普遍采用的形式。杰出的诗人中，如刘禹锡、柳宗元、白居易、李商隐、王安石、苏轼、黄庭坚、陆游、元好问等都是七律的著名作者。虽然他们五、七言兼攻，但代表他们律体的成就，则在此而不在彼；元、明、清基本上也是这样。这是文学史上不可否认的客观事实。

律诗五、七言起伏盛衰的消息，固然有它本身的内在因素，而杜甫创造性的艺术实践，从多方面起了示范作用，为这一诗体进一步发展开拓了广阔的道路。

杜甫而后，七言律诗的艺术，有如百花争艳，发展得非常繁荣：刘、柳以精警凝炼见长，白居易以纡徐坦易取胜，苏轼则运之以纵横豪宕之气，黄庭坚则耽于奇峭幽奥之思，陆游雄浑健拔，元好问沉痛激昂。他们的生活感受不同，风格各异，都能自成面目；而在传统继承关系上，都可看作杜的支流。关于这，前人已有很多的具体论述。至于李商隐的七律，是唐代殿军，演出了王安石一派。若论其渊源所自，则虽兼备众体，而瓣香则在少陵，更是不烦词费的。

原文刊载于《光明日报·文学遗产》1962年5月，总第416期，后收入《晚照楼论文集》

谈杜甫七言绝句的特色

杜甫的绝句,历来诗论家都颇有微词,表现得最露骨的要算是胡应麟了。他在《诗薮》内篇干脆地说:

> 子美于绝句无所解,不可法也。
> 盛唐长五言绝,不长七言绝者,孟浩然也;长七言绝,不长五言绝者,高达夫也;五七言俱工者太白;五七言俱无所解者少陵。

应该承认:在杜甫诗中,绝句确实是个比较薄弱的环节。然而这只是和他的其他各体诗歌比较而言的,并非"无所解"或"不可法"。

绝句在杜诗中占的比重并不大,但这里面的情况却很复杂。不加区别而笼统地作出任何一种结论,或者强调某一方面而无视于另一方面,都是错误的。反之,若能本着实事求是的精神,较全面地进行具体分析,则不难作出恰如其分的评价,同时还会给我们在研究唐代诗歌风格流派的发展上以重要的启示。

绝句来自民间,到唐朝的八世纪上半期,在文人创作领域里发展得十分繁荣。和杜甫同时的如李白、王昌龄、王之涣、王维、高适、岑参、崔国辅都是这方面的名手。他们的风格各不相同,有的雄浑,有的秀丽,有的高华,有的清微淡远。他们所描写的题材,有宫怨、闺情、思乡怀友、览古登临,而更多的则是沿用乐府旧题,如《采莲歌》《出塞曲》《从军行》等,也是五光十彩的。盛唐绝句,流传万口的名篇,真是不少。它们共同的优点,在于形象单纯,声调和谐,富有民歌气息。它们主要是以情致见长,韵味取胜的。

杜甫是我国古代伟大诗人之一,他之所以伟大,在于创造性地继承了《诗经》

以来优良的诗歌传统,全面地总结了前人的创作经验,扩大和加深了诗歌的内涵,把诗歌和现实的关系联系得更为密切。为了适应于表现新的更复杂、更丰富的时代内容,有关各体诗歌形式的运用,他都曾大力地在已有的基础上分别予以巩固、革新和提高。古体是如此,歌行是如此,律诗是如此,绝句也是这样。

他本来是想扩展绝句的功能的,但在艺术实践中,却没有能够完全实现他的理想。姑举一诗为例:

秋风嫋嫋动高旌,玉帐分弓射虏营。
已收滴博云间戍,欲夺蓬婆雪外城。

——《奉和严郑公军城早秋》

代宗李豫广德二年(公元764年),严武击败内侵的吐蕃七万多人,收复当狗城和盐州城。战争从秋天开始,到冬天结束。严武写了一首《军城早秋》,这是杜甫的和作。这首诗从表现内容和艺术结构看都较完整,然而我们读了之后,总有一种歉然不足的感觉,它好像不是一首绝句,而是一首未完成的七言律诗,这就不能不说是美中不足了。

再看严武这首《军城早秋》原作:

昨夜秋风入汉关,朔云边月满西山。
更催飞将追骄虏,莫遣沙场匹马还。

在实写战争过程中,笔意是如何的酣畅,气韵是如何的飞动!"更催""莫遣",如脱弦的疾箭,如闪光的流星,就不像"已收"和"欲夺"那样见出人为的痕迹。这不是虚中有实,而是实中见虚。

再看李白的《上皇西巡南京歌》十首之一:

谁道君王行路难,六龙西幸万人欢。
地转锦江成渭水,天回玉垒作长安。

从表面看来,诗的结构,与《奉和严郑公军城早秋》完全一样,但这位"笔底银河落九天"的李白,却另有匠心。从渭水到锦江,以玉垒作长安,是西巡南京(指成都)的事实,可诗中着一"转"字,着一"回"字,由"转"到"成",由"回"到"作",便化实为虚,显得气机流畅,转运无痕。此之谓虚实相参,以虚带实。而杜甫的绝句如《承闻河北诸道节度入朝欢喜口号绝句》十二首中的"周宣汉武今王是,孝子忠臣后代看","始是乾坤王室正,却教江汉客魂销","神灵汉代中兴主,功业汾阳异姓王"等,其病都在于语意太实,语气太重。五绝中,像《武侯庙》《八阵图》也是如此,不一一枚举。

从这个角度来看,绝句似乎不是杜甫的本色当行。这算是杜甫绝句的一种情况。

但我们不应只看到他失败的教训,同时也应看到他成功的经验。下述两种类型的绝句,便可说明这个问题:

首先在杜甫集里,出现了一种杂感式的谈艺论文、评今鉴古的组诗,如《戏为六绝句》、《解闷》十二首之类者皆是。这类的诗,在前代或同时人的古体中虽偶然一见,然而用绝句来表现这种内容,则是杜甫的创举。

> 王杨卢骆当时体,轻薄为文哂未休。
> 尔曹身与名俱灭,不废江河万古流。
>
> ——《戏为六绝句》之一
>
> 陶冶性灵存底物?新诗改罢自长吟。
> 孰知二谢将能事,颇学阴何苦用心。
>
> ——《解闷》十二首之一

上面引的两首,前一首是针对当时流行的谬论,给予"初唐四杰"以历史的评价,后一首是诗人自道作诗的甘苦的。在短短四句之中,有精辟的分析,有明确的结论,也有批评和讽刺,见出诗人独特的见解,给人以明快和亲切之感。倘若把它意译出来,就是一篇绝妙的杂文。

这类的诗,是随意成吟的,但诗人却能寓深刻的用意于轻松笔墨之中,不矜才情,不使气力地写了出来。它的内容很复杂,涉及的问题很广泛,而组织得又非常灵活。像《戏为六绝句》,有的是谈诗歌创作的原则、批评的标准和尺度,有的是谈诗的风格和意境,有的是对具体作家的评价。分开来看,可以划成几个单元(前一首意有未尽的,后一首可作补充,如"王杨卢骆当时体"一首后,接着就是"纵使卢王操翰墨"一首,"不薄今人爱古人"一首后,接着就是"未及前贤更勿疑"一首);合起来看,又是一个不可分割的整体,是一篇杜甫的诗论之纲。再如《解闷》十二首,则是想到哪里,说到哪里,每一首各自成篇。然而读了之后,人们对于杜甫晚年流寓夔州时的生活和心情,他那忧时念乱,抚今思昔,漂泊无依之感,和热爱生活,热爱创作,追怀旧友,奖掖后进的情怀,却得到了完整的理解。这些都在内容上扩充了绝句的容量,而又是适应于绝句的形式的。

这类的绝句,它可以围绕着一个主题,分别从不同的角度去着笔;也可以把一时所感触到的并没有紧密联系的散杂小诗组合在一起。绝句只有四句一首,用来表明一个意思,非常集中,非常便当。当然这短小的形式,是有限制的;可是把它集合起来,作为组诗,篇数可多可少,是不受任何限制的。这样,就充分地发挥了绝句这一形式的作用,而在相对的意义上克服了它形式上的局限性。

这类绝句的特点,在于抒情和说理的密切结合,敏锐地反映了诗人的一些片断的思想和零星的见解。它给后人的启发是很大的。后来许多论诗的绝句,如李商隐的《漫成》三首,元好问的《论诗绝句》三十首等,都以《戏为六绝句》为滥觞。其他一些杂感式的小诗,也在不同程度上受到杜甫的影响,那就更不用说了。

人们都知道,晚唐绝句好著议论,下启宋人诗风;殊不知开辟晚唐途径的,却是杜甫。

杜甫的绝句,大半是入蜀以后的作品;入蜀以前的绝句,在杜集中,现存仅有《赠李白》"秋来相顾尚飘蓬"一首。倘用题材区分,就中占绝大多数的,是描写当地风景和风俗人情的,如《春水生二绝》、《绝句漫兴》九首、《江畔独步寻花七绝句》、《三绝句》、《绝句》四首、《夔州歌十绝句》等(上面引的《解闷》十二首,也杂有写景的诗)。

这类题材,在绝句中是最常见的,然而读了杜甫的诗,却有异样的感觉。

第一,在表现手法上,和盛唐一般的绝句不同,它是细致刻画,曲折达意的。如《江畔独步寻花七绝句》之一:

> 黄师塔前江水东,春光懒困倚微风。
> 桃花一簇开无主,可爱深红爱浅红?

后两句是说:江岸一簇无主桃花,临风开放,深浅相间,绮彩缤纷,分外显得可爱,真叫人不知爱哪种好。还是深红的可爱,还是浅红的可爱呢?诗人以诘问之语出之,笔意就显得深曲,更为传神。

第二,在音调上,也不像盛唐绝句那样的和谐铿锵。如《夔州歌十绝句》之一:

> 中巴之东巴东山,江水开辟流其间。
> 白帝高为三峡镇,夔州险过百牢关。

开头一句,七个字都是平声,第二句的平仄也不合一般的规格(第三字应该用平声,第五字应该用仄声)。这位"老去渐于诗律细"的诗人,难道不知道要谐音韵吗?当然不是。原来他于调声之术,已运到"从心所欲"的神化的境地,是有意从拗中取峭的。他有拗体的律诗,为什么就不能有拗体的绝句?《夔州歌》《漫兴》《江畔独步寻花》之类的绝句,大半都是拗体。

第三,在语言的运用上,较之盛唐其他各家的绝句,更多地杂有当时流行的口语。如《绝句漫兴》九首之一:

> 孰知茅檐绝低小,江上燕子故来频。
> 衔泥点污琴书内,更接飞虫打着人。

"孰知"(即"熟知",前引《解闷》"孰知二谢将能事"的"孰知"同)、"更接"、"打着"这类的词语一连串的运用,在别人近体诗里是很少看到的。

第四,在句法上,有通篇用骈句的(如《绝句》四首中"两个黄鹂鸣翠柳"一首),也有通篇用散句的(如前引《江畔独步寻花七绝句》中"黄师塔前江水东"一首);有骈散相参,前两句用骈句,后两句用散句的(《少年行》"巢燕养雏浑去尽"一首),更多的是前两句用散句,后两句用骈句的(如前引《夔州歌十绝句》中"中巴之东巴山东"一首)可以说是极变化之能事。在章法上往往劈空而来,屹然而止,尤其显得突兀而不平常。

这些诗,和前面说的有关谈艺论文的诗,题材虽有不同,但风格是一致的。它们表现了杜甫绝句的艺术特色。过去有不少选家选录杜甫七绝,独取《赠花卿》《江南逢李龟年》。应该承认,这两首小诗一唱三叹,婉而多讽,确是佳作。然而这在盛唐绝句中是正声,而在少陵,则为别调;真正代表杜甫绝句成就的,在彼而不在此。王世贞在《艺苑卮言》里论盛唐七绝,指出杜甫是"变体",他抓住问题主要的一面,看出了矛盾的特殊性。杜甫这类绝句艺术风格的特征,借用王安石评张籍诗所说的"看似寻常最奇崛,成如容易却艰辛"(见《题张司业集》)来形容,是最恰当不过的了。"老去诗篇浑漫与",所以平易;"语不惊人死不休",所以奇崛。它的妙处,在于活跃着诗人盎然的生活情趣。其中虽也有滞累的句子和晦涩的地方,然而老树着花,枯枝败叶,无损于它的美。

若问,这种风格是怎样形成的呢?我以为,首先应该看到的是:自然之美和生活之美在诗人的艺术构思中得到了融合无间的表现;同时,也不应忽略,它是受到当地民歌的深刻影响的。

杜甫始终是一位关心现实的诗人,遭遇天宝之乱以后,他并没有消极下去;相反地,他的思想是愈来愈深沉了。处于万方多难,避地天涯的岁月里,他那股忧时念国的激情,无从宣泄,出现在他生活周围的一切事物,包括自然界的水流花落,燕语莺啼,都动荡着他心底的微澜,成为他消散苦闷郁悒的寄托。"一物有情皆入赏",在他的笔底,一一赋予这些客观景物以活泼的生意。

倘若不是把某一首诗孤立地来看,杜甫的热爱生活、热爱自然,总是和忧念时局、忧念人民的心情联系在一起的。其他各体诗是如此,绝句也是这样。杜甫对草堂景物的描写,和"晚年惟好静,万事不关心"王维的辋川题咏,有着实质的不同。

蜀中山水,巉削险峻,别有一天。精雕细刻的现实主义手法,随着杜甫晚年对生活细致的观察,运用得更为纯熟,这就要求他在短小的绝句里洗剥得峭拔劲净,表现出一种刻露清奇的意境。自然之美和艺术之美相结合,是形成杜甫绝句独特风格的客观条件。

民间歌谣在盛唐文人绝句中产生影响最广泛的,是长江中下游的《吴声》《西曲》。只要翻开一部《乐府诗集》来看,其间痕迹,异常鲜明。当时,由于中外接触的频繁,西北边地的《伊州歌》《凉州歌》等,在中原也极盛行,朴质刚健的调子,多为文人们所喜爱。这些,都哺育了盛唐绝句极一时之盛。吸取民歌的丰富营养,杜甫和其他大诗人是相同的,然而他却在宽阔的民歌领域中寻找到另一条道路。

明人李东阳《怀麓堂诗话》云:"杜子美《漫兴》诸绝句有古《竹枝》意,跌宕奇古,超出诗人蹊径。"《竹枝》是巴蜀民歌的一种,它是最优美的民间歌调之一,中唐时候,曾经引起一部分诗人的爱好,像顾况、白居易、刘禹锡都有仿作,这是大家都知道的。但却很少有人注意到,第一个勘探、发掘这矿藏的,则是大诗人杜甫。《竹枝》音调的特点是"咽"和"怨",它有别于江南民歌的柔缓悠扬,也不同于西北民歌的宏阔嘹亮。现今流行的西南的民间歌曲,仍然是在这种传统的音调中,洋溢着浓厚的地方色彩。

《竹枝词》的形式,也是七字一句,四句一首,和七言绝句并无区别。所有文人的仿作,都是这样。它不同于七言绝句的是在音调。音调必须通过歌词的具体语言显示出来。依声作歌的刘禹锡的《竹枝词》是从拗中取峭的,杜甫绝句中的拗体,也是从拗中取峭的。所不同者,杜甫没有直接仿作,不是沿用传统的民歌题材而已。

试把杜甫这类的绝句和刘禹锡等人的《竹枝词》互相印证,它们的来龙去脉,便可以看得线索分明了。李东阳又说,这种意境,"韩退之亦有之"(见《怀麓堂诗话》)。可见这一流派,在盛唐已开其端;在中晚唐,就逐渐扩大了它的影响。这一线索,对我国七言绝句的发展,有重大关系,是值得文学史家密切注意的。

清人沈德潜选《唐诗别裁》,对杜甫这类的绝句一概不入录,理由是"少唱叹之音"(见"凡例")。确实,杜甫的绝句,并不以反复咏叹,一语百情取胜;然而这只不过是风格上的异同,它又有什么不好呢?譬之嫩蕊繁花、姹紫嫣红的春色,和水清石瘦、橙黄橘绿的秋光,是各有境界,互不相掩的。

古代许多批评家,往往以停滞的眼光,去看待发展中的文学现象;往往看到问题的一面,而不看问题的另一面;不是从作品的本身去加以具体地分析,而是拿着一个固定不变的标准和尺度去进行评价。这样,自然就方凿圆枘,格格不入了。

或问:同样是入蜀以后的作品,为什么说,杜甫的绝句也有失败的教训呢?答曰：内容决定形式，但作为一个既定形式出现，它又有其相对的独立性，适应于一定的内容和一定的表现手法。绝句究竟是抒情的短歌，它只可能抒写一些片段的生活感受和发表些零碎的见解；虽然它同样有强烈的思想倾向性，但对重大的主题，它只可能侧面地反映，而不能正面地叙写；也不可能运用长篇诗歌里那种排比铺陈的表现手法；它在各体诗歌中，毕竟是形式短小的一种。文各有体，虽"尽得古今文人之体势，而兼文人之所独专"的杜甫，在绝对意义上，也无法打破这一形式本身的局限性。

原文刊载于《光明日报·文学遗产》1961年4月，总第357期，后收入《晚照楼论文集》

论《长恨歌》的主题思想

马茂元　王松龄

唐玄宗李隆基与杨贵妃的故事,在唐代即已成为诗人普遍歌咏的题材。宋洪迈云:"唐人歌诗,其于先世及当时事,直词咏寄,略无隐避。至宫禁嬖昵,非外间所应知者,皆反复极言,而上之人亦不以为罪。如白乐天《长恨歌》、讽谏诸章,元微之《连昌宫词》始末,皆为明皇而发。杜子美尤多。此下如张祜赋连昌宫等三十篇,大抵咏开元天宝间事,李义山《华清宫》等诸诗亦然。今之诗人不敢尔也。"(《容斋续笔》二"唐诗无讳避"条)

唐王朝文化政策比较开明,诗人不会因为叙写"宫禁嬖昵",触及最高统治者"先世及当时事"而贾祸,因而歌咏李杨事件的诗篇大量出现。为了表明某种见解或抒发某种感想,不同的作者乃至同一作者在不同的作品中,可以从不同的角度着笔,这就造成了这类诗歌内容的丰富性和主题思想的复杂性。有关这方面的情况,综合起来,约略举例如下:

其一,批判玄宗宠幸杨妃、荒淫误国。如元稹《连昌宫词》(节):

开元之末姚宋死,朝廷渐渐由妃子。
禄山宫里养作儿,虢国门前闹如市。
弄权宰相不记名,依稀记得杨与李。
庙谟颠倒四海摇,五十年来作疮痏。

李商隐《华清宫》:

> 华清恩幸古无伦,犹恐蛾眉不胜人。
> 未免被他褒女笑,只教天子暂蒙尘。

其二,与上一类相联系,在指责玄宗误国的同时,称赞其尚能悬崖勒马,挽救危亡之局。如杜甫《北征》(节):

> 忆昨狼狈初,事与先古别。
> 奸臣竟菹醢,同恶随荡折。
> 不闻夏殷衰,中自诛褒妲。
> 周汉获再兴,宣光果明哲。

郑畋《马嵬坡》:

> 肃宗回马杨妃死,云雨虽亡日月新。
> 终是圣明天子事,景阳宫井又何人?

其三,从伦理道德着眼,批判玄宗夺媳为妃的丑行。如李商隐《龙池》:

> 龙池赐酒敞云屏,羯鼓声高众乐停。
> 夜半宴归宫漏永,薛王沉醉寿王醒。

《骊山有感》:

> 骊岫飞泉泛暖香,九龙呵护玉莲房。
> 平明每幸长生殿,不从金舆惟寿王。

其四,从爱情的观点出发,谴责玄宗在危难关头不能保护一个所爱的女子,揭露其山盟海誓的虚伪。如李商隐《马嵬》:

> 海外徒闻更九州,他生未卜此生休。
> 空闻虎旅传宵柝,无复鸡人报晓筹。
> 此日六军同驻马,当时七夕笑牵牛。
> 如何四纪为天子,不及卢家有莫愁!

其五,认为国家兴衰自有其深刻原因,不能归罪于"女祸"。如罗隐《帝幸蜀》[①]:

> 马嵬山色翠依依,又见銮舆幸蜀归。
> 泉下阿蛮应有语:这回休更怨杨妃。

韦庄《立春日作》:

> 九重天子去蒙尘,御柳无情依旧春。
> 今日不关妃妾事,始知辜负马嵬人。

在描写李杨故事的唐诗中,白居易的《长恨歌》最称鸿篇巨制,被认为是我国文学史上最优秀的长篇叙事诗之一。但是,《长恨歌》究竟表现了什么主题思想?显然,是很难把它归入上述五类中的任何一类的。

中华人民共和国成立后,学术界曾对此展开过热烈的讨论。简略地概括一下,主要有三种观点:

一、通过对李杨故事的描写,暴露和批判了统治阶级的荒淫无耻,乃至于反映了当时各种复杂的社会矛盾。

二、作品描写的是一个特殊性质的悲剧:它的主角既是悲剧的制造者,也是悲剧的承担者。作者怒其作孽,又哀其可怜,因而使得作品的主题具有谴责和同情、恨和爱这样矛盾的两重性。

[①] 《帝幸蜀》与下首《立春日作》皆咏唐末黄巢军破长安,唐僖宗南奔蜀中事。二诗同旨,谓天下变乱不能简单归罪女祸。若云杨妃为安史之乱祸胎,则僖宗无此女宠,何以亦蒙尘幸蜀?

三、作品的前半部对李杨有所讽刺,但不显著,效果也很微弱,是次要的;其主要方面是后半篇,通过对李杨爱情悲剧的描写,歌颂了他们爱情的坚贞专一。

可见对于《长恨歌》主题思想的认识,意见颇有分歧。然而对于一个关键问题,各方倒几乎没有争论:大家似乎都认为《长恨歌》写的是历史事件,它的主人公——唐玄宗和杨贵妃是具体的历史人物,诗中所表现的思想,就是作者对这一事件和人物的历史评价。

应该承认,《长恨歌》既然沿用历史题材,自不可能完全抛开历史而向壁虚构;然而作为诗的主体、诗的核心,它那富有悲剧意义的感人至深的故事情节,则来自民间传说,是不受历史原型的局限的。尽管诗的前一部分也曾将事件发生和发展的过程作了简单的历史叙述,但这仅仅是为故事的展开交代出时代环境背景而已。诗人真正的用意,在彼而不在此。了解了这一点,我们就可以从更深更广的意义上去认识《长恨歌》的主题思想,比较合理地解释一些与之相关联的问题。

《长恨歌》是陈鸿传奇《长恨歌传》的歌诗部分,二者是一个统一体,这是中唐传奇的基本格式①。由于《长恨歌》长期以来得到广泛而独立的流传,《歌》与《传》密不可分的关系反而被人们忽视了。明白了这一层,我们就可以从《传》入手,去寻绎《歌》的主题思想。陈《传》述说了白《歌》创作的具体过程,为我们理解《歌》的主题思想提供了一把钥匙。

《长恨歌传》今存两个不同的本子。其一载《白氏长庆集》一二《长恨歌》之前,是谓通行本;其二载明刻本《文苑英华》七九四,云出自《丽情集》及《京本大曲》,是谓别本。两本文字颇有异同,现将其结尾一段迻录如下:

通行本:
　　元和元年冬十二月,太原白乐天自校书郎尉于盩厔。鸿与琅琊王质夫家于是邑,暇日相携游仙游寺,话及此事,相与感叹。质夫举酒于乐天前,曰:"夫稀代之事,非遇出世之才润色之,则与时消没,不闻于世。乐天深于诗、多于情者也,试为歌之,如何?"乐天因为《长恨歌》。意者不但感其事,亦欲惩尤物,窒乱阶,垂于将来者也。歌既成,使鸿传焉。世所不闻者,予非开元遗民,不得

---

① 陈寅恪先生对此有精当的论证,见其《元白诗笺证稿》第一章。

知,世所知者,有《玄宗本纪》在。今但传《长恨歌》云尔。
别本:

元和(元)年冬十二月,太原白居易慰(尉)于盩厔。予与琅琊王质夫家仙游谷,因暇日携手入山,质夫于道中语及于是。白乐天深于思(诗?)者也,有出世之才,以为往事多情而感人也深,故为长恨词以歌之,使鸿传焉。世所隐者,鸿非史官,不知;所知者有《玄宗内传》今在。予所据,王质夫说之尔。

陈寅恪先生云:"又取两本传文读之,即觉通行本之文较佳于丽情本。颇疑丽情本为陈氏原文,通行本乃经乐天所删易。"(《元白诗笺证稿》第一章)此说甚是。我们进而推测:乐天删易陈《传》之日,乃白诗结集之时。可以肯定,两本《传》文虽有文句差异,但都是可靠的,因而它们记述的《歌》《传》创作经过及取材来源也是可靠的。通行本明白指出,这个故事是在三人同游时讲的;"话及此事"中的"此事",即指《传》文所记的整个李杨故事。末了,陈鸿特意声明,"世所不闻者,予非开元遗民,不得知;世所知者,有《玄宗本纪》在",这等于是说:予所知所记者,乃世所闻所传,非关史籍所记所载者也。《丽情集》本所记述的《歌》《传》创作经过、取材来源与通行本略同,只是更加明确地指出:"予所据,王质夫说之尔。"可见,白《歌》、陈《传》都是根据王质夫的讲述而创作的,是对民间传闻的再创作。唐玄宗和杨贵妃的历史事迹,白、陈诸人不可能不知道,如果《歌》《传》直接取材于历史,那陈鸿为什么要一再声明这个故事是听王质夫讲的?为什么要特别指出与《玄宗本纪》《玄宗内传》无关(详绎引文,此意甚明)?

白《歌》、陈《传》取材于民间传闻的立论要成立,必须解决一个重要问题,即白居易时代是否存在关于李杨的传说故事?如果有,又是怎么样的?由于年代久远,文献散佚,而且远非所有传闻都载诸文字,要推知当时全貌似不可能。但是从今存文献中仍可找到一些材料,足以证明当时不仅广泛存在这种传说,而且有些传说与白《歌》、陈《传》所载相同或近似。

李益《过马嵬二首》之二(《全唐诗》二八三):

金甲银旌尽已回,苍茫罗袖隔风埃。

> 浓香犹自随鸾辂,恨魄无由离马嵬。
> 南内真人悲帐殿,东溟方士问蓬莱。
> 唯留坡畔弯环月,时送残辉入夜台。

这里就写了一个传说:唐玄宗(南内真人)因为悲伤思念,派遣方士到东溟蓬莱去寻访杨妃魂魄,这与《歌》中"为感君王辗转思,遂教方士殷勤觅"的情节一致。然而李诗中的杨妃并未能在蓬莱当仙子,而是"恨魄无由离马嵬",唯有弯月残辉相伴而已,远不如《歌》中情节复杂丰富,这正符合民间传说在流传中由简单到复杂的发展规律。可以认为,李诗所写的正是在白居易之前[①],即已流传的李杨故事中的一种,而且是比较原始的一种。

宋人董逌《广川画跋》(载《十万卷楼丛书》二编)卷一《书马嵬图》云:

> 世传太真妃以为委马嵬时,正如愍怀妃事,而神乃仙去,非若当时史臣所记也。……予在蜀时见《青城山录》,记当时事甚详:上皇尝召广汉陈什邡行朝廷斋场,礼牲币,求神于冥漠。是夕奏曰:"已于九地之下、鬼神之中搜访,不知。"二日又奏:"九天之上、星辰日月之间,虚空杳冥之际,遍之矣。"三日又奏:"人寰之中、山川岳渎祠庙、十洲三岛江海之间,莫知其所。"后于蓬莱南宫西虎有上元玉女张太真,谓曰:"我太上侍女,隶上元宫,而帝乃太阳朱宫真人,世念颇重。上降理于人世,我谪人世为侍卫耳。"因取玉龟为信。其事在一时已有录,宜为世所传。而(陈)鸿所书乃言"临邛道士",又不著其奏事,其有避而不敢尽哉?将欲传之,未得其详,故书随以略也?今《青城山录》好异者传出久矣。……

董逌为北宋著名书画鉴赏、考据专家,其《广川画跋》六卷,记所见名画一百三十余幅,多为考证之文,非道听途说之小说杂记者流可比。他所引的《青城山录》

---

① 李益生于唐玄宗天宝七载(748),大历四年进士。《长恨歌》作于元和元年(806),时李益已五十九岁,白居易方三十五岁,从年代看,李诗当早于白诗。且李益久负诗名,性颇恃才傲物,若《长恨歌》之作在前,则这位年届花甲的老诗人当不会那样落墨。

今不得见,但从引文中可以知道,《青城山录》所记与《长恨歌》中"上穷碧落下黄泉,两处茫茫皆不见。忽闻海上有仙山,山在虚无缥缈间。楼阁玲珑五云起,其中绰约多仙子,中有一人字太真,雪肤花貌参差是"的描写及以信物付道士等情节极似;而《长恨歌传》"适有道士自蜀来,知上皇心念杨妃如是,自言有李少君之术。玄宗大喜,命致其神。方士乃竭其术以索之,不至。又能游神驭气,出天界、没地府以求之,不见。又旁求四虚上下,东极大海,跨蓬壶,见最高仙山,上多楼阙,西厢下有洞户,东向,阖其门,署曰'玉妃太真院'"云云。除个别地方外,简直是《青城山录》的缩写。董逌称《青城山录》"记当时事甚详","其事在一时已有录,宜为世所传。而鸿所书乃言'临邛道士',又不著其奏事,其有避而不敢尽哉?将欲传之,未得其详,故书随以略也?"董氏的疑问,固然昧于文学创作删削剪裁之旨,然而却给我们透露了一个极为重要的消息:在白、陈之前或同时,与《歌》《传》所载极为相似的李杨故事已录诸文字,播在人口。

至此,我们已经知道上皇悲念、方士寻觅、仙山问答、托寄信物等情节皆有所自,且出于白、陈之前。陈寅恪先生谓"在白歌陈传之前,故事大抵尚局限于人世,而不及于灵界,其畅述人天生死形神离合之关系,似以长恨歌及传为创始。……然则增加太真死后天上一段故事之作者,即是白、陈诸人"(《元白诗笺证稿》第一章),殆偶失考。

然而问题并未完全解决。马嵬之死、蜀道闻铃、七夕盟誓等情节,是否亦本诸传闻?

马嵬之死,在白居易时代即有不同说法。李益《过马嵬二首》之一云:"太真血染马蹄尽,朱阁影随天际空。"贾岛(779—843)小白居易七岁,其《马嵬》诗亦云:"一自上皇惆怅后,至今来往马蹄腥。"据二诗所述,杨妃曾血溅马嵬,当死于兵刃。刘禹锡(772—842)与白居易同岁,又为唱和诗友,其《马嵬行》云"贵人饮金屑,倏忽蕣英暮",则杨妃又系吞金而死。但更多的诗文说她是被缢死的,与陈《传》所云"死于尺组之下"相同。这三种不同的死法,恰好说明当时有种种不同的传闻,王质夫所讲的缢死,只不过是比较流行的一种说法罢了。蜀道闻铃一节,也有类似情况。唐郑处诲《明皇杂录补遗》云:

明皇既幸蜀,西南行。初入斜谷,属霖雨涉旬,于栈道雨中闻铃,音与山相应。上既悼念贵妃,采其声为《雨霖铃》曲,以寄恨焉。时梨园子弟善吹觱篥者,张野狐为第一。此人从至蜀,上因以其曲授野狐。洎至德中,车驾复幸华清宫,上于望京楼下命野狐奏《雨霖铃》曲。未半,上四顾凄凉,不觉流涕。左右感动,与之歔欷。其曲今传于法部。

而张祜(生卒年不详。他曾求荐于白居易,又为元稹所抑,故其年辈当晚于元白)《雨霖铃》七绝云:

> 雨霖铃夜却归秦,犹见张徽一曲新。
> 长说上皇和泪教,月明南内更无人。

唐段安节《乐府杂录》"雨霖铃"条云:

> 《雨霖铃》者,因唐明皇驾回至骆谷,闻雨霖銮铃,因令张野狐撰为曲名。

郑氏所记玄宗因夜雨闻铃而作《雨霖铃》曲,事在天宝十五载赴蜀途中,与《长恨歌》"行宫见月伤心色,夜雨闻铃肠断声"相符;而张氏、段氏则谓事在至德二载自蜀还长安途中,殊不相同。传闻异辞,白《歌》所采,其一而已。

七夕盟誓,亦系传闻。陈《传》云:"昔天宝十载,侍辇避暑于骊山宫。秋七月,牵牛织女相见之夕,……时夜殆半,休侍卫于东西厢,独侍上。上凭肩而立,因仰天感牛女事,密相誓心,愿世世为夫妇。"白《歌》云:"七月七日长生殿,夜半无人私语时。在天愿作比翼鸟,在地愿为连理枝。"陈寅恪先生旁征博引,证明此事决无可能,略云:"温泉之浴,其旨在治疗疾病,除寒祛风。非若今世习俗,以为消夏逭暑之用也。""夫温泉祛寒去风之旨既明,则玄宗临幸温汤必在冬季春初寒冷之时节。今详检两唐书玄宗纪无一次于夏日炎暑时幸骊山,而其驻跸温泉,常在冬季春初,可以证明者也。(参刘文典先生《群书斠补》)夫君举必书,唐代史实,武宗以前大抵完具。若玄宗果有夏季临幸骊山之事,断不致漏而不书。然则决无如长恨歌传所云,天宝十载七月七日玄宗与杨妃在华清宫之理,可以无疑矣。"陈先生论证甚为精确,然而有趣的是:这一精确的论证恰恰说明七夕盟誓这段动人的故事来自传闻,无关历史。否则,熟悉朝章国故而又距离天宝时代不远的白居易,会犯这种常识性错误吗?

在我国古典文学作品中,大量以民间传说作为依据的小说、戏剧以及说唱文学等,其所描写的人物和事件,很多是借用历史题材,然而故事所涉及的时间、地点、人物等细节,却并不一定都符合史实,有时甚至移前作后、拉沙抵水,是经不起历史学家检验的。这是毋劳举例的几乎成为规律的常见现象,《长恨歌》自不例外。其主要情节略可分为三种类型:一、符合史实,如马嵬缢死,与新旧《唐书》及《资治通鉴》相合。二、不合史实,如七夕盟誓。三、无史籍可资对证,如蜀道闻铃、方士寻觅。这种真真假假的情况,恰好说明《长恨歌》取材于传闻的立论当可成立。

既然如此,我们就可以用更广阔的眼光去探求《长恨歌》的主题思想。我们认为,《长恨歌》通过对李杨爱情悲剧的描写,歌颂了爱情的坚贞专一,倾诉了对他们在爱情上不幸遭遇的深刻同情,同时在客观上反映了李杨故事的原始创造者——处在中唐战乱时代的人们(包括文人)对美满爱情的理想和渴求,以及在现实生活中爱情被破坏给他们造成的终身痛苦,和对这种痛苦的无可奈何的自我解脱——把重圆的希望寄托于幻想中的仙山灵界。取材于民间传闻的《长恨歌》所塑造的李杨形象,已经脱离了它们的历史原型唐玄宗、杨贵妃,它所描写的爱情悲剧,也不再仅仅是帝王宫妃的悲欢离合,而具有普通男女爱情悲剧的性质。由于唐玄宗和杨贵妃在战乱中有着和普通人一样的生离死别的悲剧遭遇,人们便在传说中把自己的情感理想和追求附丽到他俩身上,这是自然而合理的。明白了这一点,我们就可以从比较广阔的时代意义上去理解《长恨歌》的主题思想。

安史之乱后,唐王朝进入了藩镇割据、战乱连绵的中唐时期。强藩们拥重兵,据财赋,喜则连衡以叛上,怒则以力相并。就在《长恨歌》问世之前二十五年(建中二年,公元781年),唐王朝又遭到一次不亚于安史之乱的惨烈战祸:成德、魏博、淄青、山东、淮西五镇连兵反唐,两年后奉诏入援的泾原兵又在长安叛变,拥朱泚为秦帝,唐德宗出奔奉天。兴元元年(公元784年),入援奉天的朔方镇李怀光又反,与朱泚相联合,德宗再逃奔梁州。这种大混战的局面拖到贞元二年(公元786年)才告结束,吐蕃对唐的进攻又于同年宣告开始,迁延多年。据《旧唐书·宪宗纪》记载,元和二年(公元807年,即《长恨歌》问世的次年)全国输税的户口,除藩镇割据的不计,只及玄宗天宝年间的四分之一。由此可见当时人民在战乱中遭受的杀戮是何等惨重,有多少家庭被破坏,有多少夫妻生离死别,又有多少无法弥补的"长恨"!文学,尤其是民间文学,是社会现实的反映。人们在战乱中失去了亲人和爱情,在现实中无法弥合这种剧烈的创痛,只得把对美好爱情的忆念和始终不渝的执着追求,寄托于虚无缥缈的"海上仙山",热切地期望"但令心似金钿坚,天上人间会相见","在天愿作比翼鸟,在地愿为连理枝"。人的心理就是如此:明明知道这一切都是虚妄的,明明追求、幻想的是不可能实现的,但仍然要执着地追求、幻想,这其实是一种情感的发泄和精神上的自我安慰。元稹《遣悲怀》之三云:"同穴窅冥何所望,他生缘会更难期",明知他生缘会是渺茫的,不可能的,但仍要说,仍要"期",正是这种心理的反映。白居易清醒地看到这一点,所以满怀深厚的同情,用这样两句来"卒章显其志":"天长地久有时尽,此恨绵绵无绝期!"就是说,尽管可以升天入地地幻想,但现实中生离死别的爱情悲剧是无法挽回了,只有刻骨铭心的悲痛与天地永存。这不仅是作品人物李杨的"长恨",也是当时无数普通男女的"长恨"。附带说一句:如果理解了这一层意思,就不会提出"既然'天上人间会相见',就没有恨了,为什么又说'此恨绵绵无绝期'"这种疑问了。

我们的观点,还可以从唐人传奇中得到印证。中唐是传奇的黄金时代,名家辈出,佳作如林。(白居易的弟弟白行简就是一个著名的传奇作家,他根据民间"说话"《一枝花话》创作的《李娃传》是至今流传的名篇。)当时各种尖锐复杂的社会矛盾都在传奇中得到反映,而描写爱情悲欢离合的作品占了很大比重,说明这是当时引人注意的、具有普遍意义的社会问题。这些作品往往有个共同特点:歌颂对爱情的诚挚专一和锲而不舍的追求,而问题的解决,不是靠了一个出神入化的侠客,便是得道成仙,在天上结成眷属,这似乎成了某些作品的"模式"。如与白居易同时而稍早的许尧佐,写了一篇《柳氏传》:落拓书生韩翊与柳氏相爱,结为夫妇,不幸在安史之乱中离散,柳氏为蕃将沙吒利所掳。多亏豪侠之士许俊挺身而出,不避艰险,以计夺回柳氏,使韩柳再得团聚。而略晚于白居易的薛调写的《无双传》,则叙述了发生在德宗朝战乱中的类似故事:王仙客与表妹刘无双相爱,适泾原兵叛,朱泚称帝,刘父做了伪官。乱平之后,刘父被杀,无双籍没宫中。古道热肠的"古押衙"感于仙客的相思之诚,设奇计救出无双,使二人团圆,而自己杀身以报。到了晚唐,社会更加混乱,这类作品更是不胜枚举,如裴铏的《昆仑奴》就是为人熟知的代表作,而他的另一篇脍炙人口的《裴航》,则写了一个人神恋爱的故事:落第书生裴航爱上了化作农家少女的仙子云英,历尽艰辛,终于在仙界结为夫妻,而裴航也超为上仙。这种"模式"的出现,正好反映了人们在中晚唐极度动乱的社会中的悲惨处境,以及在这种处境中的心理状态:对现实绝望,就寄希望于幻想;在现实中破碎了的,就在幻想中修补;在尘世中得不到的,就在天界上满足。而神仙侠客,就成为人们自我慰藉的手段,宣泄情感的闸门。作为中唐传奇《长恨歌传》歌诗部分的《长恨歌》,就是在这种社会的、文学的背景下根据民间传闻创作的,不可能不受到当时人们心理状态和表达方式的影响。

我们这样认识《长恨歌》的主题思想,可能会招来疑问和诘难。估计会有这样一些问题:作品中对李杨的讽刺不是明显的吗?陈鸿不是说《长恨歌》的主旨之一是"惩尤物,窒乱阶"吗?白居易响亮地提出"文章合为时而著,歌诗合为事而作"的口号,强调诗歌的"美刺"作用,以达到"救济人病,裨补时阙"的目的,那他何以竟会把李杨故事写成这个样子呢?历史上的李杨为什么会与作品中的李杨产生那么大的差距呢?换句话说,在历史真实与艺术真实之间,在所谓白居易的"现实主义"诗歌理论与其具体作品《长恨歌》之间,究竟是统一的还是矛盾的?

我们丝毫不否认《长恨歌》中存在着讽刺内容。但是只要细读全诗就会发现,这种讽刺很有限。先看看作者对杨妃的态度。作品中的她是个绝代佳人,一出场就压倒"后宫佳丽三千人",而且多才多艺,能歌善舞,吸住了玄宗的全部注意力。在诗的后半,她更是一个纯洁美丽、对爱情忠贞专一的形象。全诗对她没有讽刺,唯一近似讽刺的是提到她专宠。但专宠不是她的罪过;她只是宠爱的被动承受者,作品中没有说她、哪怕仅仅是暗示她故作狐媚或施展伎俩去夺取这种特殊地位。在封建社会中,"后妃乱政"与"女色祸国"是两个有区别的概念,前者移国乱朝,本身就干了不少坏事,如晋之贾后、唐之韦后、清之慈禧;后者自己并没有干什么坏事,她们仅仅是"尤物",是"惑人者",国家败亡之责在于处于主动地位的君王,所谓"惑者自惑"。作品中的杨妃,显系后者。诗云:"天生丽质难自弃,一朝选在君王侧",丽质即所谓尤物,故事即从尤物入宫生发出来。然而丽质出自天成,且难以自弃,她能负什么责任呢?诗人微意所在,不难明白。再看看作者对玄宗的态度。诗一开头就说:"汉皇重色思倾国,御宇多年求不得",作为封建帝王,不"重色"者实在不多,所以这算不得什么大罪过。"倾国"二字,前人说暗示了悲剧性结局,颇有见地;但有人认为含有讽刺和贬义,这就不敢苟同了。"倾国"一词乃从《诗经》"哲夫成城,哲妇倾城"演化而来,汉李延年用"一顾倾人城,再顾倾人国"来形容自己的妹妹,以求进献于汉武帝,岂有讽刺与贬义?李白奉旨作《清平调》,有"名花倾国两相欢"句,难道竟是当面斥骂杨妃?可见"倾国"仅用李延年成语,作为美人代称而已。诗云"姊妹弟兄皆列土,可怜光彩生门户。遂令天下父母心,不重生男重生女",这也算得不了大不了的讽刺,而正好反映了帝王表达爱情的典型方式——一人受宠,恩及家族,一人得道,鸡犬升天。历代帝王,又有几人能逃此例?况且从结构上来说,这四句与前面"回眸一笑百媚生,六宫粉黛无颜色"等描写相呼应,反衬出杨妃的美丽:正是她的绝代容色给家族带来了殊荣。至于"春宵苦短日高起,从此君王不早朝","缓歌慢舞凝丝竹,尽日君王看不足",这倒是真讽刺了:惑于女色,荒废国政,终于造成"宛转蛾眉马前死""君王掩面救不得"的悲剧。从"求不得"到"看不足",再到"救不得"——所谓"惩尤物,窒乱阶",就到此为止。作者的讽谕诗《新乐府·李夫人》正好可以看作《长恨歌》的注脚:

> 伤心不独汉武帝,自古及今皆若斯。君不见穆王三日哭,重璧台前伤盛姬。又不见泰陵一掬泪,马嵬坡下念杨妃?纵令妍姿艳质化为土,此恨长在无销期。生亦惑,死亦惑,尤物惑人忘不得。人非木石皆有情,不如不遇倾城色!

这里,不但表现了作者囿于封建士大夫传统的"尤物惑人"的观点,而且从人性的观点出发,认为男人都难逃美色这一关。最好是"求不得","不如不遇倾城色",否则就麻烦了,包含着对"被惑者"的同情。《长恨歌》的讽刺之所以很有限,原因之一正在于此。

我们不把讽刺内容归纳入《长恨歌》的主题思想,不仅在于它程度有限,更重要的还在于它并非主题的有机构成部分,而是附加上去的说教,是贴上去的标签。在白《歌》、陈《传》的共同创作活动中,陈鸿应该是最能了解白居易创作思想的人。《传》云:"意者不但感其事,亦欲惩尤物,窒乱阶,垂于将来者也。""感其事"而作歌,明确指出驱使白居易进入创作的是王质夫述说的李杨恋爱故事,是这一故事的悲剧意义感动了他,引起他的深切同情。这才是白居易真正的创作动机,亦即《长恨歌》主题思想之所在。既然如此,那为什么又要来个"惩尤物,窒乱阶"呢?这是因为诗中叙写的历史事件涉及"女色祸国"的问题。这一传统意识,在封建士大夫心中是牢不可破的,白居易虽然未必赞成它,但又不可能冲破它的束缚;同时他自信此诗必然流传久远,为了能够"垂于将来",他不得不讲些封建大道理、门面话,替自己留个地步。很显然,这是游离于主题思想之外的附加成分。"不但"和"亦欲"两者之间的主从关系,明眼人是不难看出的;而诗中又是那样一种"惩""窒",更加揭示了作者真实的创作意图。白居易对自己的诗名极其重视①,《长恨歌》是写"风流艳情"的宏制,如果不加上一点批判,千秋万岁之后人们将怎样评说它?(事实上后来确有人斥责白诗为"淫言媟语",说《长恨歌》"劝百讽一"。)对此,诗人确实是考虑过的,这就是产生"附加成分"的原因之一。这不是我们的无根之说,请试比较《长恨歌传》两个本子的异文:

通行本:"意者不但感其事,亦欲惩尤物,窒乱阶,垂于将来者也。"

而《丽情集》本与此相当的部分则作:

嘻!女德无极者也,死生大别者也。故圣人节其欲,制其情,防人之乱者也。生感(惑?)其志,死溺其情,又如之何!

上文说过,通行本乃经白居易删易陈鸿原文(《丽情集》本)而成。这两段引文看似相似,实则颇有差异:《丽情集》本这段话是议论,从思想到文字都与《李夫人》极似,可看作《长恨歌》的笺释;在通行本中这段话被有意识地改写、拔高了,变成作者明确的创作主旨之一——"惩尤物,窒乱阶"。诗人把这样改写过的《传》置于《歌》之前收入集中,意在提醒读者去注意一下《歌》中的批判成分,为了能够"垂于将来",可谓用心良苦。而现在的一些论者就抓住"惩尤物,窒乱阶"这两句,去发掘作者的"微言大义",大谈《长恨歌》的讽刺主题,果真上了诗人的当。

---

① 清朱彝尊《重刊白香山诗集序》:"诗家好名,未有过于唐白傅者。既属其友元微之排缵《长庆集》矣,而又自编后集,为之序,复为之记;既以集本付其从子、外孙矣,而又分贮之东林、南禅、圣善、香山诸寺。比于杜元凯岘山碑,尤汲汲焉。"

我们认为讽刺不能算作《长恨歌》的主题,还可以得到进一步证明。首先,作者把它归入感伤诗而不是讽谕诗,这就反映了作者自己对它的主题的真实看法。作者在《编集拙诗成一十五卷因题卷末戏赠元九李二十》中得意地宣称"一篇长恨有风情,十首秦吟近正声",把《长恨歌》与自己讽谕诗的代表作《秦中吟》并列对举,明白宣言《长恨歌》写的是"风情",这与《传》文"乐天深于诗,多于情者也。试为歌之,如何?乐天因为《长恨歌》"的记叙是一致的。作者自述主旨如此,当不容置疑。其次,作品的剪裁取舍,也证明主旨不在讽刺。《歌》《传》取材虽同出一源,但白、陈各有不同的取去,而这种取去是为表达主题服务的。如杨妃入宫,《传》文直书取自寿邸,而《歌》则作"杨家有女初长成,养在深闺人未识",写成处子入宫。如果诗人要讽刺,这种新台之恶是最好不过的材料,但他偏偏曲意为讳。又如马嵬之死,《传》文有比较详细的描绘,而《歌》则用"六军不发无奈何,宛转蛾眉马前死"一句轻轻带过。马嵬之变是荒淫误国的结果,若要讽刺,岂不又是好材料?《歌》与《传》的出入固然有着文体差异的因素,但白居易进行了明显的加工,使《歌》与《传》所表现的主题不尽吻合。

尽管白居易公开宣称"惩尤物,窒乱阶"是他的创作目的之一,也确实加进了有限的讽刺,但《长恨歌》写"风情"的真实意图和它产生的社会效果是如此统一,因而其主旨每每被人识破,使他"垂于将来"的愿望不断遇到麻烦。历代文人对《长恨歌》颇有贬词,摘举数例如下:

> 元微之、白乐天在唐元和、长庆间齐名,其赋咏天宝时事,《连昌宫词》《长恨歌》皆脍炙人口,使读者情性荡摇,如身生其时,亲见其事,殆未易以优劣论也。然《长恨歌》不过述明皇追怆贵妃始末,无它激扬,不若《连昌词》有监戒规讽之意,……殊得风人之旨,非《长恨》比云。(洪迈《容斋随笔》一五)

> 白乐天作《长恨歌》,元微之作《连昌宫词》,皆纪明皇时事也。予以谓微之作过乐天,白之歌止于荒淫之语,终篇无所规正。元之词乃微而显,其荒纵之意皆可考,卒章乃不忘箴讽,为优也。(张邦基《墨庄漫录》六。《唐音癸签》一一引作:"或问《长恨歌》与《连昌宫词》孰胜?余曰:元之词微著其荒纵之迹,而卒章乃不忘箴讽。若白作止叙情语颠末,诵之虽柔情欲断,何益劝戒乎!")

  《连昌宫辞》似胜《长恨》,非谓议论也,《连昌》有风骨耳。(王世贞《艺苑卮言》四)

  他们从封建正统理论出发得出的优劣论是不足取的,但他们从同时代、同题材的元《词》、白《歌》的对比中指出了不容忽视的事实:《长恨歌》"止叙情语颠末",无"监戒规讽之意",这对我们认识它的主题思想仍具有一定启发作用。

  那么,又怎样解释作品人物李杨与历史人物李杨之间的差距,《长恨歌》主题思想与白居易"现实主义"诗歌理论之间的差距呢?

  历史上的唐玄宗因荒废国政、任用奸臣,终于导致当时隐藏着的各种矛盾迅速激化。但他前期确实是英明君主,在他统治下形成的开元、天宝盛世,可以比美于贞观之治,历来为人们所赞美。安史之乱发生后,叛军兵逼长安,玄宗狼狈出奔,路上禁卫军哗变,逼着他"赐死"一个宠爱的女子,这不能不引起人们的同情。《唐诗纪事》五六:"马嵬太真缢所,题诗者多凄感",正说明当时一般人的情绪。返回长安后,他名为太上皇,就养于南宫、西内,但由于李辅国离间肃宗,使父子感情不洽,玄宗实际上成了禁居深宫的高级囚犯,晚景十分凄凉。在这种景况下,他对杨妃的思念愈加深切。郑嵎《津阳门诗》云:"宫中亲呼高骠骑,潜令改葬杨真妃。花肤雪艳不复见,空有香囊和泪滋。"自注云:"时肃宗诏令改葬太真,唯高力士知其所瘗,在马嵬坡驿西北十余步。当时乘舆卒遽,无复备周身之具,但以紫褥裹而空之。及改葬之时,皆已朽坏,惟有胸前紫绣香囊中尚得冰麝香,持以进上皇,上皇泣而佩之。"这种情感是很真挚的。对这个既有罪过又有功劳、既贵为天子又不能保全自己爱妃的晚景凄凉的悲剧人物,人们在传闻中倾注以满腔同情就是不难理解的了。作用于一般人的这些因素同样作用于白居易。对于历史人物唐玄宗,诗人并没有什么谴责,即令说他惑于女色,也是曲折地表达出来,而且发出"不如不遇倾城色"这样无可奈何的叹息,同情之心显而易见。可见,诗人对历史人物唐玄宗和作品人物唐玄宗的态度是一致的,这就使他能满怀同情地写下马嵬之变、蜀道闻铃、深宫忆念等片断,构成了全诗感人至深的内容。

  历史人物杨妃的情况则比较复杂。别的不说,她与安禄山有着暧昧关系,在爱情上是不纯洁不专一的。新台丑剧上演之时,她方当妙龄,而玄宗比她年长一倍以上,很难说她对他有什么真正的爱情。这与《长恨歌》中的形象有很大距离,但也不是无法解释的。第一，白居易对历史人物杨妃的态度，仍局限于传统的"女人祸水"的观念，并没有特别严厉的谴责。除《李夫人》外，《新乐府》中还有两首常被论者引用，以证明作者对杨妃的态度：

> 天宝季年时欲变，臣妾人人学圆转。中有太真外禄山，二人最道能胡旋。梨花园中册作妃，金鸡障下养为儿。禄山胡旋迷君眼，兵过黄河疑未反。贵妃胡旋惑君心，死弃马嵬念更深。（《胡旋女》节）

> 狐假女妖害犹浅，一朝一夕迷人眼，女为狐媚害即深，日长月长溺人心。何况褒姐之色善蛊惑，能丧人家覆人国。（《古冢狐》节）

《李夫人》《胡旋女》点了杨妃的名，其批判仍限于"女人祸水"，与《长恨歌》的讽刺内容性质相同，只不过更为直率。至于《古冢狐》则未点杨妃之名，陈寅恪先生论证"此篇之作以妖狐幻化美女迷惑行人为言，乃示戒于民间一般男子者"，与《李夫人》"鉴嬖惑"的主旨异趣。（详见《元白诗笺证稿》第五章）详绎全诗，陈先生说甚是。纵令此诗如某些论者所说是刺杨妃，那么也并未脱出女色媚人祸国的老套子，并不比《李夫人》《胡旋女》厉害到哪里去。第二，悲剧要成立，杨妃的形象必须改造。民间传闻和《长恨歌》既然对玄宗充满同情，把他塑造成忠于爱情的悲剧形象，那么悲剧中的另一个主角杨妃就必须与玄宗的形象相配合。如对杨妃不加改造而按历史面貌复原，悲剧不就变成丑剧了么？试想：一个情意绵绵的男主角，死而不已地悼念着的竟是一个如此不堪的女人，这岂不让人大倒胃口么？这不仅是"爱屋及乌"，杨妃本人也有令人同情的一面：国政荒乱固然有她一份责任，但在变兵逼迫之中身为贵妃竟仓皇就死于尺组之下。具有封建正统观念的人们，理智上也认为杀杨妃杀得对，但对于事情发展到如此地步，感情上仍然是难过的。杜甫说过"不闻夏殷衰，中自诛褒妲，周汉获再兴，宣光果明哲"，但此老不同样也悲吟过"明眸皓齿今何在？血污游魂归不得。清渭东流剑阁深，去住彼此无消息。人生有情泪沾臆，江水江花岂终极"（《哀江头》）么？这等于是说"此恨绵绵无绝期"了，杜、白二公对杨妃的态度倒是相通的。可见唐人对杨妃并非一概咬牙切齿，而是尚有一定的同情，这与对玄宗的同情有着相似之处。这就是她得以在民间传闻和《长恨歌》中被改造、被美化，致使与历史形象发生差距的"内因"。第三，此诗作于白居易初为盩厔尉时,盩厔距马嵬仅数十里,民间关于李杨的传闻当更盛于他处,"多于情"的年轻诗人自然更容易受到这幕历史悲剧的气氛的感染。作者暇日出游,听王质夫讲了李杨故事始末,大受感动,于游玩之时,酒酣耳热之际,援笔作《歌》,写其"风情"。这种具体的创作环境和创作经过,决定了诗人写出来的不会是诗史,不会是历史人物的原貌,其主旨也不在于讽刺。

一个最适宜于写成讽谕诗的题材竟写成了对"风情"的颂歌,这似乎与作者大力提倡的所谓"现实主义"诗歌理论和实践相矛盾。我们认为,这个矛盾实际上并不存在,上文已从不同的角度进行了探讨。这里还要补充两点:一,《长恨歌》作于元和元年,同年所作的《策林》虽然提出了作诗讽谕的见解,但这是为了应制举而闭门赶出来的文章①,并非作者对自己创作实践的总结或正在实行的主张,其讽谕诗《新乐府》五十首、《秦中吟》十首作于元和四年、五年就是证明;而全面系统地提出自己诗论的《与元九书》,则作于元和十年。我们怎么可以以后律前,认为作者先前的作品没有体现后来的主张是矛盾呢?从作者的经历来看,他贞元十六年(公元800年)中进士,随后做了几年校书郎,元和元年应制举,补盩厔尉。次年入为翰林学士,三年迁左拾遗。在谏官任上,他得以了解天下疮痍、时政阙失,其视野远非作校书郎和县尉可比,所以他一面尽心谏职,一面有意识地以诗篇作谏草,写了许多针砭时弊的讽谕诗。有了这样的实践,他才能在江州贬所写出《与元九书》,总结自己的诗歌主张。存在决定意识,我们为什么非要把一个三十五岁的县尉的"少作",硬套进他后来才有的理论框子里去研究、评论它的主题思想呢?二,白居易的诗论源于"诗六艺",主张诗歌紧密地为封建政治服务,提出"为时而著""为事而作","惟歌生民病""但伤民病痛",对脱离政治、脱离现实的作品,作了彻底的否定,在文学史上有其重要意义。但是,他把诗歌与封建政治的关系强调到偏激的程度,以至于认为屈原"泽畔之吟,归于怨思",仅"得风人之什二三";认为李白"才矣奇矣,人不逮矣,索其风雅比兴,十无一焉";认为杜甫虽"尽工尽善",然而为时为事而作的诗篇"亦不过三四十"(见《与元九书》)。以这种狭隘的为封建政治服务的标准来衡量,则中国封建社会的绝大多数文学作品都失去了存在价值。这种诗

---

① 《策林》序:"元和初,予罢校书郎,与元微之将应制举,闭户累月,揣摩当代之事,构成策目七十五门。"(《白氏长庆集》四五)

论的局限偏狭之处与其高明之处是同样明显的。白居易尽管宣称自己"风雅比兴外,未尝著空文",但其全部创作却证明他也远远未能始终如一地实践自己的理论和宣言:他的讽谕诗集中创作于元和中做谏官时,共一百七十余首,仅占白诗总数二千八百余首的十六分之一,这个悬殊的比例很说明问题。在大多数情况下驱使他进入创作的,是使他感动的或熟悉的题材,想写什么就写什么,想怎样写就怎样写,不吐不快,这就是一切的一切。至于作品是什么主义,表达了什么倾向,作者是不会事先考虑一番的。不独白居易,封建社会又有哪个作家是捧着一个主义写到死呢?又有哪个作家篇篇作品都有倾向性,而且倾向一律呢?在《长恨歌》的讨论中,许多问题越扯越不清楚,原因固然很多,其中之一就是有些同志形而上学地对待白居易的诗论,简单化地封之为"现实主义",而且有意无意地把一千多年前的所谓"现实主义"与今天的现实主义混为一谈。在他们心目中,白居易既然主张现实主义,那么对于李杨这种题材,似乎就应该那样写而不是这样写,应该是那种倾向而不是这种倾向,把作家的"这样"硬纳入自己的"那样"的轨道。他们仿佛认为:白居易的诗论和作品既然是可以用现实主义理论来研究的,那么白居易的诗论和作品似乎就应该是按照现实主义理论创造出来的。这就必然导致对作家作品的曲解。所以,从作家的实际和作品的实际出发,实事求是地理解和解释作家为什么"这样",是从事古典文学研究的基本前提和方法。

原文刊载于《上海师范大学学报》(哲学社会科学版)1983年第1期

李商隐和他的政治诗

提起李商隐,人们就会很自然地和他的爱情诗联系起来。元好问《论诗绝句》云:"风云若恨张华少,温李新声奈若何!"似乎儿女之情,就可以概括一部《李义山诗集》的内容。这显然是片面的,然而它却代表一种较为普遍的看法。人们对李商隐的政治诗,往往是视而不见,或存而不论的。

与此相反,朱长孺笺注义山诗,则强调"托芳草以怨王孙,借美人以喻君子"的比兴之义。他据商隐"楚语含情俱有托"(《梓州罢吟寄同舍》)一语,把所有《无题》之类的诗,都看成是言在此而意在彼,认为有政治上的寓意[1]。这又走向了另一个极端。

事实上,政治诗和爱情诗同样是李商隐抒情诗的重要组成部分。由于爱情诗中,确有一小部分是别有寄托(究竟是哪些篇,过去聚讼纷纭,目前也还不可能完全得出结论),因而在两者之间,就很难划出截然的界线,统计出一个具体数字,但大体说来,他的政治诗在数量上的比重,绝不少于爱情诗。

这大量的政治诗在李商隐创作中应该占怎样的地位,人们的看法又是怎样呢?《蔡宽夫诗话》说王安石晚年爱读李商隐诗,认为"唐人知学老杜而得其藩篱者,惟义山一人而已"。从举的例句看,知其着眼点在于政治诗。沈德潜也认为李商隐的近体诗,"长于讽谕,中有沉着顿挫,可接武少陵者"[2]。他在《唐诗别裁》七律一体中,录商隐诗至二十首之多,而有关爱情的却一首不选。

然而一般读者的兴趣,则显然在彼而不在此;因此近年来报刊上发表了不少关

---

[1] 见《李义山诗注序》。
[2] 见《唐诗别裁》卷十五。

于李商隐的研究论文,也是多谈他的爱情诗,而少谈政治诗。

我认为:既然政治诗和爱情诗同样是构成李商隐诗的主要内容之一,则代表他创作上的成就的也绝不可能在彼而不在此,或在此而不在彼;重视了某一个方面,而忽视另一个方面,都是偏而不全的;何况两者之间,有其紧密的内在联系,不可割裂开来,更不能对立起来;但由于题材的不同,两者又是有区别的。就研究的程序来说,先从直接表现政治态度的作品着手,弄清作家创作思想的基础及其倾向性,然后由彼及此,互相印证,对进一步进行全面的探讨,将会起着开启关键的作用。

本文试图就这方面,提出一些不成熟的意见。

一

李商隐的先代,从高祖到祖父,都是县令、县尉以及州郡佐贰官;父亲也只做到殿中侍御史。从家庭的社会政治经济地位来看,他是出身于统治阶级的中下层。他那怀州河内(今河南省沁阳县附近)的李姓,并不是皇室宗支,但他却攀龙附凤地认为"我家在山西"(《戏题枢言草阁三十二韵》)[1],而且时时流露出一种"系本王孙"的优越感。夸耀门阀本是唐代士人的结习,但在李商隐,结合他后来畸零不偶的遭遇,却没由来地给自己思想上打下了一个没落贵族的阶级烙印。

商隐早年,不仅风华文采,倾动一时,而且确实怀有"欲回天地入扁舟"(《安定城楼》)的远大抱负。这是"少有大志"的封建知识分子的共同特点,和那些仅知追求富贵利禄的庸俗之徒,是有区别的。

他十六岁时,开始从事文学和政治活动,就受到名公巨卿的赏识。这时,他的心情是单纯而开朗的,正如他在《初食笋呈座中》那首托物寓意的诗所描写的一样:"嫩箨香苞初出林,於陵论价重如金。皇都陆海应无数,忍剪凌云一寸心!"然而这积极向上的心情,并没有得到正常的发展,"一杯春露冷如冰"(《谒山》)的现实,把他折磨得像一株从石缝里伸出的倾斜屈曲的畸形的小树;而浮沉幕僚的漂泊

---

[1] 唐朝皇帝自称是汉名将李广子孙中的一支,李广是陇西成纪人,所以唐时皇室的李姓都以陇西标郡望。这里的"山西"即陇西,因陇西郡在陇山之西。

生涯,悲剧的遭遇和忧郁感伤的心情,使得他的创作,在文艺园地里开放出风姿绰约、但却是憔悴可怜的病态的花朵。

李商隐所生活的四十七年(公元812—858年)①,已不是唐王朝欣欣向荣,封建统治者还在一定程度上重视人才的时期,而是处于阶级矛盾异常尖锐,统治阶级内部朋党斗争空前剧烈的混乱局面。以宦游为生的知识分子们,总不免要和这一派系或那一派系发生直接或间接的联系。有的人,固然可能因为某种偶然的机会而扶摇直上;但同样也可能由于某种原因而遭受排挤打击,以至坎坷失意,沦落终身。特别是具有正义感,有独立政治见解,而不愿只把自己作为某一派系工具的人,更容易遭到这种不幸。

当李商隐在政治生活的海洋里游泳了不久的时候,充满理想的头,就狠狠地碰了现实的壁。

李商隐是处在牛李党争的夹缝中而成为被牺牲的小人物。这两个基于封建关系的政治集团,同样是通过派系活动以达到其争夺政权的目的的;而牛党之排除异己,尤为无所不用其极。商隐早年受知于令狐父子,但同时他又是与李党有关的王茂元的女婿;所经历的幕府的府主中,则有郑亚、卢宏正等人都属于李党。宣宗朝,牛党代替李党执政,令狐绹做了十年宰相,商隐就在他的压抑下,始终不曾得志过。史称令狐绹掌权后,"招权受贿","忌胜己者"。在他的心目中,商隐是个"背家恩,放利偷合"的"小人",自然应该成为打击的对象,这是无足怪的;可是过去历史上,也把商隐出入于两党之间,作为政治道德的污点来看待,那就失去公正的判断了。

假若李商隐真的是个投机取巧、趋炎附势之徒,则他以爱婿的身份,做了泾原节度使王茂元的幕客的时候,应该是踌躇满志,得意忘形,为什么反有"鸱鸮腐鼠"之叹呢?当大中初,李党失势的时候,他满可以翻云覆雨,取好于新上台的牛党,为什么他反而对贬死崖州的李德裕表示无穷悼念之情,而称颂他的功业不置呢②?《旧唐书·文苑传》说令狐绹当国之后,商隐"屡启陈情"。故交新贵,自伤分隔云泥,穷困落拓之中,有望于一为援手,这也是人之常情,在所难免。《寄令狐学士》

---

① 关于李商隐的生卒年,有不同的说法,此从张采田《玉谿生年谱会笺》。
② 参看《太尉卫公会昌一品集序》(见《李义山文集》卷七)及集中有关诗篇。

《钧天》等篇,正是这种心情的表现。至如冯浩所说"哀词祈请,如醉如迷"①,则是由于误解某些《无题》诗所致,就未免言之过甚了。孙光宪《北梦琐言》说:商隐题《九日》诗于令狐绹厅事,"绹睹之惭怅,乃扃闭此厅,终身不处"。轶事流传,虽未必可信,然而商隐在政治上对令狐绹的不满,"不学汉臣栽苜蓿,空教楚客咏江蓠"二语,谴责他不能为国家建立功业,只知嫉贤害能,则用意极为明显。令狐绹不愿看到这样的诗,是可以想象的。

从这一系列的事实看来,李商隐性格中有其耿直的一面。处在如此复杂多变的政治环境里,这种性格,和当时士人中所习以为常的只有门户之见而无是非之分的社会风气,是格格不入的。在《咏怀寄秘阁旧僚二十六韵》里,商隐已作了自白。他的一生遭遇,许多客观因素的凑合,是偶然的;然而他之所以到处碰壁,困顿终身,又有其必然性。

李商隐的世界观是异常复杂的。他那"欲回天地"的壮志,也只是希望在挽回唐王朝衰落的命运中,发挥个人的才能和作用。在一定程度上,他也同情水深火热中的苦难人民,但始终和人民保持着很远的距离;他痛心于权奸当道,朝政日非,但又缺乏反抗精神和斗争勇气;他对统治者不重人才,心怀不满;但又始终怀抱着"燕雁迢迢隔上林"(《写意》)的眷恋之情;"啼莺如有泪,为湿最高花"(《天涯》),往往是乞怜之心多于决绝之意。在"薄宦梗犹泛"的漂泊依人的生涯里,他何尝不是"万里忆归元亮井"(《二月二日》)?然而"无文通半顷之田,乏元亮数间之屋"(《上尚书范阳公启》),又有求为隐士而不可得的悲哀。这重重的矛盾,如春蚕作茧,纠缠在他的灵魂深处,始终未能解脱,而且也无法解脱。

积极关心现实和消极逃避现实的互相矛盾着的心理交织在一起,构成了李商隐诗歌意识形态的复杂性。就作者思想发展的过程来看,原来居于次要方面的消极因素,逐渐扩大,到后来便成为主导的一面了。过去有人孤立地、静止地只看到其积极的一面,而加以夸大。如朱长孺就认为他"指事怀忠,郁纡激切,直可与曲江老人相视而笑"②,显然是不恰当的;但无视或忽视于这积极的一面,也是错误的。

---

① 见《玉谿生年谱》。
② 见《李义山诗注序》。"曲江老人"指杜甫。

二

在李商隐大量政治诗中,特别引人注目的,是那首长达二百句的《行次西郊作一百韵》。

这诗以距长安不远鄠县附近的一个破落村庄为背景,描写了甘露之变三年后,在兵祸旱灾严重摧残下民不聊生的情况;历史地阐述了百余年来社会政治、经济一系列的巨大变化,把今和昔作了鲜明的对比。诗人追溯致乱之源,指出唐朝由盛转衰的转折点——安史之乱之所以爆发,是由于"因失生惠养,渐见征求频";而安史之乱后,那就"国蹙赋更重,人稀役弥繁"了。"民为邦本、本固邦宁"的儒家仁政思想,贯串了这首长诗;这就是诗人认为救疗唐王朝衰落命运最有效的药方。但他意识到处于"使典作尚书,厮养为将军"的时代,自己的政治理想是行不通的,因而对黑暗现实中某些令人不能容忍的现象,感到"冤愤心如焚",而采取了揭露和批判的态度。

《引次西郊作一百韵》较系统地反映了李商隐的政治思想;它所接触到的问题,也比较广泛。倘若以此诗为纲,那么我们会在其他许多诗里,进一步地分别看出他对当时发生的某些重大政治事件的态度和见解。

首先是对宦官专政的猛烈抨击。

前后延续四十多年之久的牛李党争,只是统治阶级内部矛盾的一个方面;主要而且表现得更为尖锐的另一方面,则是出身于社会中下层的知识分子、新进官僚和宦官的斗争。关于前者,商隐对他们党同伐异的宗派活动是不满的;然而对两党中某些具体的人,他们在政治上某些具体的措施,则采取区别对待的态度。由于切身遭受到宗派活动的打击,而其中人与人之间的复杂关系,又多有难言之隐,于是商隐憔悴自怜的心情,往往是通过咏物诗或爱情诗的形式,隐约其词地表现出来。关于后者,他曾正面地表示过态度。

安史之乱后,朝廷大权逐渐落入宦官手里。宦官在幕后支配着皇帝,成为统治集团中最黑暗、最凶暴的特权势力。外廷官僚依附宦官,无耻地奔走于宦官门下,已成为数见不鲜的事。牛李两党在宗派活动中,也往往不择手段地勾结宦官,用来打击政敌,取得权位。敢于同宦官正面展开生死搏斗的,前有顺宗朝的王叔文集团,后有文宗朝的李训集团。他们都是代表当时统治阶级中积极要求革新政治的激进派。但他们的两次斗争,都不幸失败了。

大和九年(公元835年)的甘露之变,不仅首谋的李训、郑注被杀了,连未曾预谋的宰相王涯、贾𬪩、舒元舆等人也遭受池鱼之殃。宦官不仅大批屠戮官僚,而且率领禁军,到处烧杀掳掠老百姓,造成长安一带"伏尸万户,流血千门"的浩劫。然而这一事件发生以后,在封建士大夫中,舆论却极为混乱。李训和郑注是新进的官僚,平素被人轻视,和王叔文的失败一样,他们被人骂为奸贼;而对宦官的横行,则谁都不敢说一句话。就连写过《宿紫阁山北村》《轻肥》的白居易,也只是慨叹王涯等人的"白首同归",而庆幸于自己"青山独往"①,明哲保身而已。当时的环境气氛,是异常恐怖的。因作《月蚀》诗而得罪宦官的老诗人卢仝,在这次事变中的惨死,就是个现实的教训。但年轻的李商隐却毫无顾虑地写了《有感》二首和《重有感》。

《有感》二首,于李训虽不无偏见,然而作者对这次斗争的政治意义,是肯定的;对他的死,是同情的。诗中真实地反映了事变的情况,斥宦官为"凶徒",表示了莫大的愤慨。在《重有感》里,他进一步寄希望于上疏声讨宦官罪行的昭义军节度使刘从谏,要他以实际军事行动,实现"清君侧"的诺言,以扫清长安一带"昼号夜哭"的人民灾难②。

值得注意的是:李商隐的义愤,并非激于一时,而是基于明确的思想认识。这从他和刘蕡有关的几篇诗以及其他文章里,就可得到证实。

大和二年(公元828年),刘蕡于贤良方正考试对策中,因痛斥宦官专权而落第,直声震动一时。商隐在令狐楚幕中,与刘一度相识。会昌三年(公元843年),刘被宦官陷害,迁谪柳州,路过洞庭,与商隐相遇,商隐作有《赠刘司户蕡》一诗;次年,刘蕡死在柳州,商隐哭他的诗共有四首。把这些诗综合起来看,商隐对刘蕡的崇敬与同情,是和刘的政治观点密切联系着;他们之间的交谊是有共同的思想基础的。在这些诗里,商隐结合刘蕡的遭遇,反复地阐明了一个中心思想:他认为唐朝之所以不能振兴,是由于贤人的失位;而贤人的失位,则是由于宦官的一手遮天;不

---

① 见《白氏长庆集后集》卷十三《九年十一月二十一日感事而作》(其日独游香山寺)。
② 当时,刘从谏上疏朝廷,有云:"谨当修缮封疆,训练士卒;……如奸臣难制,誓死以清君侧。"

去宦官,一切政治改革都谈不上。他在《为郑州天水公言甘露事表》中有云:"宰相王涯等,或久服显荣,或超蒙委任,徒思改作,未可与权。"①从"改作"一语中,也可看出商隐认识到李训等之谋诛宦官,是为了企图革新政治。

在当时,能有这样的认识是不可多得的。张采田说:"以韩昌黎之学识,尚罪(王)伾、(王叔)文;杜牧之辈,更无论焉。义山持论,忠愤郁盘,实有不同于众论者。"②这话并非溢美之谈。

在商隐政治诗中,另一个突出的思想,则是对国内和平统一的深长向往。

内则宦官和官僚盘踞朝廷,外则野心军阀割据州郡,两者互相联系,两种恶势力经常是勾结在一起的。藩镇割据,是安史之乱的延续。在兵连祸结的长期混战中,生产受到破坏,人民大量死亡,到处都出现了"积骸成莽阵云深"(《隋师东》)的悲惨景象。商隐坚决主张健全唐王朝的国家机器,加强中央政权的统治力量,以重现和平统一局面。他一方面痛心于朝廷的姑息养奸;认为这种混乱情况的存在,是朝廷的莫大耻辱。"列圣蒙此耻,含羞不能宣;朝臣拱手立,相戒无敢先。"(《行次西郊作一百韵》)对中唐以来,统治者的庸懦无能加以讽刺;另一方面,他严正地警告那些凭依险阻、拥兵自雄的野心军阀们。《井络》一诗,在描写蜀中地形、咏叹过去建国蜀中而终于不免灭亡的史实之后,结尾的地方,诗人意味深长地说:"将来为报奸雄辈,莫向金牛访旧踪!"这一当头棒喝,是多么富于震动力!

这种思想,也不是偶然出现的,同样是构成商隐政治诗内容的核心之一。了解了这点,则那首为人所传诵的《韩碑》的现实意义,也就轩豁呈露了。这诗以咏史形式出现,旧本向不编年。我从诗中所流露的强烈的感情色彩,印证史实以及商隐其他有关诗文,初步论断为会昌三年唐朝平定泽、潞时所作。

安史乱后,宪宗李纯曾一度努力于削平藩镇叛乱,虽未能竟其全功,但总算给久病不支的李唐政权打了一针强心剂。穆宗和敬宗、文宗三朝,河北叛乱继起,又出现了不可收拾的局面。武宗时,李德裕执政期间,昭义军节度使刘从谏死,他的侄儿刘稹按照军阀割据的老例,先行继立,造成既成事实,然后迫使朝廷追认。但在李德裕的坚决主张下,终于用武力平定了这次叛乱。

---

① 原文已佚,见《邵氏闻见后录》引。其中"超蒙委任",系指李训而言。
② 见《玉谿生年谱会笺》卷一,开成元年(编年诗)"重有感"条。

泽、潞五州,近在腹心之地,这和元和时吴元济之据淮西,形势是相类似的;武宗力排众议,独任李德裕,卒成大功,与宪宗之于裴度,其情况又是相同的。《韩碑》中热情歌颂了宪宗和裴度,实际是赞美武宗和李德裕。作者借歌咏历史事实,以表达其现实的政治观点。

《平淮西碑》的作者韩愈,是极力主张用武力平乱的。征淮西时,他任行军司马,淮西平定后,"咏神圣功书之碑"的也是他。商隐和韩愈的身份不同,当时,他只是参加战役的河阳节度使王茂元幕下,写了《为濮阳公与刘稹书》《行次昭应县道上送户部李郎中充昭义攻讨》之类的诗文,然而他的思想,和韩愈是一致的。他之所以如此地重视这篇《平淮西碑》,正因为它所记述的功业和所表现的思想,给后代指出了巩固政权的道理,关系到国运的兴衰。故此诗结尾处云:"愿书万本诵万过,口角流沫右手胝。传之七十有二代,以为封禅玉检明堂基。"卒章显志,语重心长,耐人寻绎。

国内的情况如此混乱,边境又常受到回纥、党项和吐蕃的侵扰,这也是诗人所时刻关怀的,《骄儿》里说:"况今西与北,羌戎正狂悖。诛赦两未成,将养如痼疾。"这诗作于大中三年(公元849年)。据历史记载:会昌末,党项攻陷盐州边界的城堡,唐朝发诸道兵抵御,连战无功,一直拖到大中四五年,还没有平定。商隐在《汉南书事》里说:"文吏何曾重刀笔,将军犹自舞轮台!"我国是个多民族的国家。民族之间的矛盾纠纷,是难以避免的历史现象。形成这种矛盾纠纷的原因很复杂,但在多数情况下,往往是由于汉族统治者处理失当之所致。像这次党项的入侵,就是因边将抢掠他们的牛马,乱杀他们的人民而引起的,因而不能完全依靠武力解决。"几时拓土成王道?从古穷兵是祸胎!"商隐在这里不仅斥责了"文吏"和"将军"的腐朽贪婪,而且说出了自己的政治见解,表现了忧深思远的心情。

在李商隐诗里,较为常见的是对统治者的腐朽昏庸及其奢侈糜烂生活的冷嘲热讽。他那犀利的笔锋,甚至可以直接指向皇帝,而无所顾忌。例如唐玄宗和杨玉环的故事,是唐人经常歌咏的题材。人们对玄宗色荒乱政,也多表示不满;然而关于杨玉环入宫的一段丑史,则采取回避的态度,"为尊者讳"。如白居易在《长恨歌》里所叙写的"天生丽质难自弃,一朝选在君王侧"那样,只能兜个圈子绕过,是不敢正面触及的。李商隐《龙池》末二句则云:"夜半宴归宫漏永,薛王沉醉寿王醒。"其大胆揭露精神,在当时真能使人瞠目结舌。商隐的政治讽刺诗,有的就是这样单刀直入;有的则结合个人遭遇,从亲身感受着笔;而更多的则借咏史的形式表现出来;也有一小部分,则托之于云阶月地的游仙之词。

例如《任弘农尉献州刺史乞假归京》末二句云:"却羡卞和双刖足,一生无复没阶趋。"寓辛辣的讥刺于沉痛心情之中。这诗是商隐初释褐任弘农尉时因活狱忤观察使孙简所作。在另一首《贾生》里,他慨叹于贾谊的怀才不遇,虽然贾谊处于历史上所称为有道明君汉文帝的时代,然而他所能得到于皇帝的,也只是"不问苍生问鬼神"令人啼笑皆非的政治际遇。两诗一是对现实的愤懑,一是对历史的感慨,然而它们同样揭示了一个客观真理:封建统治者是不可能真正重视人才的。

义山咏史在创作上的特色,如他在《李长吉小传》里说李贺,"未尝得题然后为诗,如他人思量牵合以及程限为意"一样,他也不是为咏史而咏史,而是以古鉴今、思古慨今或托古讽今;都是密切结合当前政治现实,有感而发的。

其借咏怀古迹以抒发政治感慨的,如《潭州》《宋玉》《筹笔驿》《汉宫词》等篇,托意都很深远。其针对现实,提出历史教训的,笔意尤为警策。如唐朝皇帝中,因求仙饵药而致死的极多,宪宗服李泌之丹而为宦官所杀;穆宗和武宗也是误服丹药而促寿的。商隐《瑶池》云:"八骏日行三万里,穆王何事不重来?"《华岳下题西王母庙》云:"莫恨名姬中夜没,君王犹自不长生。"尖锐地指出,求的是长生,而得到的却是短命,真无异给他们兜头浇了一瓢冷水。再如《隋宫》的"春风举国裁宫锦,半作障泥半作帆",《马嵬》的"君王若道能倾国,玉辇何由过马嵬",都善于即事微挑,从大处着眼,从小处入手,在无多的笔墨之中,发人深省,给人以集中而明快的感受,达到了语言敏锐性和思想深刻性的统一。

在李商隐诗中,更有一类是讽刺现实,有所专指,仅仅借咏史为题的。这类的诗,内容和标题往往并不完全相吻合,词意隐约,若即若离,然而读了以后,使人感到并不只是在咏史。如《览古》《南朝》《北齐》《咏史》《隋宫》《茂陵》之类,都是有具体的现实的人和事在。

例如,《富平少侯》和《陈后宫》都作于宝历年间(公元 825—826 年),是讽刺敬宗李湛的童昏失政。"富平少侯"的标题,虽然令人难以捉摸,但诗一开头就说:"七国三边未到忧,十三身袭富平侯。"隐括内忧外患,把整个时局系在这人身上,知所指绝非一般贵族。结尾处云:"当关不报侵晨客,新得佳人字莫愁。"突出了沉迷女色,荒废朝政的主题,也就是"从此君王不早朝"的意思。据苏鹗《杜阳杂编》载:宝历时,浙江贡舞女飞鸾、轻凤二人,入宫后,极使敬宗颠倒。印证有关史实,就会发现这类诗篇都是有的放矢,诗人笔锋所指,都是有着落的。当时朝政紊乱已极,而敬宗的荒淫,却有加无已。后来终于变起宫禁,他在酒醉夜猎之中,被人杀害。诗人在《陈后宫》里比之为号称"无愁天子"的北齐后主高纬;齐和陈是两不相涉的,看来似乎用事脱离了题目,然而它却比拟得确切异常。

李商隐的游仙诗,绝大部分描写爱情,但也有一些是影射宫闱秘事的。例如《碧城》三首,前人索解纷纭,但从最后一首末二句"武皇内传分明在,莫道人间总不知"看来,显然指的是宫廷荒淫生活,不过我们难以确知其本事而已。这类的诗,艺术上极为成熟,奇妙的想象,绵邈的情思,构成一种隐约朦胧而又绚丽多彩的神秘意境,有如海市蜃楼,空灵缥缈,万景毕呈,给人以应接不暇的美的感觉,最能看出商隐诗的独特风格。这也属于政治讽刺诗的一类。

三

把政治上的感触和生活上的抒情紧密地联系在一起,通过个人的身世遭遇,通过日常生活的歌咏而表现出自己对现实一系列重大问题的肯定或批判,这是李商隐大量政治诗中的主要内容;从这可以看出他在思想上所能达到的高度。然而这仅仅是问题的一面,我们不能忽略其另一面,那就是他诗歌中所表现的浓厚的消极感伤情绪。

如前所说,商隐早年的诗,并不乏活泼轻快之作,但其中也时常流露出一种伤感年华的病态心情。"夕阳无限好,只是近黄昏"(《乐游原》),"日向花间留返照,云从城头结层阴"(《写意》),时代和阶级没落的投影,到后来在他的创作里,阴暗面就愈来愈扩大了。如人们所熟悉的《杜工部蜀中离席》,是大中五年(公元851年)商隐由梓州赴西川时所作。当离筵别席之间,对酒听歌之际,诗人慨叹于"雪岭未归天外使,松州犹驻殿前军",说明他关心国事,并没有忘怀现实。然而怎样对待这些现实呢,则是采取虚无主义的态度,诗里表现的是惆怅不甘的低徊情绪,最后,流露出无可奈何而托之于醇酒妇人的颓废思想;其基调是忧郁而低沉的。这类的诗,在商隐后期作品中最为常见。我们不免要问,他初期的那种敢于面对现实、敢于干预生活的批判精神到哪里去了呢?这就不得不从诗人具体的社会实践和艺术实践,即他的生活道路与创作道路去理解。

前面说过,李商隐在封建知识分子中,尚不愧为一个有理想、有抱负的人;然而,他始终缺乏实际的锻炼,对生活体验不深,因而他的生活道路总不能不说是较为狭窄的。

早年他以文士的身份,游历公卿之间"浪迹江湖白发新"(《赠郑谠处士》),到老仍然是个弹铗依人的幕客。人们赏识他的是文采和才华,使用于他的是笺启章奏之类的文字之役。谁也没有从政治上给以应有的重视,就连他的岳丈王茂元以及后来待他最厚的柳仲郢也不例外。处于这样一个政治生活异常复杂、阶级矛盾和统治阶级内部斗争十分剧烈的时代,他的内心是深感苦闷的。他曾经不止一次地企图在政治上奋发有为,然而事与愿违,理想都一一归于幻灭了。软弱的阶级本质,使得他并没有通过个人遭遇,进一步与统治集团决裂,从而深入生活,加深和扩大自己的认识。相反地,当他在朋党倾轧中被抛出政治轨道之后,他就找不到生活的出路,看不见个人的前途,"欲问孤鸿向何处,不知身世自悠悠"(《夕阳楼》),"回头问残照,残照更空虚"(《槿花》)。孤独和寂寞的魔爪,紧紧抓住了他的心灵,他觉得"浮云一片是吾身"(《赠郑谠处士》),连自己都成为多余的了。这就是李商隐所不愿走而又不能自主地走上的一条生活道路,也就是他诗歌里所表现的消极感伤情绪的社会根源和阶级根源。

从创作方面来讲,起初他还是敢想敢说,敢于嬉笑怒骂的,然而"途穷方结舌","逢甝即便吹"(《咏怀寄秘阁旧僚二十六韵》),能够说、愿意说、敢于说的话越来越少,不能说、不愿说、不敢说的话越来越多,创作的领域,自然就愈来愈狭隘了。另一方面,他在诗歌的艺术技巧上,却愈来愈成熟,他自己也满足于"声名佳句在"(《崇让宅东亭醉后沔然有作》),而钻进了象牙之塔,逐渐地重技巧而轻内容;甚至在某些诗篇里,有着绮章绘句、玩弄技巧的不良倾向。这是生活面不够广阔的诗人往往走上的一条创作道路。生活和创作是统一的,对李商隐来说,这就使得他的诗呈现出前期和后期、思想和艺术之间发展不平衡的现象。

总的说来,作为李商隐政治诗的思想基础,是统治阶级内部的矛盾,而不是阶级的矛盾;他对现实所采取的批判和揭发的态度,是从个人不满这个立足点出发的。即使他前期政治性较强的诗,其进步意义,也并没有超出这个范畴。虽然诗人在评述这些事件时,总是在某种程度上表现了同情人民的思想,然而如杜甫《三吏》《三别》之章,白居易《秦中吟》《新乐府》之作,在李商隐诗里是找不到的。

商隐有些反映重大政治事件的诗,感时伤乱的诗,如《隋师东》、《有感》二首、《重有感》、《曲江》、《汉南书事》等篇,开阖纵横,沉郁顿挫,笔意确实有些近似杜甫。王安石认为他"知学老杜",是不错的。然而为什么仅能"得其藩篱",而不能入其堂奥呢?这就是思想基础的问题了。正因为思想基础的单薄,所以在某些诗篇里,倾向性就不够鲜明。例如《少年》一首,讽刺了骄姿色荒的贵族,是确有所指的。此诗前六句纯是客观的描写,结尾二句"灞陵夜猎随田窦,不识寒郊自转蓬"才"曲终奏雅",揭开隐藏在重重帷幕里的诗的主题。然而这微弱的不满,并不能说明诗人对于这种不合理现象有什么强烈的憎恨,从而引导人们进一步认识造成当时这种现象的罪恶本质;相反地,从那带有欣赏意味的描绘中,倒可以看出作者思想深处和这富贵豪华的生活有着某些割不断的丝丝缕缕的联系。

这类的诗,诗人的情感是模糊的,因而他的批判,也就显得有些有气没力。

四

归纳以上所述,我有以下几点看法:

第一,政治诗是李商隐全部诗的重要内容之一,无论从质量或数量上看,它们在文学史上以及诗人创作中所应占的地位,都并不低于他的爱情诗。过去有部分人忽视了这个主要方面,以致在一般读者中造成了一种只知李商隐有爱情诗而不知有政治诗的带有普遍性的错觉。这对理解李商隐的整个面貌是有妨碍的,是不能见其全人的。

第二,九世纪三十至五十年代里所发生的许多重大的政治事件,凡在李商隐诗里有所反映的,诗人都表示了自己的态度和意见,较深刻地揭露和讽刺了当时的统治阶级的昏庸和腐朽,并表现了某些关怀人民疾苦、同情人民的思想。从政治诗来看李商隐,他虽不能和稍早的张籍、白居易等诗人相提并论,但却高出于与他齐名的杜牧和温庭筠。

第三,李商隐的政治诗,并不是个简单的统一体。诗中积极因素和消极因素的互相渗透,反映了诗人世界观的矛盾的复杂性。从创作的发展过程来看,有前期和后期的差异,但他的生活道路和创作道路却是统一的。从题材来看,有意义大小的不同;从思想和艺术来看,两者之间也存在着不平衡的现象。我们既不能一概肯定,也不可一概否定,必须从作品的客观实际出发,采取区别对待的态度,予以实事求是的评价。

原文刊载于《光明日报·文学遗产》1961年6月,总第367、368期,后收入《晚照楼论文集》

玉豀生诗中的用典

文学是不断向前发展的。唐代诗歌在语言艺术方面，杜甫之后有了李商隐，才发展到一个更成熟的境地。这首先表现在典故的运用上。

商隐诗中有一部分是用白描手法来直接写景或抒情的，也有一部分是用典。对于这些用典的诗，过去有人把它比成獭祭鱼①，认为"用事深僻，语虽工而意不及"②。但也有人赞叹其"精切不移，横绝前后"③的。

其实诗歌中的用典，是很自然的趋向。从语言艺术的角度来说，它正是文人制作的特色；在客观上是适应于唐代所通行的今体诗的形式而发展起来的。所谓用典，实质就是借古事来表现现实生活内容的一种手法。现实生活内容至为繁复，而诗歌的语言则要求精粹，特别是今体诗。如何概括最繁复的现象和感受，纳入于精粹的语言之中，安置在固定的短短篇幅之内，使之平匀妥帖，内容和形式统一起来，用典是重要技巧和手段之一。因为任何一个典故，都必然有其具体的情节过程，它可以通过作者和读者的共同理解来说明与之相类似的作者所需要说明的问题，大大提高了语言的暗示作用；同时，典故的本身，是社会历史现象的集中和概括。社会历史事件不一定都能成为典故；成为典故的必然有它的典型意义。运用在诗歌里，可以丰富和扩大艺术形象的思想内涵，加强其感染力。典故的运用，必须以广博的文化知识为基础。文人诗歌都喜欢用典，特别是唐代五、七言今体诗的体制定型以后，这种风气尤为普遍。在精益求精的语言艺术锻炼中，我以为李商隐确实是

---

① 见黄鉴《杨文公谈苑》。
② 见《蔡宽夫诗话》。
③ 见辛文房《唐才子传》。

达到登峰造极的地步。

关于这,我们可以从下列几方面去体会:

商隐诗中的用典,在组织结构的严密性上是突过前人的。他往往把他所需要表达的意思,在一首律诗的主要部分里完全通过典故来把它表现出来。值得注意的是:这些典故经诗人恰当安排,立刻系统化起来,成为一个有机的整体,使我们看到的不是片断拼凑的七宝楼台,而是思维织成的天机云锦。如《隋师东》:

东征日调万黄金,几竭中原买斗心。
军令未闻诛马谡,捷书唯是报孙歆。
但须鸑鷟巢阿阁,岂假鸱鸮在泮林?
可惜前朝玄菟郡,积骸成莽阵云深!

诗中所写是大和三年(公元829年)沧景乱后情况。中间四句,每句一典,但通过诗人的组织,它们便发生了不可分割的内在联系,系统地表达了诗人完整的思想感情。对于李同捷叛乱不能迅速平定的原因,以及由于兵连祸结而造成人民深重的灾难,表示了他的看法和感慨。而它所用的典故,都是有着典型意义的。例如三、四两句是指斥讨沧景诸军的。按,《通鉴·唐纪》五十九大和二年(公元828年)有这样的记载:

时河南、北诸军讨同捷,久未成功。每有小胜,则虚张首虏以邀厚赏。朝廷竭力奉之,江、淮为之耗弊。

证以史籍,诗人确是真实地描绘了客观现实,所以下面就进一步指出了根本问题的症结所在,归结到中央政府的不能够任用才能,因而地方上只落得"积骸成莽"的惨状了。诸葛亮斩马谡以肃军纪[1],王濬的虚报战功闹成笑话[2],这样的典型

---

[1] 诸葛亮伐魏,攻祁山,使马谡督诸军在前。谡违反调度,败于街亭。亮斩谡以谢三军,并自贬三等。事见《三国志·蜀志·诸葛亮传》。

[2] 晋伐吴,杜预房吴都督孙歆。事前,水军将领王濬报功时,列有孙歆首级,及至孙歆被俘,洛阳传为笑谈。事见《晋书·杜预传》。

事例,在这里通过"未闻""唯是"从正反两面把它们串联为一个意思。不但运笔如舌,转掉自然;而且当时这些骄兵悍将军纪弛废,邀功冒赏达到怎样的程度,也就不难想象了。这些地方,正由于用典而丰富了诗歌的形象。葛立方《韵语阳秋》载杨亿爱商隐诗不忍释手,认为"包蕴密致,演绎平畅。味无穷而炙愈出,钻弥坚而酌不竭"。西昆诗人之宗尚商隐,主要在此。至于他们是否能继承这种精神,则是另一问题。

商隐诗中的用典,另一种情况是:他往往以最轻灵的笔触,从侧面或反面即事微挑,引导读者自己去思考问题,使全诗意境显得活泼生动、透彻玲珑,而不黏滞于他所征引的事实的本身现象。例如《宫妓》是一首揭露宫廷秘密的诗篇。一开头,他说:

珠箔轻明拂玉墀,披香新殿斗腰支。

这种歌舞场面,是足以使人沉醉于其中的。但诗人并没有继续描写下去,突然一转道:

不须看尽鱼龙戏,终遣君王怒偃师。

为什么不能看下去呢?原来唐代宫闱的防闲,并不严肃,这种热闹场合,正是宫中男女间发展爱情最好的机会。诗人不把它正面地说出来,只是借"偃师"的典故轻轻地点一下,聪明的读者就会从典故的具体内容[①],参透个中消息了。周穆王之怒偃师,出于误会;宫禁中的秘密事件,传自风闻。典故这样的运用,不但活跃了诗歌的语言,而且给整个的艺术形象蒙上了一层烟雾般的轻纱,显示出一种隐约深微、是耶非耶的意境,画龙点睛,表现得恰到好处。

又如《瑶池》一诗,是讥刺唐代君主求仙的愚妄的[②]。全诗写周穆王会见西王

---

① 《列子》:"周穆王西巡狩,越昆仑下还。道有献工人名偃师。偃师所造能倡者……锁其颐则歌合律,捧其手则舞应节。千变万化,惟意所适。王以为实人也,与盛姬内御并观之。技将终,倡者瞬其目而招王之左右侍妾。王大怒,立欲诛偃师。偃师大慑,立剖倡者以示王,皆傅会革木胶漆白黑丹青之所为。"

② 唐代君主多好长生之术。宪宗、穆宗均为方士所愚弄,武宗也是服金石药致疾而死的。

母的神话故事。最后两句说：

> 八骏日行三万里，穆王何事不重来？

用反诘语气来点明主题，用意极为深长。按，《穆天子传》载，穆王与西王母分别时，西王母作歌曰：

> 白云在天，山陵自出。道里悠远，山川间之。将子毋死，尚能复来！

穆王答复说：

> 予归东土，和治诸夏。万民平均，吾顾见汝。比及三年，将复而野。

原来这里的"不重来"，是和歌辞的内容密切相联系着的。"重来"是穆王的主观愿望，有了日行三万里的八骏，也可以克服"道里悠远，山川间之"的困难。但他为什么"不重来"呢？无可奈何的是西王母歌辞里所说的"将子毋死"的问题，假如死是不可避免的话，那就什么也就谈不上了。周穆王会见西王母本来是荒唐无稽的传说，而周穆王并没有成仙则是事实。最高统治者的服食求仙，无非是为了不死。诗人抓住了他们心理中的主要一环，给以命中的一击，像发人深省的暮鼓晨钟一样。典故如此的运用，真已达到融浑无迹的神化境界了。

再如《马嵬》一诗，是讥刺唐玄宗对杨贵妃的爱情不够坚贞的。五、六两句说：

> 此日六军同驻马，当时七夕笑牵牛。

上句即白居易《长恨歌》所咏"六军不发无奈何，宛转蛾眉马前死"的事实，下句即《长恨歌》所咏"七月七日长生殿，夜半无人私语时"的事实。七夕是牵牛和织女相会的日子，为什么要"笑牵牛"呢？原来他们"私语时"的誓言，是"在天愿作比翼鸟，在地愿为连理枝"，一刻也不能分离。对牵牛和织女一年一度的会期，也感到不满足，因而觉得这样的神仙眷属是可笑的。可是当马嵬六军不发的时候，唐玄宗就经不起考验,把对方当作牺牲品了。两句各咏一事,一今一昔,两两对照,不但把诗人对问题的看法,表达得明白如话,特别是句中着一"笑"字,使得通体超脱空灵,连诗人的情感也活跃纸上了。和商隐同时的温庭筠《苏武庙》诗有句云:

回日楼台非甲帐,去时冠剑是丁年。

上下句之间的结构,属对的工巧,和这两句大致相同。但温诗仅仅是从正面描绘了苏武从奉使以前到回国之后十九年羁留异域的沧桑之感,而李诗则从侧面着笔,像点水的蜻蜓一样,轻轻一掠,便划破波痕,揭露了最高统治者爱情的虚伪。比较起来,就不得不令人有所轩轾了。

这样的手法,在商隐诗里是纯熟地被运用着,例子不胜枚举。如《隋宫》中的"于今腐草无萤火,终古垂杨有暮鸦"一联,不也是给我们以同样的感觉吗?

商隐诗中的用典,不仅如上所述是一个艺术技巧的问题;更值得注意的是它表现了深刻的思想意义。姑以《筹笔驿》为例,筹笔驿在四川北部,三国时,诸葛亮伐魏,尝驻驿于此,筹划军事。这诗是凭吊古迹之作。五、六两句云:

管乐有才真不忝,关张无命欲何如?

上句以管仲、乐毅比诸葛亮,下句慨叹于关羽和张飞的不幸身死,似乎并无深意,而且两句之间,也没有什么关联。可是再想一想,就不是这样的简单。"管乐"句并非泛指,是诸葛亮在未出山以前用来自拟的,见《三国志·蜀志·诸葛亮传》。管仲佐齐桓公成霸业,乐毅为燕昭王破强齐,诸葛亮替刘备筹划并实现了鼎峙三分的局面,比之于管、乐,当然是"不忝"的。但为什么不能挽救蜀汉危亡的命运呢?这和关、张之死有着极大的关系。我们知道,自刘备死后,诸葛亮当国以还,蜀、魏斗争的形势逐渐有了变化,蜀汉渐渐走下坡路。这固然由于经济力量的对比,但人才的消长也是重要因素之一。所以诸葛亮在《后出师表》里十分慨叹于"关羽毁败,秭归蹉跌",认为是蜀汉兴衰的一个关键性问题。这里的"欲何如",就诸葛亮而言,意思说,大厦将倾,一木是难以撑持的。诗人在第四句里提出了"终见降王走传车",这里便就蜀汉终不免于灭亡的原因作出这样的分析。不但说明了对历史问题的正确理解,而且连诸葛亮在当时那种"鞠躬尽瘁,死而后已"的艰苦奋斗精神,和风雨飘摇,四顾苍茫的感慨,也都表现得深情若诉。对诸葛亮的歌咏,是古典诗歌中经常看到的题材,我们试把这两句和温庭筠的"下国卧龙空寤主,中原得鹿不由人"①比较一下,高下立见;甚至连传诵千古的"伯仲之间见伊吕,指挥若定失萧曹"②杜甫的名句,也不得不为之减色了。因为杜诗还只是一般的赞叹、比拟,这两句则紧密地联系到诸葛亮的平生和具体的客观历史条件。因而不但使我们读起来,分外感到亲切有味,同时,它所表现的思想意义,也就更为深刻。而这和典故的运用,是分不开的。

综上所述,我们可以看出李商隐是怎样在诗歌的语言艺术中创造性地发挥了典故的作用。当然这并不是说,所有商隐用典的诗都是好诗,事实上他也有不少的堆砌排比、未能免俗的应酬之作;更不是说,所有商隐不用典的诗都不好,同样在白描手法上,《玉谿生诗集》里,"羌无故实使人思"③的妙句触目皆是;在李、杜、韩、白之外,也是自立一宗,各不相掩的。关于这,过去论者已多阐发,这里就不再说了。

原文刊载于《光明日报·文学遗产》1958年2月,总第196期,
后收入《晚照楼论文集》

---

① 《经五丈原》中的句子。
② 《咏怀古迹五首》中的句子。
③ 王士禛《戏仿元遗山论诗绝句三十五首》中的句子。

韦庄讳言《秦妇吟》之由及其他

韦庄以《秦妇吟》成名,但此诗《浣花集》未收,长期失传于中土。

五代孙光宪《北梦琐言》卷六解释韦庄讳言此诗的原因是:"内一联云:'内库烧为锦绣灰,天街踏尽公卿骨。'尔后公卿亦多垂讶,(韦)庄乃讳之。……他日撰家戒,内不许垂《秦妇吟》障子,以此止谤,亦无及也。"

近人陈寅恪先生对此提出异议,认为类似这样的话,朝廷诏书也曾用过,可见这并不是韦庄讳言此诗的真正原因。于是他假设一说,说是韦庄唐亡后为蜀相,蜀主王建的部属,多黄巢军中降将;而王建在围攻黄巢时,其军驻地是从长安奔洛阳经由之路,所以王建宫廷及其开国元勋的妻妾中,难保没有如秦妇遭遇的人。正因为这一点,韦庄才讳言《秦妇吟》。

陈先生的话,乍一看来,似较孙光宪之论为合理。但细加寻绎,仍未能说明问题。因为,把妇女的贞操看得如同生命一般,是宋以后的事。在这之前,并没有把妇女被掠、再嫁等事作为奇耻大辱;至于军队掳掠妇女,那更是习以为常,毋庸讳言。如《史记·项羽本纪》:"(汉元年)四月,汉皆已入彭城,收其货宝美人。"及刘邦为项羽所败,刘邦的父亲、妻子亦为项羽所掠,直至汉之五年,项羽才"归汉王父母妻子"。又如汉武帝之母王太后,早年在民间,曾为金王孙之妻,并生有一女。然后再入宫为汉景帝的妃、后。景帝死后,成为皇太后。雄才大略的汉武帝并不以其母再婚为耻,曾"自往迎取"在民间的同母异父的"大姊"(《史记·外戚世家》)。汉末群雄割据,军阀混战之际,抢掠妇女更属寻常之事。曹操的军队是以军纪严明著称的,但据《后汉书·孔融传》载:"初,曹操攻屠邺城,袁(绍)氏妇子多见侵略。"《三国志·魏书·后妃传》裴松之注引《世语》,详细记载了曹丕掳掠袁熙妻甄氏一事。谓曹丕当着甄氏婆婆的面,"顾揽发髻,以巾拭面",尽情调戏甄氏。甄氏的婆婆并不因为其夫袁绍是四世三公之后,割据一方的偏霸之君,而感到蒙受耻辱,反而对甄氏说:"不忧死矣!"贵族之家尚且如此,一般平民老百姓就更不用说了。南北朝时,政治更为黑暗,社会秩序也更加混乱,所以掳掠妇女之事更是屡见不鲜。

至于唐朝、妇女的贞操观念更为淡薄,特别是统治集团的私生活,尤为荒唐放纵。朱熹曾指出:"唐源出夷狄,故闺门失礼之事,不以为异。"(《朱子语类》卷一百十六"历代类"三)这种"闺门失礼之事不以为异"的事例,是不胜枚举的。如武则天年十四,"太宗闻其美容止,召入宫,立为才人"。太宗死后不久,太宗之子高宗又将武则天封为昭仪、皇后。这一宫闱丑史,在当时是尽人皆知的。所以骆宾王在《代李敬业传檄天下文》中,引为口实,对她进行人身攻击。武则天对此,只是"微笑"而已(王谠《唐语林》卷二)。《资治通鉴》卷二百六载武则天对朝臣吉顼曰:"太宗有马名师子骢,肥逸无能调驭者。朕为宫女侍侧,言于太宗曰:'妾能制之,……'太宗壮朕之志。"可见,武则天本人对此并不感到有什么可耻,所以敢于在廷臣中公开扬言,毫不隐讳。又《资治通鉴》卷二百二十三载:"(唐代宗)太子(德宗)母沈氏,吴兴人也。安禄山之陷长安也,掠送洛阳宫。上(代宗)克洛阳,见之,未及迎归长安;会史思明再陷洛阳,遂失所在。上(代宗)即位,遣使散求之,不获。"同书卷二百二十六载唐德宗建中元年,"中书舍人高参请分遣诸沈访求太后。庚寅,以睦王(李)述为奉迎使,工部尚书乔琳副之,又命诸沈四人为判官,与中使分行诸道求之"。后来,有人诈称沈太后,德宗闻讯大喜。建中二年"二月辛卯,上以偶日御殿,群臣皆入贺"。沈氏身陷贼营的时间,比"秦妇"要长;她在贼营的遭遇是不难想象的,不见得会比"秦妇"好。但作为沈氏丈夫的唐代宗(当时是太子)却并不以此为耻,破贼之后"遣使散求之"。其子唐德宗登位之后,更是大张旗鼓,派遣大臣多人"分行诸道求之"。一旦有了消息,"御殿"受群臣朝贺。贵为皇帝的代宗、德宗,尚不以其妾、其母一再被掠为耻;一代雄主汉高祖和以军纪严明著称的魏太祖曹操、魏文帝曹丕并不讳言抢掠妇女之事,而处于乱世的草莽英雄王建及其部下却对掳掠妇女问题讳莫如深,甚至连《秦妇吟》一类文字在这方面也有可能触犯其忌讳,岂非咄咄怪事?因此,可以断言韦庄讳言《秦妇吟》的真正原因当不在此。

我们认为,韦庄之所以讳言《秦妇吟》,是因为作者写诗的本意,固然在于渲染、夸大黄巢农民起义军的"暴行",揭露官军残害百姓的罪恶。但在韦庄做了蜀主王建的臣子之后,他就不得不考虑到蜀主王建及其部下与《秦妇吟》诗中所咒骂的黄巢农民起义军以及残害百姓的官军之间有着某种联系。为了全身远害,他不得不湮没自己的成名之作了。大凡封建士大夫对揭竿起义而终于失败的农民军,总斥之为"贼",肆意诋毁,以表示自己忠于旧王朝,明君臣之大义,韦庄作《秦妇吟》时正是如此。然而当他入蜀以后,情况却改变了,因为他所委身的前蜀王朝的创业之主王建,本人的出身就是个地地道道的贼;而且这位出身于贼的前蜀皇帝和韦庄《秦妇吟》里所称为"贼"的黄巢农民军有着既对立又统一,剪不断、理还乱的复杂微妙关系。

《新五代史·前蜀世家》载王建"少无赖,以屠牛、盗驴、贩私盐为事,里人谓之'贼王八'"。王建早年应募为忠武军卒,他的勋臣如晋晖等大部分是忠武军旧人。当黄巢攻陷长安时,"(忠武军)节度使周岌受(黄巢)伪命,贼使往来旁午"(《旧唐书·宦官上·杨复光传》)。从这段记载看,无疑有一段时期,王建所在的忠武军已成了黄巢农民起义军的一部分。

《十国春秋》卷四十二《前蜀八》:"姜志,许田人也。幼为黄巢兵所掠,亡失父母。从高祖(王建)征伐,屡立战功,官至武信军节度使加太师。先是圉人姜春者,事(姜)志多年……云本许昌人,有一男被虏入川,莫知存亡。且言其小字,又足上有一黑子。盖即(姜)志父也。"《太平广记》卷五百引《王氏见闻》亦载其事,文字略同。可见此事在唐末宋初广泛流传,信而有征。文中前云姜志"幼为黄巢兵所掠",后言"被虏入川",中谓"从高祖(王建)征伐",三句互参,再证以有关史料,知许昌为忠武军驻地,在忠武军归降黄巢农民起义军前后,黄巢并未派军前往,文中所言"黄巢兵",实即王建所在的"忠武军",亦即王建率以入川、开创基业的嫡系部队。并且还可看出王建所在的忠武军在改编为"黄巢兵"时,曾乘机四出,抢掠百姓。

又《新唐书·逆臣下·黄巢传》云黄巢军进入长安后,曾"大掠,缚笞居人索财,号'淘物',富家皆跣而驱"。《资治通鉴》卷二百五十九载王建入川,"围彭州,久不下,民皆窜匿山谷;诸寨日出俘掠,谓之'淘虏'。都将先择其善者,余则士卒分之,以是为常"。黄巢军与王建部队均称掠人财物曰"淘"。这不能看作是偶然的巧合,而只能说明他们用的是同一种江湖语言(即"黑话"),采取的是同样行动。

所不同者，黄巢只"淘"富民，而王建及其部下则不论贫富都要"淘"。

韦庄在《秦妇吟》中，谓黄巢农民起义军"蓬头垢面猱眉赤"，"衣裳颠倒言语异，面上夸功雕作字"，"还将短发戴华簪，不脱朝衣缠绣被"。简言之，就是讥笑他们曾受髡刑，披头散发；曾受黥刑，面上刺字；相貌狰恶，言行粗鲁。《北梦琐言》逸文卷三也有一段话是描写王建部下的："韦昭度招讨陈敬瑄时，蜀帅顾彦晖为副，王先主(建)为都指挥使。三府各署幕僚，皆是朝达子弟，视王先主蔑如也。先主(王)侍从髡发行瞪，黥面札腕，如一部鬼神。其辈以(王)先主兢肃，顾公详缓，一时失笑而散。(王)先主归营，左右以此为言，亦自大笑。他日克郪城，轻薄幕僚皆害之。"(《太平广记》卷二百六十六所载，与此略同)此一段文字，可注意之点有二：一是黄巢的兵将"蓬头垢面猱眉赤""还将短发戴华簪"，王建的侍从"髡发行瞪"；黄巢的兵将"面上夸功雕作字"，王建的侍从"黥面札腕，如一部鬼神"。这说明王建的部下与黄巢的兵将大都受过髡刑和黥刑，有着相同或相近似的打扮爱好，二者之间存在着某种亲缘关系；而与唐朝的官军——韦昭度、顾彦晖部下的装束绝不相同，因而成了朝达子弟、幕僚们的嘲笑对象。二是王建的性格阴险狠毒。他对肆意嘲笑其本人及其部下的人们是：当其处于人下时，似乎并不介怀，只是"大笑"而已；可是一旦得志之后、立加报复，斩尽杀绝，毫不手软。

韦庄晚年既在王建手下为官，自然熟知王建"雄猜多机略，意尝难测"(《新五代史·前蜀世家·王建》)，及其所可能采取的一切残忍手段。那么，《秦妇吟》中对黄巢农民军的种种丑化，在王建看来，岂不是指着和尚骂秃驴？何况黄巢起义军与王建的部队是我中有你，你中有我，有着如上所述的种种关系。倘若任凭《秦妇吟》在王建所管辖的地区流传开去，将会给它的作者带来什么样的严重后果，是不难预测的。

况且，《秦妇吟》一诗，曾借新安老翁之口，控诉官军的罪行："乡园本贯东畿县，岁岁耕桑临近甸。岁种良田二百廛，年输户税三千万。小姑惯织褐绝袍，中妇能炊红黍饭。千间仓兮万斯箱，黄巢过后犹残半。自从洛下屯师旅，日夜巡兵入村坞。匣中秋水拔青蛇，旗上高风吹白虎。入门下马若旋风，罄室倾囊如卷土。家财既尽骨肉离，今日垂年一身苦。一身苦何足嗟，山中更有千万家。朝餐山上寻蓬子，夜宿霜中卧荻花。"诗中的官军，当指以王建等为都将的忠武军。《资治通鉴》卷二百五十四载："(广明元年十一月)癸亥，齐克让奏：'黄巢已入东都(洛阳)境，臣收军退保潼关,于关外置寨。……'丁卯,黄巢陷东都,留守刘允章帅百官迎谒;(黄)巢入城,劳问而已,闾里晏然。"从齐克让"臣收军退保潼关"句看来,知其时洛阳别无官军驻守。而《资治通鉴》《新唐书》《旧唐书》亦未提及自"黄巢过后"至中和三年之间,有官军奉命驻守洛阳等事。因而《秦妇吟》中新安老翁所指控的"洛下师旅",是指由他地开赴长安围攻黄巢农民起义军的唐朝官兵。从现有的材料来看,惟王建所在的忠武军有此可能。《旧唐书·宦官上·杨复光传》谓:"(杨)复光得忠武之师三千入蔡州,说(秦)宗权,俾同义举。(秦)宗权遣将王淑率众万人,从(杨)复光收荆襄。次邓州,王淑逗留不进,(杨)复光斩之,并其军,分为八都。鹿晏弘、晋晖、李师泰、王建、韩建等,皆八都之大将也。……进收邓州,献捷行在,中和元年五月也。(杨)复光乘胜追贼,至蓝桥,丁母忧还。寻起复,受诏充天下兵马都监,押诸军入定关辅。王重荣为东面招讨使,(杨)复光以兵会之。"《旧唐书·逆臣下·黄巢传》载:"(中和元年)四月,泾原行军唐弘夫之师屯渭北,河中王重荣之师屯沙苑,易定王处存之师屯渭桥,鄜延拓拔思恭之师屯武功,凤翔郑畋之师屯盩厔。六月,邠宁朱玫之师屯兴平,忠武之师三千屯武功。……(中和)二年,王处存合忠武之师,败贼将尚让,乘胜入京师,贼遁去。(王)处存不为备,是夜复为贼寇袭,官军不利。"《旧唐书·僖宗纪》载中和元年七月,唐僖宗"以(王)铎为都统。以河中节度使王重荣为京城北面都统,义武军节度使王处存为京城东面都统,鄜延节度使李孝昌为京城西面都统,朔方军节度使拓拔思恭为京城南面都统。以忠武监军使杨复光为天下行营兵马都监,代西门思恭。……八月,代北行营兵马使诸葛爽、朱玫、拓拔思恭等军屯渭桥。……(九月)杨复光、王重荣以河西、昭义、忠武、义成之师屯武功。凤翔节度使郑畋以病征还行在,以凤翔大将李昌言代(郑)畋为节度使,兼京城西面行营都统"。《旧唐书·时溥传》载中和元年八月时溥逐武宁军节度使支详之后,"又令别将帅军三千赴难京师"。上述各军中,除忠武军与时溥军外,其军原驻地均处长安的北面、东北面或西北面,且均有大道可直趋长安,如往洛阳、新安,则须绕一个很大的圈子,这样做是违背军事常识的,因而也是不可能的。惟王建所在的忠武军与时溥军,地处长安的东南方,如由其驻地出兵至长安,则须经过洛阳、新安等地。《旧唐书·时溥传》虽载有出军之"令",但并无时军至长安之文。新旧《唐书·僖宗纪》及《黄巢传》则连时溥出军之"令"也没有记载。《资治通鉴》卷二百五十四载:"(中和二年正月辛未,以)时溥为催遣纲运租赋防遏使。"胡三省注:"纲运自江、淮来者,皆由徐州巡内,故以(时)溥任此职。"据上所引,可知时溥仅有出军之"令",并无出军之实。所以说,新安老翁所云"自从洛下屯师旅"之军,惟忠武军有此可能。虽说中和元年五月,杨复光率忠武之师,自邓州"乘胜追贼,至蓝桥",不必途经洛阳、新安。但其后,杨复光"丁母忧还",以后又以"天下行营兵马都监"的身份,从许州率忠武之师进屯武功县。其军队必须经过洛阳、新安等地。

《新唐书·兵志》云:"故兵之始重于外也,土地、民赋非天子有;既其盛也,号令、征伐非其有。"同书《食货志二》载:"及群盗起,诸镇不复上计云。"《资治通鉴》卷二百五十四载:"凤翔行军司马李昌言将本军屯兴平。时凤翔仓库虚竭,犒赏稍薄,粮馈不继,(李)昌言知府中兵少,因激怒其众,冬,十月,引军还袭府城……(节度使郑畋)乃以留务委之。"据上述史料可知,当时围攻黄巢起义军的诸路官军之粮饷,基本上由各军自己筹集、运输。忠武军的治所在许昌。从许昌运输粮饷至长安近郊武功等地,必须经过洛阳、新安等地。为了确保补给线的畅通无阻,忠武军在"洛下"驻扎一部分军队是非常必要的。《旧唐书·宦官上·杨复光传》载,杨复光本有军"三千",后又并吞王淑军"万人","分为八都",其军当在万人左右。《册府元龟》卷二百二十三载:"初,(杨)复光以忠武军八千人,立为八都,(鹿)晏弘与(王)建,各一都校也。"亦与此数相近。而《旧唐书·黄巢传》谓杨复光以"忠武之师三千屯武功"。可见忠武军的大部分是运输粮饷,或驻扎在后方的。

再说,忠武军的军纪素来很坏。据前《十国春秋》卷四十二及《太平广记》卷五百所引《王氏见闻》载,广明元年冬,忠武军节度使周岌率军投降黄巢时,就曾趁机在其驻地附近大肆抢掠。《资治通鉴》卷二百五十五载:中和三年,忠武军统帅杨复光死后,"忠武大将鹿晏弘帅所部自河中南掠襄、邓、金、洋(州),所过屠灭,声云西赴行在"。同书卷二百五十六载,鹿晏弘之去河中,王建等"各帅其众与之俱"。从这些记载中,可看出忠武军军纪败坏之一斑。

又杨复光统率的忠武军与河中节度使王重荣的部队,经常合兵一起或配合作战,他们军队的驻地又都曾在"秦妇"自长安出奔洛阳途中须经过之地。《新唐书·宦者上·杨复光传》载:"俄起(杨复光)为天下兵马都监,总诸军,与东面招讨使王重荣并力定关中。"《新唐书·王重荣传》载:"(王)重荣与(杨复光)连和,击贼将李详于华州,执以徇。……(黄)巢丧二州,怒甚,自将精兵数万壁梁田。(王)

重荣军华阴,(杨)复光军渭北,掎角攻之,贼大败。"这里值得注意的是,韦庄对待这两支军队,采取了两种不同的态度。他在《秦妇吟》中,用"陕州主帅忠且贞,不动干戈唯守城。蒲津主帅能戢兵,千里晏然无犬声。朝携宝货无人问,暮插金钗唯独行"等句,一再颂扬王重荣兄弟(蒲津主帅即河中节度使王重荣。陕州主帅指王重荣之兄王重盈,时以陕虢观察使为东面都供应使,其主要任务为供应后勤,故云"不动干戈惟守城"),而且把颂扬的重点放在"能戢兵"上。但对与河中军有密切关系的忠武军却只字不提。况且诗中的"蒲津",地处长安东北方,并不是"秦妇"从长安东奔洛阳途经之地,所谓"千里晏然无犬声"亦显然是设想之辞,非亲身经历的纪实。这就不能不使人感到作者这几句诗的弦外之音是:借赞扬陕州主帅的"不动干戈"、蒲津主帅的"能戢兵",来对忠武军作不出声的批评——批评与河中军联合作战的忠武军纪律败坏,揭露洗劫新安老翁的"官军"罪恶滔天。

综上所述,可见韦庄之《秦妇吟》,无论其咒骂黄巢农民起义军,还是揭露官军的罪恶,均触及王建的阴私,深犯王建的忌讳。而这两方面的内容,又贯穿着全诗的始终,删掉了这两部分内容,《秦妇吟》也就不存在了。因此,韦庄只能禁绝《秦妇吟》的流传,而无法作局部的修改。

下面,就《秦妇吟》中某些诗句,谈谈我们的看法。诗云:"衣裳颠倒言语异,面上夸功雕作字。柏台多士是狐精,兰省诸郎皆鼠魅。还将短发戴华簪,不脱朝衣缠绣被。翻持象笏作三公,倒佩金鱼为两史。朝闻奏对入朝堂,暮见喧呼来酒市。"这里的描写,从作者主观的情感来说,不过是诋毁新建立的大齐政权,丑化农民军的形象而已;然而就作品的客观意义来说,它却记录了某些历史真实。其中特别值得注意的是"短发戴簪"和"面上雕字"两事,因为它说明了这支起义军的素质。

《新唐书·刑法志》:"用刑有五……三曰徒。徒者,奴也;盖奴辱之。"《史记·黥布列传》言黥布"坐法黥……已论输丽(骊)山",张守节《正义》曰:"言(黥)布论决受黥竟,丽山作陵也。时会稽郡输身徒。"《三国志·蜀志·彭羕传》载:"(彭羕)后又为众人所谤毁于州牧刘璋,(刘)璋髡钳(彭)羕为徒隶。"《隋书·刑法志》载梁武帝时,"遇赦降死者,黥面为劫字,髡钳"。这些材料说明:剃去头发(髡刑),面上刺字(黥刑)是徒刑的附加刑。其目的之一在于把人当作奴隶,当作牲畜来折辱;其二是在他们身上留下奴隶的记号,以免逃亡。黄巢的部下"短发"(《资治通鉴》卷二百五十四也特地指出黄巢"其徒皆披发"),是受髡刑后留下的痕迹;"面上雕字"则是受过黥刑的记号。这就告诉我们,参加起义军的基本队伍是曾经受到迫害、服过徒刑、具有反抗精神的农民。

《史记·秦始皇本纪》:"少府章邯曰:盗已至,众强。今发近县不及矣,郦山徒多,请赦之,授兵以击之。"《新唐书·刑法志》载唐玄宗喜边功,"遣将分出以击蛮夷,兵数大败,士卒死伤以万计。国用耗乏,而转漕输送,远近烦费。民力既弊,盗贼起而狱讼繁矣。天子方恻然,诏曰:'徒非重刑,而役者寒暑不释枷系……其皆免,以配诸军自效。'……以此施德其民。然巨盗起,天下被其毒,民莫蒙其赐也"。观此,则知被判徒刑的农民,平时被统治阶级剃去头发,面上刺字,戴上械,把他们当作牛马来奴役;战时,授徒以兵,"配诸军自效",强迫他们充当维护封建统治的工具。但是事物往往向它相反的方面转化。当这些被判徒刑、遭受奴役的农民,一旦投入起义的洪流,于是"巨盗起",封建皇朝便分崩离析了。秦朝如此,唐朝也是这样。

至于"面上夸功雕作字"的"夸功",我们以为,不可能是立功以后再在面上雕字,而是指曾受黥刑。当这些刑徒经过农民战争的洗礼之后,不再以面上刺字为辱,而是以曾受黥刑为荣。《史记·黥布列传》载秦汉之际黥布受黥刑时,"欣然笑曰:'人相我当刑而王,几是乎?'"(《史记·索隐》曰:"布,本姓英。……布以少时有人相云:'当刑而王。'故《汉杂事》云'布改姓黥,以厌当之'也。")又曰:"项梁涉淮而西,击景驹、秦嘉等,(黥)布常冠军。……项籍使(黥)布先渡河击秦,(黥)布数有利,(项)籍乃悉引兵涉河从之,遂破秦军。……诸侯兵皆以服属楚者,以(黥)布数以少败众也。……(项籍)至关,不得入,又使(黥)布等先从间道破关下军,遂得入,至咸阳。(黥)布常为军锋。"英布改姓"英"为姓"黥",固然包含有浓厚的迷信成分,但其中还凝结着他对封建王朝的仇恨和对统治阶级镇压农民的酷刑的反感。黥布在与秦王朝的一系列斗争中,之所以如此骁勇异常,屡建奇功,与其受黥刑不无关系。黄巢农民起义军的将领们,以面上"雕字"为荣,以此"夸功",这种不同寻常的心理状态,在与《史记·黥布列传》有关记载对照之后,便可了然了。

"不脱朝衣缠绣被"句,嘲笑大齐的大臣们连朝衣尚不齐全,甚至有以"绣被"充朝服者。按《新唐书·黄巢传》:"(黄巢)求衮冕不得,绘弋绨为之。"《资治通鉴》卷二百五十四:"(黄巢)画皂缯为衮衣。"三者互参,可见农民起义军在建立大齐政权时,由于遭受经济封锁,物资匮乏到何等程度!而诗人的描写,基本上是符合史实的。

"衣裳颠倒言语异","翻持象笏作三公,倒佩金鱼为两史"等句,讥讽起义军将领做了大臣之后,言语粗鲁,举动失仪。其实,纵观我国历史,凡起自社会下层、以暴力推翻旧王朝、建立新政权者,其建立政权的初期,均无严格的朝规朝仪。《史记·刘敬叔孙通列传》载:"汉五年,已并天下,诸侯共尊汉王为皇帝于定陶……群臣饮酒争功,醉或妄呼,拔剑击柱,高帝患之。"《后汉书·刘玄刘盆子列传》载:"(赤眉军)诸将日会论功,争言欢呼,拔剑击柱,不能相一。……至腊日,(樊)崇等乃设乐大会。(刘)盆子坐正殿,中黄门持兵在后,公卿皆列坐殿上。酒未行,其中一人出刀笔书谒欲贺,其余不知书者起请之,各各屯聚,更相背向。"这里所描述的情况与《秦妇吟》中的"翻持象笏""倒佩金鱼",表现形式虽然不一,但就其无严格的朝规朝仪而言,则完全相同。究其原因,则在于他们均出身于社会下层,缺乏文化教养,根本不知朝规朝仪为何物,所以一旦身为大臣,难免闹出种种笑话。"翻持象笏""倒佩金鱼"之类的举动,完全可能有,当非诗人歪曲之词。

了解了上述各点,我们就不难透过某些表象和"狐精""鼠魅"之类恶毒碍眼的字面而看清它的思想意义。应该说,表现在诗里的阶级偏见是存在的;然而诗人在创作上严肃的现实主义精神,并没有为其阶级偏见所淹没。《秦妇吟》是一篇杰出的长篇史诗。特别在艺术方面,《秦妇吟》的出现,是元、白长庆体叙事诗的重大发展,是文人诗歌和民间说唱文学进一步结合的丰硕成果。关于这个问题,拟另撰专文,略陈固陋,就正方家,这里就不阑入了。

本文与刘初棠合写,原载《文史》1985年第二十二辑

三 诗歌理论

论《戏为六绝句》

以诗论诗,最常见的一种形式是论诗绝句。四句一首的绝句诗,每首可以谈一个问题;把许多首连缀成为组诗,又可以见出完整的艺术见解,运用起来,是最为灵活的了。

在我国诗歌理论遗产中,有不少著名的论诗绝句,如人们所熟知的元好问、王士禛、袁枚等人的作品;而最早出现,创造性地运用这一形式的则是伟大诗人杜甫的《戏为六绝句》(以下简称《六绝句》)。杜诗中有关论诗的话虽然不少,但都很零碎,有了《六绝句》,我们就不难观其会通,较全面地理解杜甫的文学思想、理论和他的创作实践之间的关系。

一

《六绝句》前三首评论作家,后三首揭示论诗宗旨。就内容来说,似乎两者有区别,可是它的精神,却前后贯通,互相联系。这六首诗是个不可分割的整体。

《六绝句》的第一首论庾信云:

> 庾信文章老更成,凌云健笔意纵横。
> 今人嗤点流传赋,不觉前贤畏后生。

杜甫在《春日忆李白》里曾说,"清新庾开府"。这诗指出庾信后期文章风格更加成熟①,健笔凌云、意境纵横开阖,不仅以"清新"见长。所谓"庾信生平最萧瑟,暮年诗赋动江关"(《咏怀古迹》),正可与此相印证。那么,当时那些指手画脚,嗤笑指点庾信的人,适足以说明他们的无知,根本不理解庾信;因而"前贤畏后生"这句成语,也只是讽刺的反话罢了。

第二、三两首论初唐四杰。前一首说:

> 王杨卢骆当时体,轻薄为文哂未休。
> 尔曹身与名俱灭,不废江河万古流。

初唐诗文,没有完全摆脱六朝藻绘余习,"轻薄为文",是人们讥哂"四杰"之词。如《玉泉子》所说,"时人之议,杨(炯)好用古人姓名,谓之点鬼簿;骆(宾王)好用数对,谓之算博士"(见《九家集注杜诗》赵次公注引),即其一例。史炳《杜诗琐证》解此诗云:"言四子文体,自是当时风尚,乃嗤其轻薄者至今未休。曾不知尔曹身名俱灭,而四子之文不废,如江河万古长流。"

后一首说:

> 纵使"卢王操翰墨②:劣于汉魏近风骚"。
> 龙文虎脊皆君驭,历块过都见尔曹。

过去有关这诗的解释,极多歧异,我以为郭绍虞同志的说法最得原意。他说:"此诗本承上一章言。时人之讥哂四子者,每谓其轻薄为文,正以其劣于汉、魏之近《风》《骚》耳。四子之劣于汉、魏之近《风》《骚》,……当时文体如是,固非四子之病也。……龙文虎脊,自有其不废江河者在,固非身与名俱灭之尔曹所能望尘追及矣。""纵使"是杜甫的口气,"卢王操翰墨,劣于汉魏近风骚",则是时人哂笑四杰的话。杜甫引用了他们的话而加以驳斥,所以后两句才有这样的一个转折。

---

① "庾信文章"的"文章",兼指诗、赋,第三句的"赋",即首句的"文章",也不是专指赋。因限于诗句的字数和声调的关系,故偏举以见义。

② 诗中的卢、王,即指四杰。因限于字数,故举卢以概骆,举王以概杨。

意谓即便如此,然而四杰能够以纵横的才气,驾驭瑰丽的文辞,他们的作品,仍然是经得起时间的考验的①。

这三首诗,用意很明显。第一首是说,观人必观其全,不能只看到一个方面,而忽视了另一个方面。第二首是说,评价作家,不能脱离其时代的条件,必须把他们放在一定的历史地位上。第三首指出任何一个作家的成就,从相对的意义来说,都有大小高下之分;然而秋菊春兰,各自芬芳,彼此原不相掩。所谓"作者皆殊列,声名岂浪垂?"(《偶题》)我们应该具体地给以评价,要善于从不同的角度向前人学习。

这些观点,无疑是正确的;可是这三首诗的意义,绝不仅仅停留在这上面。

为什么在古往今来大量的作家中,杜甫单单提出庾信和初唐四杰呢?为什么在评论庾信和四杰的时候,一则曰,"不觉前贤畏后生",再则曰,"尔曹身与名俱灭",三则曰,"历块过都见尔曹",措辞如项庄舞剑,意有所指呢?这话的背后,显然有个对立面的存在;而它的性质,则关系到对我国古代诗歌的发展,对六朝文学等一系列问题的看法。

魏、晋、六朝这个漫长时期,是我国文学由质朴而趋向华彩的一个转变阶段。丽辞与声律,在这个时期内得到急剧的发展,诗人们对诗歌形式及其语言技巧的探求,取得了很大的成绩。正如颜之推所说:"古人之文,宏才逸气,体度风格,去今实远;但缉缀疏朴,未为密致耳。今世音律谐靡,章句偶对,讳避精详,贤于往昔多矣。"(见《颜氏家训·文章篇》)"踵事增华",本是文学发展中一种必然的现象,演进的痕迹,非常明显。正因为在魏、晋、六朝有了这种演进,才给下一阶段唐代诗歌的全面繁荣创造了条件。我们试想:没有永明的新体诗,到唐朝,就不可能有今体的出现;没有六朝人积累的丰富的艺术经验,唐代各体诗歌在语言艺术上也就不可能达到如此成熟的境地。其间传统继承关系,也是十分清楚的。

然而从另一个方面来看,六朝文学,一般地说来,又有重形式、轻内容的不良倾

---

① "龙文"和"虎脊"都是毛色斑驳的骏马,用以比喻瑰丽的词彩。"历块过都",语本王褒《圣主得贤臣颂》:"过都越国,蹶如历块。"吕延济注:"言过都国,急如行一小块之间。"这里略变其意,是说历田野("块",可作土地解。《庄子·齐物论》:"大块噫气,其名为风。"),过城市,指长距离的奔驰。"见尔曹",意谓相形之下,就能见出高低。

向。刘勰在《文心雕龙》里就曾反复地讨论情和文、文和质的问题。等到齐、梁宫体出现之后,诗风就更加淫靡而萎弱了。

完美的形式,应该说,可以更好地表现充实的内容。六朝的某些诗人,其作品内容贫乏,甚至腐朽空虚,自有其社会、阶级的根源,和整个六朝文学在艺术上的成就,并不是一回事;可是过分重视形式技巧,也往往会导致忽视思想内容,两者又是容易有所偏废的。因此,唐代诗论家对于前一时期文学的接受与批判,是极为艰巨而复杂的课题,经过了长期反复的过程,由于各个时期的具体情况不同,人们所强调的往往也就难免偏于某一个方面;而认识得最为全面的,则是杜甫。

当齐、梁余风还统治着初唐诗坛的时候,陈子昂首先提出复古的主张,明确地指出了唐代诗歌发展的方向。李白继起,完成了廓清摧陷之功。陈、李对于六朝文学,是不惜加以猛烈地抨击的。矫枉必须过正,在积重难返的情况下,不如此,就不足以扭转一时的风气。陈、李之所以能够取得成功,正在于此。陈子昂说:"文章道弊五百年矣!汉、魏风骨,晋、宋莫传。"(见《与东方左史虬修竹篇序》)李白说:"自从建安来,绮丽不足珍。"(见《古风》)这类过激的言论,在当时来说,是有其现实的战斗意义的;然而却也不可避免地要产生一种流弊。这流弊,即元稹所说的"好古者遗近,务华者去实"(《唐检校工部员外郎杜君墓系铭》)。"务华去实"的风气纠正了,有些人又不免走向"好古遗近"的另一极端,把六朝文学全盘加以否定,而且对新兴的今体诗不感兴趣。例如和杜甫晚年曾经有过接触的《箧中集》中的诗人孟云卿,就是只知道学习李陵、苏武,而无取于建安以下的作者①。不仅孟云卿如此,一部《箧中集》根本就没有选律诗,而且入选的诗篇,全都是质朴有余,词彩不足,读起来,使人索然乏味。杜甫的《六绝句》作于上元二年(公元761年),元结的《箧中集》编于前一年的乾元三年(公元760年),元结在书的序言里认为"风雅不兴,几及千载",极力反对声律,指斥当时流行的"指时咏物,会谐丝竹"的诗歌为"污惑之声"。尽管他有他的看法,然而这种"好古遗近"的态度,总不能说不是一种偏向。

这正可以看出当时诗坛的风气,也可知道《六绝句》是有的放矢,有感而发的。

---

① 《解闷》:"'李陵苏武是吾师',孟子论文更不疑。""孟子",据自注,即孟云卿。所谓"论文不疑",指"李陵苏武是吾师"而言。一本,"孟子"句在上。

当然,杜甫所说的"后生""尔曹",指的是那些胸中并无定见,以耳代目的寻声逐影之徒。

了解了这点,则《六绝句》开宗明义的第一章,为什么就以庾信为讨论的对象;杜甫的用意,也就不难窥测了。

庾信总结了六朝文学的成就,特别是他那句式整齐、音律和谐的诗歌以及用诗的语言写的抒情小赋,对唐代的律诗、乐府歌行和骈体文都起有直接的先导作用。在唐朝人心目中,他是最有代表性的近代作家了。不难想象,正因为影响大,所以是非毁誉也就容易集中到他的身上。杜甫当时的人是怎样嗤点庾信,限于现存文献资料,无法具体地知道;可是,从初唐令狐德棻所说,"子山之文,……其体以淫放为本,其词以轻险为宗,故能夸目侈于红紫,荡心逾于郑卫"(见《周书·王褒庾信传论》),简直把他看作词坛祸首,文苑罪人。可见对"好古遗近"者来说,以庾信为攻击的主要对象,是非常明显的。至于初唐四杰,虽然不满于以"绮错婉媚为本"的"上官体",而他们主要的贡献,则是在于对六朝艺术技巧的继承和发展,今体诗体制的建立和巩固。当陈子昂、李白提出"建安风骨",复古的风气盛行以后,回过头从另一角度来看,王杨卢骆的"当时体",自不免有其时代的局限;而就给"好古遗近"者以"劣于汉魏近风骚"讥笑的口实了。

二

从庾信到四杰,这条线索非常分明,是当时诗坛上论争的焦点所在。杜甫抓住了这个焦点,针锋相对,提出了自己的意见。这意见在《六绝句》的后三首里正面说了出来:

> 才力应难跨数公,凡今谁是出群雄。
> 或看翡翠兰苕上,未掣鲸鱼碧海中。

> 不薄今人爱古人,清词丽句必为邻。
> 窃攀屈宋宜方驾,恐与齐梁作后尘。

未及前贤更勿疑,递相祖述复先谁?
别裁伪体亲风雅,转益多师是汝师。

"今人",指的是近代的作家,亦即前面三首所说的庾信和四杰这一类的人。他之所以爱古而不薄今,是从"清词丽句必为邻"出发的。"为邻",即引为同调的意思;"必为邻",反之,也就是说,不应该加以疏远、菲薄。在杜甫看来,文学是语言的艺术,而诗歌的语言尤其是最精粹的语言,诗歌的艺术锻炼,首先得从语言下功夫,"清词丽句",不可废而不讲。六朝诗人的经验是值得借鉴的。所以杨万里说:"忽梦少陵谈句法,劝参庾信谒阴铿。"(《书王右丞诗后》)杜甫在《偶题》里说:"前辈飞腾入,余波绮丽为。后贤兼旧制,历代各清规。"诗歌的语言随着内容而日益丰富,日益精美,飞腾的气势,自然会动荡为绮丽的余波。历代作者之所以自成体貌,自具规模,就是在不断地吸取前人的成果中使得诗歌的体制日益完善的。他在《宗武生日》一诗里,告诉他的儿子要"熟精《文选》理"。"理",指的是行文之理,亦即萧统在《文选序》里所说的"沉思""翰藻"之义。这些,都可看出,他对诗歌的语言艺术是如何地重视!

"清词丽句","余波绮丽",指在六朝时候发展起来的丽词和声律而言。在这个问题上,杜甫和李白的态度有着显然的不同。李白说:"一曲斐然子,雕虫丧天真。"(《古风》)他所向往的是"郢客吟白雪,遗响飞青天"(同上);"清水出芙蓉,天然去雕饰"(《经乱离后天恩流夜郎忆旧游书怀赠江夏韦太守良宰》)。杜甫则"遣辞必中律"(《桥陵诗三十韵》),"觅句新知律"(《又示宗武》),"晚节渐于诗律细"(《遣闷戏呈路十九曹长》),对诗律的研究,从不丝毫放松。两人持论的不同,由于着眼点的各异:李白以起衰自任,所谓"梁、陈以来,艳薄斯极,沈休文又尚以声律。将复古道,非我而谁欤?"(见孟启《本事诗》引)有些话,是箭在弦上,不得不发的。其实,尽管他的诗如天马行空,不受一切格律的束缚,尽管他说,"自从建安来,绮丽不足珍";然而他又何尝不有取于"清词丽句",不借鉴于六朝文学的新成就?杜甫就看出了他在理论和创作上这一矛盾,所以一则曰:"李侯有佳句,往往似阴铿。"(《与李十二白同寻范十隐居》)再则曰:"清新庾开府,俊逸鲍参军。"(《春日忆李白》)比拟的都是六朝诗人。虽然李、杜论文没有留下记录,可是从上面这些话里,杜希望和李"重与细论文"(同上)的言外之意,却完全可以体会。

李白的着眼点在于破,破则放言高论,冲决藩篱,扫除障碍,不能有所顾惜;杜甫的着眼点在于立,立则必须把理论建设在一个更全面、更细致、更为广博而坚实的基础上,因此,首先强调的是诗歌的语言及其艺术形式的问题。他密切地注意到今体诗发展到他那个时代,即将定型而结成丰硕的果实,古、今体诗并行不废,将更好地表现不同的内容,丰富诗歌的式样;而"贯穿古今,觊缕格律",则是落在他身上的艰巨的历史任务。基于这样的认识,所以他力崇古调,兼取新声。"不薄今人爱古人,清词丽句必为邻",是应该从这个意义上去理解的。

那么,杜甫之不废六朝,是不是仅仅有取于其"清词丽句",或者说,杜甫对诗歌艺术的要求,仅仅停留在"清词丽句"上呢?则又不然。

"汉、魏风骨,晋、宋莫传。……彩丽竞繁,兴寄都绝。"这话是就一般情况来讲,是从六朝文学不良倾向的一面而加以否定的;但具体地分析一下,实际情况又何尝都是如此。清朝的包世臣说得好:"六朝虽尚文彩,然其健者,则缓急疾徐,纵送激射,同符《史》《汉》,貌离神合,精彩夺人。"(《再与杨季子书》)就拿人们所极力嗤点的"其体以淫放为本,其词以轻险为宗"的庾信来说,大家所能够看到的只是绮縠纷披,宫商靡曼;而杜甫在《六绝句》里,则明确地指出除了"清词丽句"而外,他还有"凌云健笔意纵横"的一面;四杰的"龙文虎脊",词彩也不仅止于清丽。举一反三,这话是足以发人深省的。

在这种启示下,杜甫提出他对诗歌艺术风格的看法。

由本以达末,杜甫不主张"好古遗近",废弃六朝;循末以返本。他认为,仅仅学习六朝,一味追求"清词丽句"像"翡翠戏兰苕,容色更相鲜"①,写出的只不过是词彩鲜艳、格律精妍的诗篇,虽然也足以赏心悦目,然而风格毕竟是浅薄的。必须是恢宏气度,扩展心胸,纵其才力之所至,有如掣鲸鱼于碧海,创造出一种雄伟非常的意境。这样,于严整体格之中,见气韵飞动之妙,不为篇幅所窘,不为声律所限,从容于法度之中,而神明于规矩之外,自足以跨越前人,压倒当世了。杜甫所祈向,乃在于此。所谓"沉郁顿挫"(见《进雕赋表》),所谓"思飘云物外,律中鬼神惊"(《敬赠郑谏议十韵》),所谓"意惬关飞动,篇终接混茫"(《寄彭州高三十五使君适虢州岑二十七长史参三十韵》),就是指这种风格而言的。他说,"诗看子建亲"

---

① 左思《咏史》诗中句。"或看翡翠兰苕上",语即本此。

(《奉赠韦左丞丈二十二韵》),所以自比于子建,正因为"文章曹植波澜阔"(《追酬故高蜀州人日见寄》)的缘故。

要想达到这种艺术境界,杜甫认为只有上攀屈、宋,才能自铸伟辞。他在《偶题》里慨叹"骚人今不见";在《咏怀古迹》里,追慕宋玉的"文彩",低徊于其"江山故宅";此诗谓"窃攀屈宋宜方驾",更指出《楚辞》的精彩绝艳,是六朝"清词丽句"的导源,也是千古词人不祧之祖。由六朝而上追屈、宋的逸步,正如刘勰所说,"酌奇而不失其真,玩华而不坠其实,则顾盼可以驱辞力,咳唾可以穷文致"(《文心雕龙·辨骚》),就不至沿流失源,堕入齐、梁轻浮侧艳的后尘了。

从上所述,可以看出杜甫对诗歌艺术的要求,把"清词丽句"提到怎样的高度;而在肯定六朝"清词丽句"的同时,也贯彻着批判的精神。这精神充分地表现在"别裁伪体""转益多师"两句话里。

伪和真相对而言,是个抽象的概念。在文学艺术方面,何者为真,何者为伪,人们总是按照自己的主观理解,很难找出一个具体衡量的客观标准。杜甫说的"伪体",自然有所实指,可惜我们无法知道;然而他所提出的原则,则表现一种卓越的见识,是探本穷源,一针见血之论。

《六绝句》的最后一首,过去也有各种各样的说法,我以为原诗的语意,非常明白:"未及前贤"的"前贤",泛指前代有成就的作家,也包括庾信和四杰在内。"递相祖述",意谓因袭成风。正因为如此,所以黄茅白苇,弥望如一,大家都是一样,谁也不比谁占先,无疑地"未及前贤"了。"未及前贤更勿疑,递相祖述复先谁"二句,指出伪体之伪,症结在于以模拟代替创造。真伪相混,则伪可以乱真,所以下文紧接着说,要加以"别裁"。很显然,创造和因袭,是杜甫看成真和伪的分界线。只有充分发挥创造力,才能直抒襟抱,自写性情,写出真的文学作品。尽管人的才力不同,风格各异,然而"就使一滴露珠,照映在太阳光里,也呈现无限多样的色彩",它那新鲜活泼的精神,是不可泯没的。庾信之"健笔凌云",四杰之"江河万古",乃在于此;反之,拾人唾余,傍人门户,无论剪彩的纸花或复制的赝鼎,同样是没有生命力的东西。那么,堆砌辞藻,落入齐、梁后尘的,固然是伪体;而高谈汉、魏,优孟衣冠,又何尝不是伪体?在杜甫心目中,只有真伪的分别,而无古今的成见。钱谦益说:"自古论诗者,莫精于少陵'别裁伪体'之一言。"(《徐元叹诗序》)这话是探骊得珠之论。

"别裁伪体"和"转益多师"是一个问题的两面。"别裁伪体",强调创造;"转益多师",重在继承。继承和创造,在杜甫看来,两者之间的关系是辩证的。"转益多师是汝师",既无所不师而无定师。这话有好几层意思:无所不师,故能兼取众长;无定师,则不囿于一家之言,一偏之见,虽然继承传统或借鉴别人,但并不妨害自己的创造。此其一。只有能"别裁伪体",才谈得上"转益多师";否则真伪不分,胸无定见,根本就不知何所师,更不知如何"转益"。这是二。无所不师而无定师,必须是善于从不同的角度学习别人的成就,那么吸取的同时,也就有所扬弃。这是三。批判与接受、创造和继承相结合,熔古铸今,把自己的艺术修养建筑在一个广博深厚的基础上,这乃是"转益多师"的精神之所在。杜诗中评论到古代和近代以及同时的作家,不胜枚举,其"乐取于人以为善"的态度,无一不是从"转益多师"出发的。然而从对不同对象的不同的提法中,不难看出节而取之的微意。杜甫不是全盘接受论者。他说:"读书破万卷,下笔如有神。"(《奉赠韦左丞丈二十二韵》)这"下笔有神",正是"转益多师",含英咀华的结果。作诗到了"下笔有神"的境地,则七宝楼台,弹指既现,无论"翡翠兰苕"的清丽,抑或"鲸鱼碧海"的瑰奇,如地涌泉,遇境即际,无施而不可了。

陈子昂、李白以及后来的白居易的反对六朝,也是为了"别裁伪体";但他们惩羹吹齑,不免将整个六朝文学的成就一笔抹煞。杜甫和他们持论不同,就在于"转益多师"这一点上。然而他们之所以不惜全盘否定六朝文学,其用意则在于提倡以风雅为典范的反映现实的文学传统;《六绝句》的结论,也是归于"亲风雅"。从终极的意义来说,不同的艺术见解,却又殊途而同归。不过杜甫的途径,要比他们广阔得多。

三

杜甫的诗歌在思想上和艺术上达到高度的统一,这是大家所公认的。杜甫论诗,则多半是艺术经验的总结,谈到艺术方面的比较多,谈到思想方面的比较少,《六绝句》就是这样的情况。但这是否意味着杜甫重形式而轻内容,把艺术放在第一位呢?当然不能如此机械地去理解。理论不是个什么架空的东西,绝不能离开具体的人和具体的创作来看问题;而且理论可以从不同的角度去阐明,没有理由要求嵌在一个统一的格式里。那么,在《六绝句》里,杜甫全面阐述了他的艺术见解之后,归之于"亲风雅",其宗旨所在,也就无庸费词了。不过,以诗论诗,词简义精,限于体制,究竟不能像散文那样的明白晓畅,因而后来笺释纷纭,歧义百出。其中撷拾一端,割裂取义;甚至不顾原文,任意歪曲的也大有人在。如明朝的杨慎说杜甫所谓伪体,是指"以无出处之言为诗"(见《升庵诗话》),即其一例。

正因为《六绝句》是杜甫诗歌艺术经验的总结,所以《六绝句》里的理论和杜甫的创作实践也就结合得特别紧密;从杜甫的创作实践来印证他的理论,问题就会看得更清楚一些。元稹在《唐检校工部员外郎杜君墓系铭》里有一段话很重要。他说:"唐兴,官学大振,历世之文,能者互出。而又沈、宋之流,研练精切,稳顺声势,谓之为律诗。由是而后,文体之变极焉。然而莫不好古者遗近,务华者去实。效齐梁则不逮于魏晋,工乐府则力屈于五言;律切则骨格不存,闲暇则纤秾莫备。至于子美,盖所谓上薄风骚,下该沈、宋,言夺苏、李,气吞曹、刘,掩颜、谢之孤高,杂徐、庾之流丽,尽得古今之体势,而兼人人之所独专矣!使仲尼考锻其旨要,尚不知贵其'多乎哉'?苟以为能所不能,无可不可,则诗人以来,未有如子美者。"这里指出的杜甫在诗歌创作上的伟大成就,无异于给《六绝句》的时代意义作了很好的说明。张戒也说杜甫"在山林则山林,在廊庙则廊庙,遇巧则巧,遇拙则拙,遇奇则奇,遇俗则俗,或放或收,或新或旧,一切物,一切事,一切意,无非诗者"(《岁寒堂诗话》)。钱谦益则认为,"自唐以降,诗家之途辙,总萃于杜氏。大历后,以诗名家者,靡不由杜而出。韩之《南山》,白之讽谕,非杜乎?若郊若岛,若二李,若卢仝、马异之流,盘空排奡,纵横谲诡,非得杜之一枝者乎?然求其所以为杜者,无有也。以佛乘譬之,杜则果位也,诸家则分身也"(《曾房仲诗叙》)。杜甫全面地总结前人诗歌艺术的成就,奠定了各体诗歌的体制,创造出多种多样的风格,适应于各类各式的题材,给后代诗人以无穷的启发,这和他在理论上好古而不遗近,务华而不去实,明确地认识到必须"别裁伪体""转益多师",而以方驾屈、宋,接近《风》《雅》为指归是分不开的。

杜甫的时代,是我国古典诗歌发展到一个完全成熟的时期。殷璠在《河岳英灵集集论》里,曾用"文质取半,风、骚两挟,语气骨则建安为传,论宫商则太康不逮"来概括盛唐诗歌的成就。总的说来,这话是符合实际的,虽然《河岳英灵集》里没有选录杜甫的诗①。但倘若运用这个标准来衡量每一个具体作家,则各有短长,互为伸屈。就拿和杜甫齐名的伟大诗人李白来说,在诗歌格律方面的建设,就是他理论和创作上薄弱的一环,虽然,我们并不能因此而降低对李白的评价。真正能够全面体现这个时代成就的只有杜甫一人。杜甫所以伟大,乃在于此。我们必须从他的理论来看他的创作实践,再从实践来印证他的理论;而《戏为六绝句》则是他诗论的论纲。

原文刊载于《文艺报》1962年第4期,后收入《晚照楼论文集》

---

① 《河岳英灵集》里未选杜诗,这是因为此书编成于天宝十二载(公元753年),而杜甫的创作活动则稍迟于李白、王维等人,当时尚无篇什流传的缘故。

从严羽的《沧浪诗话》
到高棅的《唐诗品汇》

我国古代诗歌的发展,由唐入宋,是个转变的关键。宋诗自苏、黄出,开启了一种"以文字为诗,以才学为诗,以议论为诗"的风气,语言渐趋于散文化。到江西派盛行,诗风就更加生硬僻涩了。江西而后,永嘉四灵和江湖派继起,规抚姚合、贾岛,作风和江西不同,而取径愈狭。正如俞文豹《吹剑录》所云:"局促于一题,拘挛于律切,风容色泽,轻浅纤微,无复浑涵气象。求如中叶之全盛,李、杜、元、白之瑰奇,长章大篇之雄伟,或歌或行之豪放,则无此力量矣。"所以严羽在《沧浪诗话》里大声疾呼地指出,"推原汉、魏以来,而截然谓当以盛唐为法"(《诗辨》)。元代诗风,好奇诡,尚纤巧,沿着新变的道路,每下而愈况。变极思复,到明朝初期,力宗盛唐,倾向于复古,就成为诗坛普遍的风气。

闽中十子以林鸿为首,而这一诗派的诗歌理论则具体地体现在高棅的《唐诗品汇》里。

《唐诗品汇》成于洪武年间,凡九十卷,共选录六百二十家,诗五千七百六十九首,又拾遗十卷,补录六十一家,诗九百五十四首。是一部比较全面的、有着广泛影响的大型唐诗选本。《四库全书总目提要》云:"明初闽人林鸿始以规仿盛唐立论,而棅实左右之,是集其职志也。"此书凡例之前,有一段很重要的自述:

> 先辈博陵林鸿尝与余论诗,上自苏、李,下迄六代:汉、魏气骨虽雄,而菁华不足;晋祖玄虚;宋尚条畅;齐、梁以下,但务春华,殊欠秋实;惟李唐作者,可谓大成。然贞观尚习故陋;神龙渐变常调;开元、天宝间,神秀声律,粲然大备,

故学者当以是为楷式①。余以为确论。……及观沧浪严先生之辨,益以林之言可征,故是集专以唐为编也。

这里不仅揭出了编选的宗旨,而且可以看出高氏的诗学渊源,是推衍沧浪之绪论的。

沧浪谓论诗之法有五,一是体制,二是格力,三是气象,四是兴趣,五是音节(见《沧浪诗话·诗辨》)。《唐诗品汇总叙》一开头就说:"有唐三百年诗,众体备矣。故有往体(即古体)、近体、长短篇(即长短句)、五七言律句、绝句等制。莫不兴于始,成于中,流于变,而侈之于终。至于声律、兴象、文词、理致,各有品格高下之不同。"也是从辨体入手,而进一步评论作家和品藻作品的。全书分体编次,以类相从;每类目录之中,将入选作家分别归纳为各种不同的类型,并缀以短论,品第其高下。其论纲则概括在序言里。它所论述的主要是唐诗的分期问题,以及各个时期各体诗歌的特色。

《沧浪诗话·诗体》曾说,"以时而论",唐代的诗歌有"唐初体"(原注:"唐初犹袭陈、隋之体。"),"盛唐体"(原注:"景云以后,开元、天宝诸公之诗。"),"元和体"(原注:"元、白诸公。"),"晚唐体"。高棅在沧浪旧说的基础上,用历史的眼光,把唐诗发展明确地划分为初、盛、中、晚四个阶段。凡例云:"大略以初唐为正始,盛唐为正宗、大家、名家、羽翼,中唐为接武,晚唐为正变、余响。"至于宗教徒、妇女以及生平失考的作者则列入"傍流",不以时期论。这样的分法,其中贯串着一个总的精神,即正和变的关系。高棅是意图通过正和变的辩证来阐明唐诗的发展规律的。

何谓正? 正是正格,正体,正调,指唐诗尽变六朝绮靡之习,复归于雅正而言的。这当然以开元、天宝的盛唐之诗作为代表了。开、天以前为初唐。以初唐为"正始",指的是诗风转变之际的良好开端,说明初唐诗歌在"袭陈、隋之体"而外,还有开启盛唐的另一个方面,因而把这将近一百年的时间划作唐诗兴盛的准备阶

---

① 把开元、天宝年间,作为唐诗发展的全面成熟阶段,是殷璠最早提出来的。《河岳英灵集序》云:"自萧氏以还,尤增矫饰。武德初,微波尚在;贞观末,标格渐高;景云中,颇通远调;开元十五年(公元727年)后,声律风骨始备矣。"后来各家的论述,虽微有出入,而大体相同。唐诗"初""盛"之分,就是以上述情况作为依据的。

段。正和变是相对而言的。有"正风"就有"变风",有"正雅"就有"变雅";由正到变,牵涉到思想内容和艺术风格一系列的问题。以"正变"连缀成词,是说由正以观变,虽变而不失其正;亦即序文所谓"本乎始以达其终,审其变而归于正"的意思。他以元和作为中唐和晚唐的分界线,而把唐诗之变断在自元和以后,分体系之于韩愈、孟郊、张籍、王建、李贺、李商隐、杜牧等人。其论韩愈、孟郊的五古,有云:"今观昌黎之博大……其诗骈驾气势,崭绝崛强,若掀雷决电,千夫万骑,横鹜别驱,汪洋大肆,而莫能止者。又《秋怀》数首及《暮行河堤上》等篇,风骨颇逮建安,但新声不类。此正中之变也。东野之少怀耿介,龌龊困穷,晚擢巍科,竟沦一尉。其诗穷而有理,苦调凄凉,一发于胸中而无吝色。如《古乐府》等篇,讽咏久之,足有余悲。此变中之正也。"举此以概其余,可以看出高棅所谓"正变"精神实质之所在。"余响"则是于极尽变态之中,多少还能看出一些盛唐的流风遗韵。"正始"和"接武"属于正的范畴,"余响"属于变的范畴;而正与变又是互相联系着的。

序云:"观诗以求其人,因人以知其时,因时以辨其文章之高下,词气之盛衰。"高棅的唐诗分期之说,是在这种理论认识上提了出来的;其所分的四个阶段,基本上符合于唐代诗歌发展的实际情况。为了阐明唐诗发展的过程,每个阶段不可能不有个大致的时间断限。然而各个阶段又不是可以截然划断的。凡例云:"间有一二作家特立与时异者,则不以世次拘之。"从个别的作家来看,其间又有互相交错之处。如陈子昂的五古和李白同列"正宗",即其一例。这样,就比较明确而又圆通地解决了唐诗的分期问题,而且把各个阶段贯通为一个整体。所以王士禛称赞这部书说:"宋、元论唐诗,不甚分初、盛、中、晚,故《三体》①、《鼓吹》②等集,率详中、晚而略初、盛,览之愦愦。杨士宏《唐音》始稍稍区别,有正音、有余响,然犹未畅其说,间有乖谬③。迨高廷礼《品汇》出,而所谓'正始''正宗''大家''名家''羽翼''接武''正变''余响'皆井然矣。"(见《香祖笔记》)

---

① 《三体唐诗》六卷,宋周弼编。是书所选,限于唐人的七言绝句和七言、五言律诗,故名。
② 《唐诗鼓吹》十卷,不著编选者姓名。据赵孟頫序,称为金元好问所编。书中所选,皆唐人七言律诗,共九十六家,诗五百九十六首。
③ 《唐音》十四卷,元杨士宏编。"始音"一卷,录王、杨、卢、骆四家诗。"正音"六卷,诗以体分,而以初唐、盛唐为一类,中唐为一类,晚唐为一类。"遗响"则诸家之作咸在,而附以僧道女子之诗。这书对高棅有很大的影响。《四库全书总目提要》说:"高棅《唐诗品汇》即因其例而稍变之。冯舒兄弟评韦縠《才调集》,深斥棅杜撰排律之非,实则排律之名,亦因此书,非棅创始也。"

序文中有一大段论述唐诗风格,从初唐到晚唐,涉及的作家很多。虽然品题有些不够确切之处,但他颇能注意到每一个时期总的趋向和共同的风貌;但同时又十分强调同一时期不同作家的艺术特色。在各个时期中,突出"盛唐之盛";而在盛唐里,又有"正宗""大家""名家"和"羽翼"的区别;并且这种区分,是因体而异的。如王维在五、七言律及五言绝句为"正宗",在五、七言古为"名家",在七言绝句则为"羽翼",即其一例。

毫无疑义,"正宗"是高棅认为最能代表盛唐风格的典型。其五古一类,列陈子昂、李白为"正宗",并释之曰:"使学者入门立志,取正于斯,庶无他歧之惑矣。"这也就是沧浪在《诗话》中开宗明义所强调的"入门须正","不失正路","以汉、魏、晋、盛唐为师"(《诗辨》)之意;而高棅则就不同的诗歌体制,分别举出最能代表盛唐诗风的作者作为楷模,这就把沧浪的理论具体化了。

《唐诗品汇》里,各体诗都列入"正宗"的仅李白一人,而唯一标为"大家"的则是杜甫。为什么于"正宗"之外另立"大家"呢?这两者并无高下之分,而是两种不同属性的概念。所谓"正宗",固然寓有评价作家的用意,但侧重的是作品所代表的风格,因而李白之外,还可在不同的诗体中列入其他诗人,如陈子昂、王维、孟浩然、王昌龄、高适、岑参、李颀、崔颢乃至崔国辅、祖咏、张谓、贾至、崔曙、万楚等。尽管这些诗人造诣的深浅不同,在文学史上影响的大小、地位的高低各异,然而就某一诗体而言,他们同样是能够代表盛唐诗风的。至于"大家",则纯是就这一诗人的成就而言,所以李、杜而外,就不容有第三人分棚角立了。既然青莲各体都列入"正宗","大家"一席就为少陵所独占。高棅之所以这样安排,其用意包括两个方面:

白从中唐以来,李、杜优劣的问题聚讼纷纭,高棅认为无论扬杜抑李或抑李扬杜,都是不公正和不全面的。《品汇》论李白七古云:"虽少陵犹有让焉。"论杜甫五律云:"杜公律法,变化尤高。"论五言排律云:"排律之盛,至少陵极矣!诸家皆不及。"意思是说,李和杜各有短长,互不相掩。这种李、杜并崇的态度,在理论上也不难从《沧浪诗话》里找到它的来龙去脉。《诗话》云:"李、杜二公,正不当优劣。太白有一二妙处,子美不能道;子美亦有一二妙处,太白不能作。""子美不能为太白之飘逸,太白不能为子美之沉郁。太白《梦游天姥吟》《远别离》等,子美不能道;子美《北征》《兵车行》《垂老别》等,太白不能作。"(《诗评》)严羽在并崇李、杜的前提下,阐明两家风格的异同,指出其偏胜独至之境;高棅推衍沧浪余绪,其着眼点则在诗歌形式的运用方面。后来王世贞在《艺苑卮言》、胡应麟在《诗薮》里续有论述,都是沿着这条线索向前发展的。

问题的另一个方面是:高棅虽然并崇李、杜,但却认为最能代表盛唐诗风的是李而不是杜。这也是从沧浪那里得到启示的。沧浪论诗,宗主盛唐。在他看来,盛唐之所以为盛唐,其时代风格的特征,乃在于:"盛唐诸人惟在兴趣,羚羊挂角,无迹可求。"(《诗辨》)用这个标准来衡量李、杜二家,天马行空的李白,自然"无迹可求";而"尽得古今之体势,而兼人人之所独专",集大成的杜甫,则体裁明密,格局精严,是有规矩法度可以窥寻的。他说:"少陵诗法如孙、吴,太白诗法如李广。少陵如节制之师。"(《诗评》)就是这个意思。高棅于杜甫五古引元微之与沧浪之说,于七古引王介甫之说,于"正宗"之外,表而出之,推为"大家"。以"正宗"属李,以"大家"属杜,而有时又并称李、杜为"大家",于以见两人俱臻极诣,不容轩轾;而两家诗风各异,又不容混同。这些地方,正体现了沧浪微恉。

"名家"及"羽翼"和"正宗""大家"相对而言;"大家"和"名家"有高下之分;"正宗""大家"和"名家""羽翼"又有主次之别。既有"正宗""大家",又有"名家"和"羽翼",就更全面地反映出盛唐诗歌的全貌以及风格流派间的相互关系。

沧浪教人学诗,"以李、杜二集枕藉观之,……然后博取盛唐名家,酝酿胸中,久之自然悟入。虽学之不至,亦不失正路。"高棅通过唐诗的编选,确立名目,把各个时期、不同类型、不同成就的诗人安放在一定的位置上,从而清楚地指出了学习唐诗的万户千门,大途小径;而要其指归,则以盛唐为宗,李、杜为主。从这意义来说,《唐诗品汇》无异于是《沧浪诗话》的示意图。

沧浪以禅喻诗,主张妙悟,从气象证入。高棅谓论诗,"苟非穷精阐微,超神入化,玲珑透彻之悟,则莫能得其门而臻其壶奥矣"(见《序》,下同)。沧浪《答吴景仙书》自诩"于古今体制,若辨苍素,甚者望而知之"(见《沧浪诗话》附录);高棅也强调必须"辨尽诸家,剖析毫芒,方是作者"。这些地方,都可以看出两者之间继承和影响的关系。高棅所得,较沧浪为肤浅;《唐诗品汇》所收的诗歌,广博有余,精深不足,也由于他在艺术见解上吸取和承用别人的多,而自己的真知灼见较少的缘故。但沧浪之论,有时不免蹈入玄虚,令人难以捉摸;高棅此书,从辨体入手,以时为经,以人为纬;用理论作为指导,从编选的方式方法具体地体现理论,反而显得切实一些。因而,它就成为一部有理论体系、有严密组织,自具特色的选本。《四库全书总目提要》说:"《明史·文苑传》谓终明之世,馆阁以此书为宗。厥后李梦阳、何景明等摹拟盛唐,名为崛起,其胚胎实兆于此。平心而论,唐音之流为肤廓者,此书实启其弊;唐音之不绝于后世者,亦此书实衍其传。功过并存,不能互掩。后来过毁过誉,皆门户之见,非公论也。"提倡盛唐,在这一点上,说高棅此书开李、何之先河,是不错的;然而高棅并没有主张摹拟之说。倘若我们把它和清代代表格调派的唐诗选本——沈德潜的《唐诗别裁》联系起来,似乎更能看出此书对后世的影响。

我国古代的诗歌选集,内容是异常丰富的。能够流传久远,具有一定质量的选本,其中必然贯串着一条理论批评的线索。编选的方式方法,也是多种多样的。我以为《唐诗品汇》不仅是研究唐诗的重要选本之一,而且这种编选的方式方法,在今天也还有值得借鉴和吸取之处。

原文刊载于《文艺报》1961年第12期,后收入《晚照楼论文集》

略谈明七子的文学思想与李、何的论争

以李梦阳、何景明为首的明七子是个政治集团,又是重要的文学流派。七子反对宦官权贵的专横,反对明朝建国以来极端严格的思想统治;反对台阁体阿谀粉饰的文风,振起茶陵派的萎弱;这些,正如茅盾同志在《夜读偶记》里所说,是有其进步意义的。然而从另一方面来看,七子又是拟古主义者,他们在文学思想史上曾起过不良的影响,这是谁也不否认的事实。

我以为这二者不能混为一谈。就七子的文学理论来说,李与何也应该有所区别;而李梦阳的思想,又有前期和后期的不同。

"文必秦汉,诗必盛唐"之说,倡自李梦阳(见《明史·文苑传》)。就复古这一总的倾向来说,李、何是一致的;但在一系列的具体问题上,他们之间却存在着很大的分歧。李梦阳曾有一书致何景明,讥其为诗,有乖古法。《大复集》卷三十二有《与李空同论诗书》,是针锋相对的答辩。《李空同全集》卷六十二《驳何氏论文书》《再与何氏论文书》,则是李对何的反击。论争的结果,"两家坚垒,屹不相下",从此就"互相诋諆"成为水火[1]。

一

《驳何氏论文书》云:"前屡览君作,颇疑有乖于先法,于是为书,敢再拜献足下,冀足下改玉趋也。乃足下不改玉趋也,而即摘仆文之乖者以复我。"李氏的原信虽已不存,据此可知这场剧烈的争辩,是从法的问题引起的。李、何同以复古为号

---

[1] 见钱谦益《列朝诗集》丙集卷十二《何景明小传》。

召,都主张从法古入手。照说,两人在这个问题上不应该有矛盾。然而何景明讥讽李梦阳"刻意范古,铸形宿模",说他的诗文,"高处是古人影子"①;李梦阳也说何景明所作,如"抟沙弄泥,散而不莹","鲜把持","少针线"。说来说去,彼此攻击的矛头,都集中在法的一点上。这又是什么原因呢?

任何一种艺术,都有其自身的规律,亦即有其法。法是从事物内在关系引申出来的客观存在着的东西。为文必有所法而后能,正如李梦阳《答周子书》所说:"文必有法式,然后中谐音度,如方圆之于规矩。古人用之,非天生之也。"强调法的重要性,主张继承和学习古人,本来无可非议。《驳何氏论文书》本《孟子》"不以规矩不能成方圆"之义,反复加以阐明,似乎何景明是蔑弃法度的。但其实不然,《与空同先生论诗书》也曾说"诗文有不可易之法"。可见问题的关键,在于两人对法的具体内容理解有所不同,因而也就产生了一系列的意见分歧。这是我们应该首先弄清的一点。

李梦阳之所谓法,究竟指的是什么?《驳何氏论文书》里以极大的篇幅从原理原则上谈论法之不可废弃,很少说到法的具体内容。乍一看来,有些摸不着头脑。然而《再与何氏论文书》里却揭开这个谜底:

> 古人之作,其法虽多端,大抵前疏者后必密,半阔者半必细,一实者必一虚,叠景者意必二。此予之所谓法圆规而方矩者也。……且仲默《神女赋》《帝妃篇》《南游日》《北上年》四句接用,古有此法乎?"水亭菡萏""风殿薜萝",意不一乎?盖君诗徒知神情会处,下笔成章为高,而不知高而不法,其势如搏巨蛇、驾风螭,步骤即奇,不足训也。

至于何景明之所谓法,《与李空同论诗书》里说得很清楚:

> 仆尝谓诗文有不可易之法者,辞断而意属,联类而比物也。上考古圣立言,中征秦汉绪论,下采魏晋声诗,莫之有易也。

---

① 今本《大复集》作"其高者不能外前人也"。此据《驳何氏论文书》所引原文。两本文字不同,可能是何氏编集时有所修改。

宗秦、汉,法盛唐,两人的出发点相同,但他们对法的理解,却又有着如此大的差异。倘若我们进一步去研究,就会发现形成这种差异的原因。

《明史·文苑传》称李梦阳"才思雄鸷",有北方刚健的气质;其论文,主功力,重在气象和格调;气象和格调是不可捉摸的东西,所能看到的只是具体的语言文字,于是他就认为古人诗文中,"翕辟顿挫,尺尺寸寸",都有法度可寻。所谓法,不过是"前疏而后必密"之类的艺术表现手法而已。至于何景明则偏重于才情的一面,因而他所看到的法,主要是"辞断而意属,联类而比物",指诗文的体势而言的。故云:"法同语不必同。"其论陆机、谢灵运诗,说一个是"语俳体不俳",一个是"体语俱俳",正说明了他的着眼点,在"体"而不在"语"。

由于对法的具体内容理解不同,因而对法所采取的基本态度也不一样。《与李空同论诗书》说出了其间的异同:

> 追昔为诗,空同子刻意古范,铸形宿模,而独守尺寸;仆则欲富于材积,领会神情,临景构结,不仿形迹。《诗》曰:"惟其有之,是以似之。"以有求似,仆之愚也。

从"领会神情"入手,神情是随时、随事、因地、因人而变的,可以临景构结,所以他把法看得比较灵活。所谓"以有求似",也就是由表及里,因内符外,灵活运用的意思。由于把法看得比较灵活,所以主张"不仿形迹"。在他看来,"声以窍生,色以质丽",过求形似,反而汩没了才情,束缚了自己,无异于"实其窍,虚其质";其结果必然是"求之于声色之末",终于无所得了。至于李梦阳仅仅把法看成文字语言上的一些艺术表现手法,而且这些表现手法又是静止地停留在古人的成法上。其《与周子论文书》有云:"今人之法式古人也,非法式古人也,实物之自则也。"可见他所谓"物之自则",已尽于古人法式之中。那么,要掌握这个法,就必须模形拟迹,而且必须尺尺寸寸地模拟古人的形迹。《驳何氏论文书》虽一再为自己辩解,但《再与何氏论文书》里把作文比成模临古帖,才是他的真解之所在。

《与李空同论诗书》云:"近诗以盛唐为尚。宋人似苍老而实疏卤,元人似秀峻而实浅俗。今仆诗不免元习,而空同近作间入于宋。"又说:"夫意象应曰合,意象乖曰离。……空同丙寅间诗为合,江西以后诗为离。……试取丙寅间作,叩其音,尚中金石;而江西以后之作,辞艰者意反近,意苦者辞反常,色澹黯而中理披慢,读之,若摇鞞铎耳。"这里说明了两点:第一,"苍老"指尽洗铅华,以意格取胜,是艺术上一种最成熟的高境,"疏卤"只是个空架子;"疏卤"而似"苍老",亦即所谓"影子",是真伪的问题。至于"峻秀"和"浅俗",不过是艺术水平的高下而已。第二,意是内在的感受,象是外在的客观事物,意与象合,即所谓"神情会处";意与象乖,则是拟迹遗神。其所以造成两者的原因,都是由于把法看得太死,太一成不变,求之太过,太认真。这样,就会走向它的反面,似真而实伪,愈即而愈离了。

《明史·文苑传》称:"华州王维桢以为七言律自杜甫以后,善用顿挫倒插之法,惟梦阳一人。而后有讥梦阳诗文者,则谓其模拟剽窃,得史迁、少陵之似而失其真云。"一誉一毁,倘合起来看,则他法古甚勤,确实学到了古人的一些艺术技巧;但成绩也仅仅表现在这"顿挫倒插之法"的空头气派上,只能袭其形貌,而不能得其精神。毁和誉,提法虽不同,但实质上却是一回事。钱谦益指摘他集中著名的《石将军战场歌》,中间插入的"杨石齐名"一句,以为"突兀不相照应",和前文脱节[①],更从具体的例证中说明了他是如何地学习古人(此诗全学杜甫),又是如何运用横插倒插之法的。

模拟文字,把法看得太死,从古人入,就很难从古人出,规模神情,把法看得比较灵活,从古人入,却不妨从古人出,于是从法的问题而引申出来的,是继承与创新的关系。

《与李空同论诗书》里有这样一段:

> 仆观尧、舜、周、孔、子思、孟氏之书,皆不相沿袭而相发明,是故德日新而道广。……今为诗,不推类极变,开其未发,泯其拟议之迹,以成神圣之功,徒叙其已陈,修饰成文,稍离旧本,便自杌楻,如小儿倚物能行,独趋颠仆。虽由此即曹刘,即阮陆,即李杜,且何以益于道化也?佛有筏喻,言舍筏则达岸矣,达岸则舍筏矣。今空同之才足以命世,其志金石可断,又有超代轶俗之见。……自创一堂室,开一户牖,成一家之言,以传不朽者,非空同撰焉谁也?

---

① 见《列朝诗集》丙集卷十一。

"推类"是学古,"极变"是创新。能"推类极变",是从学古中求创新;而"开其未发",亦即后来叶燮所说"人之智慧心思,在古人始用之,又渐出之,而未有穷尽者"①的道理。诗歌是社会现实生活的反映,是诗人艺术构思的智慧结晶,借鉴古人只是入门的途径,而不是终极的目的。目的在于"自创一堂室,开一户牖,成一家之言"。所谓"舍筏则达岸矣,达岸则舍筏矣",意思是说,无筏不能登岸,而登岸就必须舍筏;舍筏才说明得登彼岸,才有自己的立脚地,否则还是漂浮在中流而无所归宿。倘若像李梦阳那样,老是尺尺寸寸,墨守成规,正如"小儿倚物能行,独趋颠仆"一样,就不可能在艺术上发挥其独创精神。这是极其中肯的批评,同时也是学古与拟古最明确的分界线。我们看李梦阳是怎样答复这个问题的。其《驳何氏论文书》云:

> 夫筏我二也,犹兔之蹄,鱼之筌,舍之可也。规矩者,方圆之自也,即欲舍之,乌乎舍!子试筑一堂,开一户,措规矩而能之乎?措规矩而能之,必并方圆而遗之可矣,何有于法?何有于规矩!……阿房之巨,灵光之肖,临春、结绮之侈丽,杨亭、葛庐之幽之寂,未必皆倕与班为之也,乃其为之也,大小鲜不中方圆也。何也?有必同者也。获所必同,寂可也,幽可也,侈与丽可也,肖可也,巨可也。守之不易,久而推移,因质顺势,融镕而不自知。于是为曹为刘,为阮为陆,为李为杜;即今为何大复,何不可哉?此变化之要也。故不泥法而法尝由,不求异而其言人人殊。《易》曰:"同归而殊途,一致而百虑。"谓此也。非自筑一堂奥,自开一户牖,而后为道也。

看来似乎也说得头头是道,但其中却存在着一个无以自圆其说的绝大漏洞:他说阿房宫、灵光殿、临春楼、结绮阁、子云亭、诸葛庐的结构不同,而各有其独特的建筑风格,是由于工师的艺术匠心;而工师的艺术匠心,则具体地表现在善于运用规矩方圆,用以说明任何一个天才的诗人都不能离开共同的艺术法则,这话是不错的。然而阿房之所以为阿房,灵光之所以为灵光……正由于"自筑一堂奥,自开一户牖",否则还谈什么独特的建筑风格呢?他一方面承认建筑风格各有不同,另一方

---

① 见《原诗》内篇。

面又否定了"自筑一堂奥,自开一户牖"。用最简单的逻辑推理,这话也是说不通的。遁辞知其所穷。因为何景明在这个问题上实在击中了他的要害,使得他招架不住,枪法乱了,于是把规矩方圆和堂奥户牖混为一谈,陷于矛盾而不自知。但在《再与何氏论文书》里,却图穷而匕首见,说出了真话:

> 夫文与字一也,今人模临古帖即太似不嫌,反曰能书,何独至于文而欲自立一门户邪?自立一门户,必如陶之不冶,冶之不匠,如孔之不墨,墨之不杨邪?此亦足以类推矣。

很显然,这就是以模仿古人来代替自己的创造。只要善于模拟,那么,既可以模拟李白,也就可以模拟杜甫;既可以为陶,也就可以为冶、为匠,当然无须"自立一门户"了。

二

由于对法的理解有所不同,引起了李、何一系列的意见分歧,而问题的归根结底,则进入到艺术风格的争论。

李、何的诗,同样是宗主盛唐的,但两人的气质和生活环境并不相同,作风也就不一样。大约李重气魄,一味追求雄奇豪放;何重才情,偏于清俊响亮。李第一次致何书里,就是贬低这种诗风,而劝之改途易辙的。何氏《与李空同论诗书》指出:一种艺术风格的形成,必须是包含各种不同的因素,互相调剂。"譬之乐,众响赴会,条理乃贯,一音独奏,成章则难。故丝竹之音要眇,木革之音杀直。若独取杀直,而并弃要眇之声,何以穷极至妙,感精饰听也?"他讥讽李梦阳只知其一,不知其二,结果是雄奇变为粗犷,豪放流于肤廓。读之"若摇鞭铎",只有"杀直"之音而已。薛蕙诗云:"俊逸终怜何大复,粗豪不解李空同。"[①]评李为"粗豪",也就是何氏所谓"疏卤"的意思。

李梦阳以文坛盟主自居,当时只有何景明可以与之抗行,而意见又不一致,这

---

① 见《戏作五绝句》。

就形成了晋、楚争霸的局面。他之所以写信给何景明,目的在于要求何氏舍己从人,和自己步调一致,用以巩固其在动摇中的文坛统治地位。何氏《与李空同论诗书》反复强调不能强不同以为同,主张风格多样,异曲同工。这一方面是他重才情、尚变化所必然得出的结论,同时也是针对李的用心而发的。

由于这场辩论牵涉到文坛霸权的争夺,双方都不免有些意气用事;但同时双方也都全力以赴,把自己的理论主张毫无保留地加以阐发,用来攻击对方。这样,就使我们比较清楚地看到明七子文学思想的完整体系以及七子内部的矛盾。代表拟古主义的当然是李梦阳,而何景明则是对拟古主义的修正。李、何本是同路人,何景明的诗文实际上又何曾突破了模拟的一关:倘若我们把《大复集》和《空同集》对照一看,就会感到何之不满于李,也不过是以五十步笑百步罢了。然而创作的实践,并不等于理论上的认识。王士禛曾比何景明为"姑射仙人"①,他毕竟是聪明的,因此这封在李梦阳看来是"入室操戈"的应战书,我们不妨把他当作迷途知返的自白。后来许多攻击明七子的言论,他早已都看到了。然而这仅仅是个不远而复的开始;可惜他只活了三十九岁,还没有来得及把这种理论付之于实践,真正地从模拟中解放出来。

三

在这场文艺问题的大论战中,李梦阳是表现得异常顽固的,然而这并不说明他的思想就始终处于停滞不前的状态,因而我们就必须注意他后期的转变。

这里特别值得提出的,是他那篇《诗集自序》。此文述王仲武之言,认为"真诗乃在民间",其中有这样一段精辟的阐发:

> 王子曰:"诗有六义,比兴要焉。夫文人学子,比兴寡而直率多。何也?出于情寡而工于词多也。夫途巷蠢蠢之夫,固无文也,乃其讴也,咢也,呻也,吟也,行咕而坐歌,食咄而寤嗟,此唱而彼和,无不有比焉兴焉,无非其情焉,斯足以观义矣。故曰:诗者,天地自然之音也。"李子曰:"虽然,子之论者《风》耳,

---

① 见《戏仿元遗山论诗绝句》。

夫《雅》《颂》不出文人学子手乎?"王子曰:"是音也,不见于世久矣,虽有作者,微矣!"

把民歌与文人诗分别系之于《国风》和《雅》《颂》;指出民歌得《风》诗比兴之遗意,而文人则徒然以韵言为诗,并不能继承《雅》《颂》的传统。他告诉我们:文生于情,要解决文人诗"出于情寡而工于词多"的根本问题,就必须"入《风》出《雅》",吸取民间文学的真实精神。这种论调,和把文学创作比作模临古帖的拟古论对照一下,简直是南辕北辙,背道而驰。何景明在《明月篇序》里也曾强调"六义首乎《风》",重视比兴之义。我想,倘使当时何氏还没有死,李梦阳对他是会尽释前嫌,作会心之一笑的。我们再看《诗集自序》的结尾:

> 自录其诗,藏箧笥中,今二十年矣,乃有刻而布者。李子闻之惧且惭。曰:"予之诗非真也,王子所谓文人学子韵言耳,出之情寡而工之词多者也。"……每自欲改之以求其真,然今老矣。曾子曰"时有所弗及",学之谓哉!

这是发自内心的忏悔之音,也是晚年的见道之语。他居然勇敢地承认自己的诗"情寡词工",不是真诗,而慨叹于今是昨非,追悔不及。这比何景明"古人影子"的批评,就更为深刻,更进一步接触到问题的实质。

为什么李梦阳后期在认识上会有这样大的转变呢?据我想,可能是下面的两个原因:

第一,李、何的复古运动,是有其历史政治背景的,他们的思想不可能完全脱离现实。为了刺激处于麻痹瘫痪状态中的人心,振起文坛的风气,所以倡为"文必秦汉,诗必盛唐"的高论。但因持之过偏,求之过甚,复古而错误地走上了拟古的道路。模拟的桎梏,虽不如钱谦益所说"字则字,句则句,篇则篇,毫不能吐其胸中所有"[①]如此之甚,然而在很大程度上是会影响到诗文的内容的。试翻开李、何两家的集子一看,其中有不少反映现实的题材,表现了他们对现实的时刻关怀,但思想性却不够深刻,这不能说不是受到拟古的限制的缘故。只要是一个不把自己思想

---

① 见《列朝诗集》丙集卷十一《李梦阳小传》。

和现实隔绝的人,误入歧途,总会有废然知返的一天。李梦阳性情比较固执,早得大名,气概不可一世。当李、何论争之时,正是他自圣余雄之日;可是等到晚年心气渐平,回头猛省,自然也就大彻大悟了。

第二,任何一种文学思想,都必然盖有鲜明的时代印记;任何一个文学思想家,都不可能不在某种程度上受到时代文艺思潮的支配和环境的影响。宋、元以后,是民间文学由兴盛以至全面繁荣的时代。这富有生命力的生活内容及其崭新的艺术形式,相形之下,使文人制作显得黯然失色。它逐渐引起了文人的重视,促使他们的目光转向于民间。《诗集自序》谓"礼失而求之野",正说明了时代文艺思潮的动向。历代以来,文人重视民间文学的虽不乏其人,但一般的都是高谈《诗三百篇》中的《国风》和汉、魏、六朝乐府,崇古而陋今,取远而遗近。此文慨叹于风诗不采;而把当时民间流行的歌曲比之于《国风》。认为同是发自性情之真,因俗成声,只有古今之殊,而无雅俗之辨。这种大胆而有真知灼见的言论,足以振聋发聩,使人耳目一新。从这个意义来说,我们不妨把李梦阳看作李卓吾、冯梦龙的先声。

钱谦益《王元昭集序》云:

> 古今作者之异,我知之矣:古之作者本性情,导志意,谰言长语,客嘲僮约,无往而非文也;涂歌巷春,春愁秋怨,无往而非诗也。今之作者则不然。矜虫鱼于香草,骈枝而俪叶,取青而妃白。以斯为陈羹象设,斯已矣,而情与志不存焉。昔有学文于熊南沙者,南沙教以读《水浒传》;有学诗于李空同者,空同教以唱《琐南枝》。二公于古学不知为如何,而其言则可以教世。呜呼,是可为今人道哉!

这话正可与《诗集自序》相发明;而教人读《琐南枝》的轶事记载,更能说明李梦阳晚年论文旨趣之所在。钱谦益对李梦阳的攻击是不遗余力的,说他是"粗材笨伯""讹种流传",然而他并不把理论和创作、主张拟古和重视民歌混同起来,正是他的识力过人处。

这是我们研究李梦阳的文学思想所必须注意的另一个方面。

原文刊载于《江海学刊》1962年第1期,后收入《晚照楼论文集》

四 考辨笺证

唐诗札丛

李峤生卒年辨证

《全唐诗》卷五十七《李峤小传》云:"明皇贬为滁州别驾,改庐州。"近人姜亮夫《历代人物年里碑传综表》据《新唐书》本传(卷一百二十三)谓峤生于贞观十八年(公元644年)甲辰,卒于开元元年(公元713年)癸丑。

茂元按:李峤卒于庐州任所,年七十岁;惟卒于何年,《新传》并未载明。姜《表》断为开元元年,非也。考《通鉴》卷二百一十,开元元年九月壬戌,"以峤子率更令畅为虢州刺史,令峤随畅之官"。又卷二百一十一,开元二年(公元714年)春,"御史中丞姜晦以宗楚客等改中宗遗诏,青州刺史韦安石、太子宾客韦嗣立、刑部尚书赵彦昭、特进致仕李峤于时同为宰相,不能匡正,令监察御史郭震弹之。……甲辰,贬峤为滁州别驾。"《新传》谓:"贬滁州别驾,听随子虢州刺史畅之官,改庐州别驾,卒。年七十。"《旧书》本传(卷九十四)则云:"听随子虢州刺史畅赴任。寻起为庐州别驾而卒。"今以《通鉴》及两《唐书》参之,峤于开元元年被谴出都,随子就养;二年春,始贬滁州别驾,寻改庐州,不久即卒。峤卒年七十,则生于贞观十九年(公元645年)也。

李峤咏物诗"杂咏"与"单题"名异而实同

《旧唐书》本传载《李峤集》五十卷,《新书·艺文志》于五十卷之外,别出《杂咏诗》十二卷。晁公武《郡斋读书志》卷四上著录《李峤集》一卷,云:"集本六十卷,未见,今所录一百二十咏而已。或题曰'单题诗'。有张方注。今其诗犹存,惟张注不传。"

茂元按：《全唐诗》卷五十七至六十一录李峤诗五卷，其中卷五十九至六十皆咏物之作，凡一百二十首，即所谓"单题诗"是也。诗中所咏，自风云月露、飞动植矿，乃至服章器用之属，无所不包，而皆以单字为题，故总名之为"单题诗"。诗为五言律体，以隶事状物为工，略无兴寄可言。王夫之《夕堂永日绪论》谓其"裁剪整齐，而生意索然"洵为破的之论。

又辛文房《唐才子传》卷二《李峤传》称峤有《杂咏诗》十二卷，《单提诗》一百二十首。今按："单提"当为"单题"之误。所谓"单题"，亦即"杂咏"。《新书·艺文志》称之为"杂咏"者，就其内容言之；晁氏《读书志》称之为"单题"者，就其标题之特点言之。或曰"十二卷"，或曰"一百二十咏"，盖十咏为一卷，一百二十咏合为十二卷，其实一也。辛氏歧而为二，误矣。

张子容生平及其诗

计有功《唐诗纪事》卷二十三"张子容"条载子容于先天二年（公元713年）擢进士第。《全唐诗》卷一百十六《张子容小传》同。《唐才子传》卷一《张子容传》作"开元元年常无名榜进士"。考先天二年十二月改元开元，开元元年即先天二年也。惟徐松《登科记考》卷五载先天元年（公元712年）进士三十七人（《玉芝堂谈会》引作七十一人），状元常无名，内有张子容。考曰："《唐才子传》：'张子容，襄阳人。开元元年常无名榜进士。'……今从常无名改在是年。"

茂元按：《全唐文》卷四百二十常衮《叔父故礼部员外郎墓志铭》云："讳无名，字某，河内温人。……既冠，进士擢第；其年，拔萃登科。"考《唐会要》卷七十六："先天二年，手笔俊拔超越流辈科，杜昱、张子渐、张秀明、常无名、赵居正、贾登、邢巨及第。"常衮所言拔萃科，即《会要》之手笔俊拔超越流辈科也。是无名进士擢第在先天二年，无可疑者。《登科记》移置前一年，而又以无名之故，并其同榜进士皆移置前一年，误矣①。

《全唐诗·张子容小传》又云："为乐城尉。与孟浩然友善。"

---

① 《登科记考》断常无名为先天元年进士，亦本常衮《叔父故礼部员外郎墓志铭》中"其年，拔萃登科"一语推论而得之。今按：无名拔萃登科实为先天二年，非元年也。

茂元按：子容《贬乐城尉日作》云："窜谪穷边海，川原近恶溪。"曰"贬"，曰"窜谪"，则固尝仕宦中朝。其间一段涉历，莫得而详。孟浩然《晚春卧病寄张八》诗中有云："念我平生好，江乡远从政。云山阻梦思，衾枕劳歌咏。歌咏复何为？同心恨别离。世途皆自媚，流俗寡相知。"观其友朋缱绻之情，抑塞不平之感，则子容仕途蹭蹬，盖可想见。子容之在乐城，浩然曾往访，有《除夜乐城逢张少府》诗云："云海泛瓯闽，风潮泊岛滨。何知岁除夜，得见故乡亲！余是乘槎客，君为失路人。平生能复几？一别十余春！"子容于先天二年应进士举，由襄阳赴京，浩然有诗赠别（《送张子容赴进士举》），至是十余年，其谪乐城，当在开元中。子容乐城解官后，曾游永嘉，有《自乐城赴永嘉枉路泛白湖寄松阳李少府》可证。其在永嘉，又与孟浩然相遇。浩然《永嘉别张子容》诗云："旧国余归楚，新年子北征。挂帆愁海路，分手恋朋情。"子容之由永嘉北行，当为秩满还朝选官。《赠司勋萧郎中》诗中有云："未睹风流日，先闻新赋诗。江山清谢朓，花木媚丘迟。吏部来何暮，王言念在兹。丹青无不可，霖雨亦相期。昔我投荒处，孤烟望岛夷。群鸥终日狎，落叶数年悲。渔父留歌咏，江妃入兴词。今将献知己，相感勿吾欺。"盖萧由外郡入居郎署，掌吏选，子容以所作为贽，冀其相感，而一为援手也。

又芮挺章《国秀集》卷下选录子容诗二首，题作晋陵尉。是书编于天宝三载（公元744年）[①]，子容或竟终于此官，未可知。

《全唐诗》录子容诗十九首，内《送孟八（当作六）浩然归襄阳》之二"杜门不复出"一首，乃王维诗误入；《长安早春》一首，一作孟浩然诗，实只十七首耳。盖散佚甚多。《唐才子传》称子容有诗集行世，然两《唐书》经籍、艺文志及宋人书皆不见著录，其言不足据。此十七首皆五言，多写宦游羁旅之情，气体平缓，往往穷于边幅。而伫兴造思，清新绝俗，佳句辄来，殊无涂抹堆垛之病，倘所谓"韵高而才短"者[②]。子容与孟浩然交深，论其家数，亦可附诸襄阳云。

李昂仕履及其长篇歌行

《唐诗纪事》卷十七"李昂"条载昂官考功员外郎。《全唐诗》卷一百二十《李昂

[①] 《国秀集序》云："自开元以来，维天宝三载，谴谪芜秽，登纳菁英，可被管弦者，都为一集。"
[②] 苏轼评孟浩然诗语。见陈师道《后山诗话》。

小传》与《纪事》同。惟《全唐文》卷三百二《李昂小传》云:"昂开元时官仓部员外郎,迁考功郎中,终吏部尚书。"

茂元按:李昂以考功员外郎知贡举,见刘肃《大唐新语》卷十、封演《封氏闻见记》卷三及《新唐书》卷四十四《选举志》。作考功郎中,误。又《唐才子传》卷一《李昂传》云:"天宝间,仕终礼部侍郎。"又与《全唐文》终吏部尚书之说异。考《选举志》云:"(开元)二十四年(公元736年),考功员外郎李昂为举人诋诃,帝以员外郎望轻,遂移贡举于礼部,以侍郎主之。"意者李昂实未为礼部侍郎,辛文房或因此而致误欤?

李昂诗今存四首,收入《全唐诗》者二首,余二首见敦煌写本唐人选唐诗残卷。《唐才子传》盛称其《戚夫人楚舞歌》,以为"脍炙人口,真佳作也"。茂元按:是篇歌咏史事,其组织工丽,委曲流畅处,上承初唐卢、骆之体,已下启长庆元、白之风,于唐代长篇故事诗之发展,颇有关系,治文学史者不可不知。惟语乏剪裁,气格不振,未免失之平弱耳。另一首《从军行》,体势略同,而意境较为雄浑。

崔国辅里贯仕履及其绝句诗

《全唐诗》卷一百十九《崔国辅小传》云:"崔国辅,吴郡人。"《唐才子传》卷二《崔国辅传》作山阴人①。

茂元按:李白有《送崔度还吴》诗,题下自注云:"度,故人礼部员外国辅之子也。"是国辅籍隶吴郡甚明。《才子传》作山阴人,盖以国辅曾官山阴尉而致误也。

《全唐诗·崔国辅小传》又云:"开元中,应县令举,授许昌令。累迁集贤直学士,礼部员外郎。后坐事贬晋陵郡司马。诗一卷。"

茂元按:国辅于开元十四年(公元726年)应进士举及第。《全唐文》卷五百二十八顾况《监察御史储公(光羲)集序》:"开元十四年,严黄门知考功,以鲁国储公进士高第,与崔国辅员外、綦毋潜著作同时。"《唐才子传》同。惟《直斋书录解题》卷十九作开元十三年(公元725年)进士,"十三",当为"十四"之误。又《新唐书》卷六十《艺文志》四《崔国辅集》下注云:"应县令举,授许昌令。集贤直学士,礼部

---

① 唐吴郡,即苏州。山阴,属越州会稽郡。

员外郎。坐王銲近亲,贬晋陵郡司马。"《小传》所叙,盖本此。考国辅进士及第之后,应县令举之前,曾官山阴尉,诸书皆漏载。孟浩然有《江上寄山阴崔少府国辅》《宿永嘉江寄山阴崔少府国辅》二诗可证①。前诗云:"春堤杨柳发,忆与故人期。草木本无意,荣枯自有时。山阴定远近,江上日相思。不及兰亭会,空吟祓禊诗。"后诗云:"我行穷水国,君使入京华。相去日千里,孤帆天一涯。卧闻海潮至,起视江月斜。借问同舟客,何时到永嘉?"寻绎诗意,浩然东游维扬,入浙西一带,原与国辅有约,拟至山阴相访。所谓"不及兰亭会"者,谓踪迹淹留,未能于暮春三月上巳以前至其地耳。迨后闻国辅将应举赴都,遂至永嘉,而罢山阴之行,故有"水国""京华","相去千里"之叹。盖浩然漫游吴越之时,即国辅举县令之日。其时详不可考,要在开元中也②。又王昌龄有《同从弟销南斋玩月忆山阴崔少府》,此"崔少府",当亦指国辅。又国辅令许昌之后,于天宝初官左补阙。天宝三载(公元744年)芮挺章编《国秀集》,录国辅诗,题作左补阙,可证。其任礼部员外郎,当由补阙升迁也③。

杜甫《奉留赠集贤院崔、于二学士》诗有云:"欲整还乡旆,长怀禁掖垣。谬称三赋在,难述二公恩。"自注:"甫献《三大礼赋》出身,二公尝谬称述。""二公",谓国辅及于休烈。考天宝十载(公元751年),杜甫献《三大礼赋》,玄宗奇之,诏试文章,国辅及于休烈以集贤学士为试文之官,故诗云云。甫晚年作《莫相疑行》有云:"忆献三赋蓬莱宫,自怪一日声辉赫。集贤学士如堵墙,观我落笔中书堂。"犹追述其事。国辅以礼部员外郎为集贤直学士④,起于何年,不可考;然天宝十一载(公元752年)四月王銲以罪被杀⑤,则国辅之谪晋陵,亦当在是年。

又南朝乐府民歌,率为五言四句,抒情委婉,往往流播人口,唐人五绝所自出也。开、天之际,能者辈出,崔国辅亦其中之一。《新唐书·艺文志》著录国辅诗集无卷数。陈振孙《直斋书录解题》作一卷,云:"诗凡二十八首,临海李氏本。后又

---

① 唐人称县令为明府,尉为少府。周辉《清波杂志》:"古百里之邑,令附其俗,尉督其奸,故令曰明府,尉为少府。"
② 《登科记考》卷八开元二十三年(公元735年)牧宰举,列崔国辅名。注云:"《新书·艺文志》;'国辅应县令举,授许昌令。'县令举,疑即牧宰举也。"
③ 门下省左补阙二员,从七品上,尚书省礼部员外郎一员,从六品上。见《旧唐书·职官志》。
④ 集贤院学士以朝官充任,五品以上为学士,六品以上为直学士。见《唐会要》卷六十四。
⑤ 见《旧唐书》卷九《玄宗本纪》。

得石林叶氏本,多六首。"《全唐诗》编国辅诗为一卷,共收四十二首,较宋时所传之本多七首。此四十二首之中,五绝居其大半,凡二十三首。则作者擅场所在,可以知矣。

《河岳英灵集》卷中序国辅诗云:"婉娈清楚,深宜讽味。乐府数章,古人不能过也。"①盖殷璠之推重国辅,尤在其绝句小诗。此类制作,虽不出宫闱儿女之情,而论其体制,实乃《子夜》《读曲》之遗响也。晚唐时韩偓有《效崔国辅体》四首,皆五言绝句,见《全唐诗》卷六百八十三。严羽《沧浪诗话》论唐人诗体甚备,而未列"崔国辅体",故及之。

祖咏生平考略

《全唐诗》卷一百三十一《祖咏小传》云:"祖咏,洛阳人。登开元十二年(公元724年)进士第。与王维友善。诗一卷。"

茂元按:祖咏生平事迹,宋初已莫得而详。《新唐书》卷二百一《文艺传序》云:"若韦应物、沈亚之、阎防、祖咏、薛能、郑谷等,其类尚多,皆班班有文在人间,史家逸其行事,故弗得而述云。"今观咏诗,多栖息旅游之作,唱酬投赠之篇,亦殊难从其中考见行藏之迹;然参以他书所载,其梗概可得而言。李肇《唐国史补》卷下有"诙谐自贺知章,轻薄自祖咏"之语,其人盖恃才傲物,不拘行检者也。芮挺章于天宝三载(公元744年)编《国秀集》,选录咏诗二首,尚题作"进士祖咏"。则咏自开元十二年登第,至是历二十年,犹未释褐②,其困顿可想。又咏有《望蓟门》诗,末二句云:"少小虽非投笔吏,论功还欲请长缨。"则踪迹曾至北边,志在从戎,特请缨无路耳。咏后虽曾入仕,但又遭迁谪,《长乐驿留别卢象、裴总》所云"故情君且足,谪宦我难任"是也。储光羲《华阳作贻祖三咏》云:"旧识无高位,新知尽固穷。夫君独轻举,远近善文雄。"据此可知咏以仕途落拓,终作归隐之计。其《汝坟别业》云:"失路农为业,移家到汝坟。"《归汝坟山庄留别卢

---

① 《唐诗纪事》卷十五《崔国辅条》引作:"国辅诗婉娈清楚,深宜讽味。乐府数章,虽绝句,然古人不能过也。"

② 《文献通考》卷二十九《选举考》二:"唐士之及第者,未能便解褐入仕,尚有试吏部一关。韩文公三试于吏部无成,则十年犹布衣。且有出身二十年不获禄者。"

象》云:"淹留岁将晏,久废南山期。旧业不见弃,还山从此辞。"皆述山林长往之志,可与储诗相印证。

李颀里贯仕履辨证

《全唐诗》卷一百三十二《李颀小传》云:"李颀,东川人,家于颍阳。擢开元十三年(公元725年)进士第。官新乡尉。"

茂元按:李颀籍贯,《新唐书》及《唐诗纪事》均无记载,惟《唐才子传》卷二《李颀传》作东川人。考颀诗有《不调归东川别业》,谓为东川人者,或本诸此;然其实非也。东川,指蜀东之地。唐至德二载(公元757年)于梓州置剑南东川节度,领梓、遂、绵、剑、龙、阆、普、陵、泸、荣、渝、合等十二州,与剑南西川分治,自是始有东川之名。颀此诗作于新乡尉去官之日。芮挺章于天宝三载(公元744年)编《国秀集》,录颀诗四首,题作新乡尉。颀之尉新乡,在天宝三载抑或三载以前,不可知;而其弃官归隐,要不得迟至天宝乱后,可以断言。则诗题之"东川",非指蜀东,明矣。颀《缓歌行》中自叙生平有"十年闭户颍水阳"之句。其《不调归东川别业》云:"寸禄言可取,托身将见遗。惭无匹夫志,悔与名山辞。绂冕谢知己,林园多后时。"以两诗联系观之,其乡贯所在及行藏出处,可得而言:盖颀少居颍阳,十年闭户读书,出游以干禄。后因仕途蹭蹬,遄返故山。此"东川别业",即在颍阳;归东川,亦即归颍阳也。颍阳,唐属河南府河南郡。新乡,属卫州汲郡。今按:颀诗所纪,其行踪皆在大河南北,而未尝一至剑阁岷峨,此尤班班可考者。安得以其诗有"归东川别业",而遂谓之为蜀中人耶?颀诗又有《宋少府东溪泛舟》及《晚归东园》二首,疑"东溪""东园"亦即"东川"。其地当在颍水之东,有山川林园之胜,诗人即事会心,或称"川",或称"溪",或称"园",随时而异,初无定名;其名亦未必见于图经地志之书也。

《新唐书》卷六十《艺文志》著录《李颀诗》,原注但言颀为开元进士,未言登第在何年。《唐诗纪事》卷二十同。《直斋书录解题》卷十九《李颀集》下云:"唐李颀撰。开元二十三年(公元735年)进士。"《唐才子传》云:"开元二十三年贾季邻榜进士。"与《解题》合。惟高棅《唐诗品汇》作开元十三年进士,为《全唐诗》所本。然《品汇》盖偶误,其言不足据,当以《解题》及《才子传》为是。

李颀仕履,惟新乡尉见诸记载,余莫得而详。今按:颀《欲之新乡答崔颢、綦毋潜》诗云:"数年作吏家屡空,谁料黑头成老翁!"则颀进士释褐之后,官新乡之前,沉迹下僚,多历年所,至是仍沦于一尉,已垂垂老矣。观《不调归东川别业》诗中牢骚抑郁之情,盖灰心失意之余,已绝意进取。意者颀入山之后,遂不复出,竟以一命而终。故殷璠序颀诗,惜其有才无禄,只到黄绶也。

綦毋潜里贯仕履及其诗

《全唐诗》卷一百三十五《綦毋潜小传》云:"綦毋潜字孝通,荆南人。"

茂元按:《河岳英灵集》卷中序綦毋潜诗有云:"荆南分野,数百年来,独秀斯人。"《全唐诗》谓潜为荆南人,盖本诸《英灵集》。《唐才子传》卷二《綦毋潜传》同。然《直斋书录解题》卷十九《綦毋潜集》下云:"唐待制集贤院南康綦毋潜撰。南康,今赣州。"其说未知何据。《唐才子传》言潜别业在江东,王维有《送綦毋校书弃官还江东》。考南康唐属江南西道,亦不得称之为江东也。

《綦毋潜小传》又云:"开元十四年登进士第。由宜寿尉入为集贤待制。迁右拾遗,终著作郎。"

茂元按:綦毋潜于开元十四年(公元726年)登第,与储光羲、崔国辅为同榜进士,见顾况《监察御史储公集序》。其生平仕履,《新唐书》卷六十《艺文志》四《綦毋潜集》下注及《唐诗纪事》卷二十所载,均与此同。而《唐才子传》所载则较详。《传》云:"开元十四年严迪榜进士及第。授宜寿尉,迁右拾遗,入集贤院待制,复授校书,终著作郎。"今以诸家诗参之,潜进士登第后,释褐授宜寿尉,入为集贤院待制。其官右拾遗之前,曾为秘书省校书郎,《新书》及《纪事》均漏载。潜在秘省,仕久不进,遂弃官而去。王维《送綦毋校书弃官还江东》云:"明时久不达,弃置与君同。天命无怨色,人间有素风。念君拂衣去,四海将安穷!"即指其事。李颀《送綦毋三谒房给事》有云:"惜哉湖海上,曾校蓬莱书。"亦谓潜曾校书秘阁也。潜后复出仕,为右拾遗,乃天宝时事。《英灵集》编成于天宝中,选录其诗,称为拾遗,可证[①]。

[①] 《唐诗纪事》卷二十引《河岳英灵集》云:"拾遗诗举体清秀、萧萧跨俗。"《四部丛刊》影明本《英灵集》无此二句。

《唐才子传》叙次于集贤院待制之前,误矣。

又李颀《寄綦毋三》诗有"新加大邑绶仍黄"之语,黄绶为七、八、九品官所服。唐诸州中县令正七品,下县令从七品,而左、右拾遗为从八品①。味诗意,似潜曾由拾遗出为县令。详俟考。

《綦毋潜集》一卷,见《新唐书·艺文志》及《直斋书录解题》著录。《全唐诗》编为一卷,诗二十余首。按潜与王维、李颀相友善,王有《别綦毋潜》《送綦毋校书弃官还江东》《送綦毋潜落第》,李有《送綦毋三谒房给事》《题綦毋校书别业》《欲之新乡答崔颢、綦毋潜》《送綦毋三寺中赋得纱灯》《寄綦毋三》《奉送五叔入京兼寄綦毋三》《送五叔入京兼寄綦毋三》,然潜诗中,二人之名,不少概见,以是知其散佚者多矣。

储光羲里贯及生平事迹考略

《河岳英灵集》卷中:"顷有太原王昌龄、鲁国储光羲。"《新唐书》卷五十九《艺文志》三储光羲《正论》下注云:"兖州人。"唐兖州又称鲁郡(《新唐书》卷三十八《地理志》二),兖为古鲁地,鲁国即鲁郡也。故顾况《监察御史储公集序》称"鲁国储公"(《全唐文》卷五百二十八);《直斋书录解题》卷十九著录光羲集,亦题作"鲁国储光羲"。《唐诗纪事》卷二十二、《唐才子传》卷一《储光羲传》及《全唐诗》卷一百三十六《储光羲小传》并作兖州人。曰鲁国,曰兖州,其实一也。然《新唐书》卷六十《艺文志》四《包融诗》下注云:"融与储光羲皆延陵人。曲阿有余杭尉丁仙芝,缑氏主簿蔡隐丘,监察御史蔡希周,渭南尉蔡希寂,处士张彦雄、张潮,校书郎张晕,吏部常选周瑀,长洲尉谈戭,句容有忠王府仓曹参军殷遥、硖石主簿樊光、横阳主簿沈如筠,江宁有右拾遗孙处玄、处士徐延寿,丹徒有江都主簿马挺、武进尉申堂构,十八人皆有诗名,殷璠汇次其诗为《丹杨集》者。"与兖州之说互异。

茂元按:谓光羲为鲁国或兖州人者,本诸《河岳英灵集》。考《英灵》多著诗人郡望,如云"太原王昌龄",其实昌龄乃长安人也。其诗自言"本家蓝田下"

---

① 见《新唐书·百官志》,参《通典》卷六十三《礼》二十三。

(《郑县宿陶太公馆赠冯六元二》),"故园今在灞陵西"(《别李浦之京》)可证。以彼例此,则鲁国当亦指光羲之祖籍。殷璠以光羲之诗编入《丹阳集》。丹阳(前作"杨"),唐郡名,即润州。其书以地域标名,入选诸家,籍贯一一可考,不应独于光羲有误。盖光羲世居鲁郡,后占籍润州之延陵,实应为延陵人,亦犹世称襄阳杜甫,其实甫乃巩县人也。言非一端,语各有宜,故《英灵》《丹阳》同出一人之手,而说两歧。《新唐书》未能观其会通,遂两者并存,而自相抵牾;后世不察,皆以光羲为兖州人矣。

《全唐诗·储光羲小传》云:"登开元中进士第,又诏中书试文章。历监察御史。禄山乱后,坐陷贼贬官。"

茂元按:《新书·艺文志》三储光羲《正论》下注云:"开元进士第,又诏中书试文章。历监察御史。安禄山反,陷贼,自归。"《小传》所叙,盖本诸此。光羲于开元十四年(公元726年)登进士第,与崔国辅、綦毋潜同榜,见顾况《监察御史储公集序》。光羲《贻丁主簿仙芝》诗中自注云:"余及第后,又应制授官。"所谓"应制",即诏中书试文章。盖登第后试文章,乃释褐也。

光羲仕履,诸书但云历监察御史。今以其诗考之,可略知梗概。盖光羲释褐后,仕宦不得意,其别业在终南山,曾一度归隐。《田家杂兴》所谓"山泽时晦暝,归家暂闲居"是也。后出山官太祝,诗中有《终南幽居献苏侍郎时拜太祝未上》可证①。天宝之末,光羲曾使至范阳,诗中有《效古》二首及《观范阳递俘》。《效古》第一首叙由长安赴范阳,经邯郸,途中所见,有云:"大军北集燕,天子西居镐。妇女役州县,丁男事征讨。老幼相别离,哭泣无昏早。稼穑既殄绝,川泽复枯槁。"第二首末抒所感云:"翰林有客卿,独负苍生忧。中夜起踯躅,思欲南厥谋。君门峻且深,踠足空夷犹。"忧时之深,衷情若诉。其《观范阳递俘》亦有"四履封元戎,百金酬勇夫。大邦武功爵,固与炎皇殊"之语,与杜甫《后出塞》所言"主将位益崇,气骄凌上都",用意略同。盖其时主昏于上,民困于下,禄山拥强兵劲卒,雄据三镇,挟边功以自重,末大不掉,叛迹已明。形势之岌岌可危,光羲洞若观火,故言之至为激

---

① 《终南幽居献苏侍郎时拜太祝未上》一诗,乃朝命初下尚未出山时所作。后光羲之官,綦毋潜有《冬夜寓居寄储太祝》(一作薛据诗),固已太祝称之矣。近人陆侃如、冯沅君所著《中国诗史》第二十五章谓光羲拜太祝未上,盖误。

切。诗中自称"翰林客卿",则其时尚未官御史也。《唐才子传》云:"尝为监察御史。值安禄山陷长安,辄受伪署。"以其言参之,光羲之为御史,当在天宝十四五载间(公元755—756年),禄山乱起之际。顾况序光羲集,称之为监察御史储公,亦就其天宝乱前最后所历之官阶言之也。

《直斋书录解题》言光羲"任伪官",《唐才子传》亦云"辄受伪署";而《新书》及《小传》但称"陷贼",语意颇含混。按顾况《集序》有"拔身虏廷,竟陷危邦"之语,则光羲曾受职于安禄山之朝甚明,其情况殆与王维、郑虔相类。考光羲《登秦岭作时陷贼归国》诗中有云:"失途走江汉,不能有其功。"似脱身归国之前,谋欲建功以自赎而未遂者。其详莫得而考矣。

常建生平考略

《全唐诗》卷一百四十四《常建小传》云:"常建,开元中进士第。大历中为盱眙尉。"

茂元按:《直斋书录解题》卷十九著录《常建诗》一卷,题"唐盱眙尉常建撰"。所谓盱眙尉者,乃就其最后所历之官职言之,初不言为尉在何时也。此云"大历中为盱眙尉",本诸《唐才子传》卷二《常建传》。建生平事迹无考,但知其于开元十五年(公元727年)登进士第,与王昌龄同榜,后储光羲一年。由开元十五年至大历中,相距四十余载。唐人成进士后,虽未必便能释褐入仕,然亦未有迟至四十余载始授官者。《唐才子传》之不足据,余嘉锡《四库提要辨证》卷二十集部《常建诗》下辨之甚详。然余氏谓建之尉盱眙,在开元、天宝间,亦误。芮挺章于天宝三载(公元744年)编《国秀集》,录常建诗,称之为"前进士",是其时尚未释褐之明证[①]。迨天宝十二载(公元753年)殷璠编《河岳英灵集》录常建诗[②],题云:"高才无贵土,诚哉

[①] 唐人进士及第而未授官者称"前进士"。见李肇《唐国史补》。
[②] 殷璠《河岳英灵集自序》云:"……此集便以'河岳英灵'为号。诗二百三十四首,分为上下卷,起甲寅,终癸巳。"甲寅为开元二年(公元714年),癸巳为天宝十二载(公元753年)。"癸巳"一作"乙酉"(《全唐文》卷四百三十六),则为天宝四载(公元745年)。近人岑仲勉《唐集质疑·河岳英灵集条》云:"乙酉、癸巳孰是,非将全集诗柙加考证,不能遽定也。"今按:芮挺章于天宝三载编《国秀集》时,尚称常建为"前进士",而殷璠编《英灵集》时,建已逝世,其间有任盱眙尉及罢官归隐一段涉历,绝非一年内事。据此可以断言《英灵》成书为天宝十二载癸巳,作乙酉者误。

是言。曩刘桢死于文学,左思终于记室,鲍昭卒于参军;今常建亦沦于一尉,悲夫!"以此参之,建之尉盱眙,其年虽莫得详考,要在天宝三载以后;至十二载,则建已谢世矣。《新唐书》卷六十《艺文志》四《常建诗》下注云:"肃、代间人。"此不足据。《唐才子传》谓是"大历中,授盱眙尉",或因此附会而致误欤?然辛文房于传中亦曾引殷璠之语,而不考《英灵》编集之年,疏漏甚矣!

又《四库全书总目提要》卷一百四十九集部别集类二《常建诗提要》云:"唐常建不知其字,里贯一无可考。"惟《唐才子传》谓建为长安人,未知何据。

建有《宿王昌龄隐居》。昌龄别业在灞上,其《灞上闲居》云:"清川照我门。"即此诗所谓"清溪深不测"是也。诗末云:"余亦谢时去,西山鸾鹤群。"又《鄂渚招王昌龄、张偾》诗中有云:"楚山隔湘水,湖畔落日矄。春雁又北飞,音书固难闻。谪居未为叹,谗枉何由分!午日逐蛟龙,宜为吊屈文。"

茂元按:细绎二诗诗意,以其时考之,前诗当作于建盱眙初罢官之日,诗中自明避世隐居之意,故有"西山鸾鹤"之语。此"西山"疑为武昌东之西塞山,亦即后诗之"鄂渚""楚山"也。后诗述王昌龄谪龙标事,语意甚明。《新唐书》卷二百二《王昌龄传》(附孟浩然)谓昌龄"不护细行,贬龙标尉"。昌龄之谪,意必有人造作蜚语以构陷之者。诗言"谪居未为叹,谗枉何由分",实深悲之。而"春雁北飞",亦与李白《闻王昌龄左迁龙标,遥有此寄》之"杨花落尽子规啼"时令相合。盖昌龄远谪之时,建隐西山已久。其有感于时局混乱,官场互相倾轧,不愿再为冯妇,情见乎词。故诗末述山居之乐,冀其同隐也。

刘挺卿非刘眘虚　辨《渔洋诗话》之误

王士禛《渔洋诗话》卷下云:"刘眘虚字挺卿。其诗超远幽复,在王、孟、王昌龄、常建、祖咏伯仲之间。考其人,盖深于经术,不但词华也。李华《三贤论》曰:'刘名儒,史官之家,兄弟以学著。称述《易》《诗》《书》《春秋》《礼乐》为五说,条贯源流,备古今之变。尚书刘公每有胜理,必诣与谈,终日忘返;殷(寅)直清有识,尚恨言理少对,未与刘面,常想见其人。高适达夫落落有奇节,皆重刘者也。'按《唐书》儒学、文苑皆不为眘虚立传,而《全唐诗话》《唐诗纪事》亦略之,故详于此。"

茂元按：《全唐文》卷三百十七李华《三贤论》云："余兄事元鲁山，而友刘、萧二功曹。此三贤者，可谓之达矣。"文中所言刘功曹字挺卿者①，乃刘迅，刘知幾之第五子也。《新唐书》卷一百三十二附《刘子玄（知幾）传》，所叙皆本之《三贤论》。又《唐国史补》卷上云："刘迅著《六说》以探圣人之旨，唯《易》说不成，行于代者，五篇而已。识者服其精当。"此刘迅即《三贤论》之刘功曹挺卿也。挺卿与眘虚别为一人，了不相涉。王氏未检史籍，徒以二人同姓，又皆开、天时人，遂移彼作此，且责《唐书》未为立传，实属荒谬可笑。近人岑仲勉专治唐史，其《唐人行第录》"刘大眘虚"条亦云："字挺卿，李华《三贤论》之一人。"沿王氏之失而不改，尤可怪也。

眘虚生平，诸书所载，均甚阙略，其里贯尤疑莫能明。《唐才子传》卷二《刘眘虚传》谓眘虚为嵩山人，《全唐诗》卷二百五十八《刘眘虚小传》作江东人，两者互异。

茂元按：眘虚以诗名江南，诗中题咏，踪迹多在吴越一带。故《河岳英灵集》序其诗云："时东南高唱者数十人，声律宛态，无出其右。"谓为江东人，盖本诸此。然《英灵》固未言眘虚家在江东，不能据以否定《才子传》嵩山之说也。

又《唐才子传》云："（眘虚）九岁属文，上书，召见，拜童子郎。开元十一年（公元723年）徐徵榜进士。调洛阳尉。迁夏县令。"

茂元按：王昌龄有《送刘眘虚归取宏词解》一诗，则眘虚成进士后，曾应制举，《才子传》及《登科记》均失载。眘虚于兄弟辈行居长，孟浩然有《九日龙沙作寄刘大眘虚》可证。余颇疑高适《寄刘大校书》之"刘大"，亦即指眘虚。考唐代士人自校书郎出为县尉者多矣，《才子传》叙次眘虚成进士后之官洛阳尉曰"调"，则前此在朝为校书郎，未可知也。

眘虚卒于何年，详不可考。殷璠《河岳英灵集》序眘虚诗有"惜其不永，天碎国宝"之语，则盛年早逝，无疑也。今按眘虚诗中有《寄江滔求孟六遗文》一首，乃孟浩然卒后所作，浩然卒于开元二十八年（公元740年），眘虚之卒，当在作此诗后不久。郑处诲《明皇杂录》云："天宝末，刘希夷、王泠然、王昌龄、祖咏、张若虚、张子容、孟浩然、常建、李白、刘眘虚、崔曙、杜甫虽有文章盛名，皆流落不偶。"此不足据。《河岳英灵集》成书，于天宝十二载（公元753年），书中固明言眘虚已卒；眘虚于开

---

① 原注："集本作'柄卿'，《英华》亦作'柄卿'。注云：《唐书》作'捷'，一作'挺'。"

元十一年成进士,时年最少亦当在二十岁左右,使天宝末尚存,则已五十余,不得谓不永年也。又刘希夷上元二年(公元675年)郑益榜进士,年二十五,见《唐才子传》卷一《刘希夷传》。希夷才而早卒。上元二年距天宝末七十年,希夷安能至其时尚在人世?他如张若虚、孟浩然、崔曙亦皆开元时人,天宝末已前卒,小说家言之不足信,类皆如此。

崔曙里贯及其卒年

《全唐诗》卷一百三十五《崔曙小传》云:"崔曙,宋州人。"

茂元按:崔曙本籍不可考。其《送薛据之宋州》诗中有云:"我生早孤贱,沦落居此州。"则宋州乃其流寓之所。又《早发交崖还太室作》云:"吾亦从兹去,北山归草堂。"太室即嵩山。盖曙后又由宋州徙居嵩山矣。

崔曙为开元二十六年(公元738年)进士状头,见《直斋书录解题》卷十九。《本事诗》云:"崔曙进士作《明堂火珠》诗试帖曰:'夜来双月满,曙后一星孤。'当时以为警句。及来年,曙卒,唯一女名星星,人始悟其自谶也。"据此,似曙成进士后,未授官,即于次年(公元739年)谢世,然其实非也。考《国秀集》录曙诗五首,题作"河内尉",是为释褐授官之明证。《国秀》编成于天宝三载(公元744年),曙之授官及卒,其年虽不可考,要当在开元、天宝间。《本事诗》所云"来年",盖泛指,非即谓次年也。

薛据里贯及生平考略

《全唐诗》卷二百五十三《薛据小传》云:"薛据,河中宝鼎人。开元十九年登第。尚书水部郎中,赠给事中。"

茂元按:宝鼎,唐县名,属河中府河东郡。河东郡即蒲州。《封氏闻见记》卷三称"河东薛据";又韩愈《昌黎集》卷二十四有《国子助教河东薛君墓志铭》。薛名公达,据之嗣子。此及《唐诗纪事》卷二十五,皆称据为河中宝鼎人。河中河东,其实一也。据家河东宝鼎,天宝乱后曾客荆州,故杜甫《寄薛三郎中据》诗云:"子尚客荆州,我亦滞江滨。"《唐才子传》卷二《薛据传》谓据为荆南人,误。

《唐才子传》云:"据……开元十九年王维榜进士。天宝六年,又中风雅古调科第一人。于吏部参选,据自恃才名,请受万年录事。流外官诉宰执,以为赤县是某等清要,据无由得之。改涉县令。后仕历司议郎,终水部郎中。"①

　　茂元按:薛据求为万年录事事,见《封氏闻见记》卷三及王定保《唐摭言》卷十二。刘长卿《送薛据宰涉县》诗云:"一从负能名,数载犹卑位。……顷因岁月满,方谢风尘吏。颂德有舆人,荐贤逢八使。栖鸾往已屈,驯雀今可嗣。此道如不移,云霄坐应致。"诗题下自注云:"自永乐主簿陟状,寻复选授此官。"《唐诗纪事》云:"据自永乐主簿陟县丞,复选宰陟(当作"涉")县。"以刘诗及《纪事》所叙参之,据开元十一年进士登第后,释褐授永乐主簿,迁县丞,秩满参常选,求为万年录事而未注,遂改选涉县令。其时当在开元之末,尚未应风雅古调科制举也。

　　乾元二年(公元759年),杜甫客秦州,薛据于是年迁司议郎,杜甫诗有《秦州见敕目薛三据授司议郎毕四曜除监察与二子有故喜迁官兼述索居凡三十韵》可证。其为水部郎中,时不可考。按杜甫于大历元年(公元766年)在夔州作《解闷》十二首,内一首云:"沈、范早知何水部,曹、刘不待薛郎中。独当省署开文苑,兼泛沧浪诗钓翁。"自注云:"水部郎中薛据。"仇兆鳌释之曰:"当省署,昔为部郎;泛沧浪,今客荆楚。"(《杜诗详注》卷十七)盖据浮沉郎署,值中原多故,遂弃官南行。其在荆南,亦犹子美之避乱蜀中也。

　　薛据生卒年无考。殷璠谓据"自伤不早达"(《河岳英灵集》卷中),今按据《落第口号》有"十五能文西入秦,三十无家作路人"之语②,则开元二十九年成进士,当为三十以后矣。迨大历初客荆州,盖年七十左右。杜甫《寄薛三郎中据》云:"与子俱白头,役役常苦辛。"少陵素有羸疾,未老先衰,时将近六旬,发已全白;然其年固少于据也。杜此诗作于大历二年(公元767年)春,时据将由荆州北归长安,故诗末云:"凤池日澄碧,济济多士新。余病不能起,健者勿逡巡。上有明哲君,下有行化臣。"又杜同年所作《别崔潩寄薛据孟云卿》诗云:"荆州遇薛、孟,为报欲论诗。"子美以大历三年(公元768年)春抵江陵,与荆南幕府诸人频有往还,载在集中,一一可考,而竟未践薛、孟论诗之约,足证其时据已北归。《唐才子传》言据"初好栖遁,

---

①　通行本《唐才子传》文字略异,此据陆氏三间草堂本校文。
②　一作綦毋潜诗。按:此诗选入《河岳英灵集》,作薛据,当可信。

居高山炼药。晚岁置别业终南山下老焉"。据归长安后,或暂居朝列,寻复弃官;或竟舍簪组,隐居终南,以尽天年,未可知也。

据官终水部郎中,诸书所载并同;惟《唐诗纪事》云:"开元、天宝间,据与弟播、摠相继登科。终礼部侍郎。"按韩愈《国子助教河东薛君墓志铭》曰:"(公达)父曰播,尚书礼部侍郎。侍郎命君后兄据。据为尚书水部郎中,赠给事中。"是为礼部侍郎者,乃据之弟薛播,非据也。《纪事》误。

王之涣生平考略

盛唐诗人中,王之涣作品今存者仅六篇,见《全唐诗》卷二百三十五。两《唐书》无之涣传。诸书所载,率皆一鳞半爪,莫能详也。今按:岑仲勉所编《续贞石证史》载李根源藏有石本王之涣墓志铭全文,记述甚备。此文作于天宝二年(公元743年)五月,首题:"《唐故文安郡文安县太原王府君墓志铭并序》,宣义郎行河南府永宁县尉□河靳能撰。"①文中有"能忝畴曰"之语,知与之涣为故交。兹据《墓志》,参诸有关记载,以考订之涣生平行迹,知旧说缺漏乖谬者盖亦多矣。

《墓志》云:"公名之涣,字季凌。本家晋阳,宦徙绛郡,即后魏绛州刺史隆之五代孙。"

茂元按:后魏并州治晋阳,隋废。唐复并州,仍治晋阳。开元十一年(公元723年)置北都,改并州为太原府。之涣籍本晋阳,然自其高祖时即已迁居绛郡②,实应为绛郡人。《唐诗纪事》卷二十六"王之涣"条、《全唐诗·王之涣小传》均作并州人,盖著其本籍,亦犹《墓志》之称"太原王府君"也。惟《唐才子传》卷三《王之涣传》谓之涣为蓟门人。考之涣宦游河北,曾客蓟门,高适有《蓟门不遇王之涣、郭密之因以留赠》可证。辛氏或因高诗而致误欤?

《墓志》又云:"父昱,皇鸿胪主簿,雍州司士,汴州浚仪县令。公即浚仪第四

---

① 《唐诗纪事》卷二十"王泠然"条引泠然《上相国燕公书》云:"相公必欲选良宰,莫若举前仓部员外郎吴太玄为洛阳令;必欲举御史中丞,莫若举襄州刺史靳能。清辇毂之路,非太玄不可;生台阁之风,非靳能不可。"即其人也。靳能于开元中为襄州刺史,以直言敢谏著称。至天宝初为永宁尉,盖遭谴谪。其始末莫得而详。

② 唐绛郡又称绛州。

子。幼而聪明，秀发颖悟。不盈弱冠，则究文章之精，未及壮年，已穷经籍之奥。以门子调补冀州衡水主簿。气高□时①，量过于众。异毛义捧檄之色，悲不逮亲；均陶潜屈腰之耻，□于解印。会有诬人交构，公因拂衣去官，遂优游青山，灭裂黄绶。夹河数千里，籍其高风；在家十五年，食其旧德。雅淡珪爵，酷嗜闲放。密亲懿交，测公井渫，劝以入仕，久而乃从，复补文安郡文安县尉。……以天宝元年二月十四日遘疾终于官舍。春秋五十有五。……以天宝二年五月廿二日葬于洛阳北原，礼也。嗣子炎及羽等，哀哀在疚，栾栾其棘。堂弟永宁主簿之咸泣奉清徽，托志幽壤。能忝畴旧，敢让其词？"

茂元按：《墓志》言之涣兄弟四人，之涣次第居末，其上有三兄，名不可考。《唐诗纪事》云："与兄之咸、之贲皆有文。"今据《墓志》，之咸乃之涣之堂弟，而《全唐文》卷三百七十五《王之贲小传》载之贲又之咸之弟，《纪事》谓之咸、之贲为之涣兄，误矣。

又按：唐时士人进身，厥有三途：由学馆者曰生徒；由州县者曰乡贡；其帝王自诏者曰制举，所以待非常之才焉。学馆及乡贡为常选。其中乡贡进士一科，特为时重。唐代著名诗人率皆乡贡进士也。《墓志》言之涣以门子调冀州衡水主簿，盖由四门学生出身。考《新唐书·选举志》，四门学在国子学、太学之下。《志》云："四门学生千三百人，其五百人以勋官三品以上无封、四品有封及文武七品以上子为之，八百人以庶人之俊异者为之。"之涣补四门学生，当以其父官浚仪令之故。《唐才子传》云："（之涣）少有侠气，所从游皆五陵少年，击剑悲歌，从禽纵酒。中折节工文。十年，名誉自振。耻困场屋，遂交谒名公。"谓其"耻困场屋"，则固尝应进士举矣。意者屡试不第，遂改由他途也。

之涣初为衡水主簿，乃以仕救贫，故《墓志》拟之于陶潜折腰。迨垂老之年，再为冯妇，卑栖一尉，以官为家，盖亦为生计所迫。之涣有子二人，卒于文安，其地距绛郡不远，而旅榇逾年，无力归骨故丘，其身后萧条，亦可想见。之涣之葬洛阳北原，乃由堂弟之咸经纪。之咸官永宁主簿，永宁唐属河南府河南郡，在洛阳附近。

白居易《故滁州刺史赠刑部尚书荥阳郑公（旷）墓志铭》云："公尤善五言诗，与

---

① 石本此字上部存"艹"头，按文义当为"迈"字。

王昌龄、王之涣[1]、崔国辅辈联唱迭和,名动一时。"《唐诗纪事》云:"(之涣)天宝间人。"《唐才子传》云:"(之涣)与王昌龄、高适、畅当忘形尔汝。"今按:《墓志》载之涣卒于天宝元年(公元742年),年五十五岁,其与高适、王昌龄相唱和,蜚声骚坛,在开元中,即任文安县尉以前,《墓志》所云"在家十五年"之际也。迨至天宝间,之涣已前卒矣。又畅当大历七年(公元772年)进士,仕贞元间[2],其登第时,上距之涣之卒已三十年,年辈邈不相及;且畅诗中,亦未有与之涣赠酬之作,谓二人为忘形交,疑误。

原文刊载于《中华文史论丛》1979年第四辑,后收入《晚照楼论文集》

---

[1] 之涣,或作"之奂",或作"之焕","奂""焕"皆"涣"之或体字。
[2] 见《唐才子传》卷四《畅当传》。

读两《唐书·文艺(苑)传》札记

王勃传

《新书》二百一《文艺》上、《旧书》一百九十上《文苑》上。

《新传》云:"是时诸王斗鸡,勃戏为文檄英王鸡。高宗怒曰:'是且交构。'斥出府。"《旧传》所叙略同。

茂元按:唐自开国以来,统治集团内部矛盾重重,愈演愈烈。诸皇子间萁豆之相燃,几无代无之。高祖时有玄武门之变。太宗时有太子承乾与魏王泰、晋王治(即高宗)、吴王恪之间夺储之争。高宗时情况尤为复杂。高宗八子,武后所生四人:长李弘,次李贤,次李显,次李旦。李贤即王勃之府主沛王,英王李显即中宗也。李弘初立为太子,为武后所杀;李贤继立,后又被废。《旧书》八十六《章怀太子传》:"时正议大夫明崇俨以符劾之术为则天所任使,密称英王状类太宗。……贤逾不自安。调露二年(公元680年),崇俨为盗所杀,则天疑贤所为,……乃废贤为庶人。"其事虽出于武后之谋,然亦可窥见李贤与李显兄弟间之关系。特李贤未登储位以前,矛盾尚未发展为表面化耳。高宗防微杜渐,盖已察其端倪。王勃以文字游戏,至遭斥逐,其事虽出偶然,但又有其必然之理,正足反映当时皇族内讧之剧烈也。

王勃之遭斥逐,当在总章元年(公元668年)之末或次年之初。《王子安集》卷十二《拜南郊颂》中有云:"大唐有国之五十一年,皇帝有天下之一十九载也。"考自唐高祖武德元年(公元618年)至高宗总章元年(公元668年)为五十一年,而高宗永徽元年（公元650年）至是年为十九年。王勃作此文时，身在朝列，而次年五月即由长安入蜀①，则斗鸡事在献颂之后，入蜀以前，明矣。

又按：李贤于龙朔元年（公元661年）封沛王，咸亨三年（公元672年）徙封雍王，上元二年（公元675年）立为皇太子；李显于显庆二年（公元657年）封周王，仪凤二年（公元677年）始徙封英王②。当李贤为沛王时，李显当称周王，不当称英王。两《唐书》并误。

《新传》云："官奴曹达抵罪，匿勃所，惧事泄，辄杀之。事觉，当诛；会赦，除名。父福畴，繇雍州司功参军坐勃故左迁交阯令。勃往省，度海溺水，悸而卒，年二十九。初，道出钟陵，九月九日，都督大宴滕王阁。宿命其婿作序以夸客。因出纸笔遍请客，莫敢当。至勃，泛然不辞。都督怒，起更衣，遣吏伺其文，辄报。一再报，语益奇，乃瞿然曰：'天才也！'请遂成文，极欢罢。"《旧传》未叙滕王阁事，但云："上元二年（公元675年），勃往交阯省父。……渡南海，堕水卒。"

茂元按：王勃作《滕王阁序》，历来传为文坛盛事。然作序之年，则记载互有歧异。王定保《唐摭言》卷五："王勃著《滕王阁序》，时年十四（《太平广记》卷一百七十五引作'十三'）。"《新书》谓作于南行省亲途中，则是上元二年（公元675年）事，时王勃年二十六也③。清人蒋清翊注《王子安集》，主《摭言》之说，于卷八本文"家君作宰"句下云："王定保《唐摭言》载勃著序时年十四，盖福畴先为六合令也。辛文房《唐才子传》乃谓福畴坐勃事远迁交阯令，勃往省亲，途过南昌时所作。此由

---

① 《王子安集》七《入蜀纪行诗序》："总章二年（公元669年）五月癸卯，余自长安观景物于蜀，遂出褒斜之隘道，抵峨眉之绝径，超玄溪，历翠阜，殆弥月而臻焉。"

② 参见两《唐书》章怀太子传及《高宗纪》。

③ 杨炯《王子安文集序》谓王勃卒于上元三年（公元676年），年二十八，《旧书》同，则上推生年为贞观二十三年（公元649年）；《新书》谓卒年二十九，则生年为贞观二十二年（公元648年），然两说均与王勃之自叙生年不符。考《春思赋序》云："咸亨二年（公元671年），余春秋二十有二。"又《游山庙（诗）序》："吾之生二十载矣。……粤以胜友良暇，游于玄武西山庙，盖蜀郡之灵峰也。"王勃入蜀在总章二年（公元669年），总章二年二十岁，与咸亨二年（公元671年）二十二岁相合，推知生于永徽元年（公元650年），故上元二年（公元675年）作《滕王阁序》时为二十六岁。又王勃路过洪州，时当九月，至十一月，始至南海（见《巩鉴图铭序》），其渡海溺死，乃次年省亲北归途中事也。杨《序》谓卒年二十八，当是二十七之误。

辛氏见《新唐书》本传二事连叙，遂有此谬误。实则《唐书》有'初'字界之，原不相蒙也。"余以为蒋氏之言，不仅与事实不合，且于《新书》亦为曲解；《新书》接叙滕王阁事于勃南行溺死之后，所谓"初"，盖追述生前之语；所谓"道出锺陵"，亦谓南行时途中所经。以《旧书》参之，其所谓"九月九日"，即上元二年（公元675年）之九月九日也。倘因有一"初"字界之，而遂谓所叙为十二年前之事，则语意突兀无根，与上文全不相属矣。《唐才子传》本《新书》而略变其词，并无不合，亦无谬误。特一为补叙，一为顺叙，文字之措注有所不同耳。考杨炯《王子安集序》云："父福畤，历任太常博士，雍州司功，交趾、六合二令，为齐州长史。"涉历先后，次第了然。蒋氏为牵合《摭言》之说，将福畤令六合事移至远迁炎方乃至雍州司功之前，不仅臆说无凭，且六合在洪州之北，由北南行赴六合，断无路经洪州之理。尤重要者，福畤之南迁，乃是远谪；其徙官六合，当为量移。序文有"屈贾谊于长沙，非无圣主；窜梁鸿于海曲，岂乏明时"之语，只可施之于南迁远谪之时，不可移之于六合为令之日。又杨炯《王子安文集序》谓勃"弃官沉迹"，然后南行①，序文亦云："舍簪笏于百龄，奉晨昏于万里。"假使此文为十四岁所作，其时王勃尚未登朝②，有何"簪笏"之可舍？而省亲近在六合，更无"万里"之足云。即此内证，已足见《摭言》之不足据矣。盖王勃才华，世所艳称，而《滕王阁序》又复脍炙人口，故好事者缩小其作年，以夸大其早慧。文苑轶闻之流播，往往如此。王定保不察而误采之耳。

洪迈《容斋四笔》卷五："王勃等四子之文皆精切有本原，其用骈俪作记、序、碑、碣，盖一时体格如此，而后来颇议之。……韩公《滕王阁记》云：'江南多游观之美，而滕王阁独为第一。及得三王所为序、赋、记等，壮其文辞。'注谓'王勃作游阁序'。又云：'中丞命为记，窃喜载名其上，词列三王之次，有荣耀焉。'则韩之所以推勃，亦为不浅矣！"茂元按：六朝骈体，发展至唐，纂组益趋工丽，句调愈加整齐，四杰推一时之选，而《滕王阁序》尤为具有代表意义之作品，洪迈所谓"一时体格如

---

① 杨炯《王子安文集序》言勃坐法免官后，岁余复旧职，其南行乃辞官省亲，故有"弃官沉迹"之语。两《唐书》于复官一节，皆略而未叙。

② 杨炯《王子安文集序》："年十有四，时誉斯归，太常伯刘公巡行风俗，见而异之，曰：'此神童也。'因加表荐，对策高第，拜朝散郎。"《旧书》四《高宗纪》："龙朔三年（公元663年）八月，命司元太常伯窦德玄、司刑太常伯刘祥道等九人为持节大使，分行天下；仍令内外官五品已上，各举所知。"刘祥道之荐举王勃，即在是年，时王勃年十四岁；其对策授官，为十四岁以后事。

此"也。此种文字,为晚唐、两宋四六文之滥觞。其间虽不无才情宏放,吐属清新之作,然就其总倾向言之,则讲求者唯在隶事对仗之工巧,色泽文采之鲜艳。重形式而轻内容,于斯为极。承梁、陈之弊,开风气之先,原本要终,四杰不能辞其咎。苏轼《潮州韩文公庙碑》谓韩愈"文起八代之衰",正以其能自振于积习之中,大力反对此种文体也。昌黎论文之旨,具见集中诸作,旗帜至为鲜明,于四杰曾无假借。其《新修滕王阁记》(《昌黎集》十三)之所以盛推"三王"者,盖因王仲舒连类而及耳。考此文作于元和十五年(公元820年),时韩愈官袁州刺史,而王仲舒以御史中丞观察江南西道。文中所云"三王之序、赋、记",乃指王勃之序,王绪之赋,王仲舒之记(见旧注)。韩愈于王仲舒为属吏,此文又承王命而作,故因"三王"之巧合,而漫作应酬语以称颂之,非有意于论文,尤非论王勃、王绪之文也。《四库全书总目提要》卷一百四十九集部别集类二《王子安集提要》亦据此以评四杰之文,实则洪迈及纪昀之所取于四杰者,乃在其淹贯群书,隶事精切,特借昌黎之盛名,以成其说耳,于昌黎之本旨,固无当也。然似是而非,转相援引,由来久矣。故辨之如此。

杨炯传

《新书》二百一《文艺》上附《王勃传》、《旧书》一百九十上《文苑》上。

《旧传》云:"炯幼聪敏,博学善属文。神童举,拜校书郎。"《新传》所叙略同。

茂元按:杨炯举神童,两《唐书》均未载年月。晁公武《郡斋读书志》四上杨炯《盈川集》下云:"显庆六年(公元661年),举神童,授校书郎。"马端临《文献通考》二百三十一《经籍考》五十八引用其说;辛文房《唐才子传》卷一、徐松《登科记考》卷二并同,皆本之晁氏也。然炯《浑天赋序》云:"显庆五年(公元660年),炯时年十一,待制宏文馆;上元三年(公元676年),始以应制举,补校书郎。"(《盈川集》一)据此,则显庆六年举神童之说不可信。考《新书》卷四十四《选举志》云:"唐制取士之科,多因隋旧,然其大要有三:由学馆者曰生徒,由州县者曰乡贡,皆升于有司而进退之。其科之目,有秀才,有明经,有俊士,有进士,有明法,有明字,有明算,有一史,有三史,有开元礼,有道举,有童子。……此岁举之常选也。其天子自诏者曰制举,所以待非常之才焉。……有司常选之士,以时而举;而天子又自诏四方德行才能文学之士,或高蹈幽隐与其不能自达者,下至军谋将略,翘关拔山,绝艺奇技,莫不兼收。其为名目,随其人主临时所欲。"举神童,即乡贡之童子科也。《文献通考》卷三十五"选举考"八:"唐有童子科,凡十岁以下能通一经及《孝经》《论语》每卷诵文十通者予官,通七者与出身。"又云:"令本贯申送礼部,同明经举人之例,考讫奏闻。"炯以显庆五年(公元660年)待制宏文馆,则其为乡里所举,当在是年以前;且是年炯十一岁,则次年为十二岁,年龄已逾限例,州县又安得而举之耶?《四部丛刊》影明本《盈川集》附录载《文献通考》,其引晁氏说,作"显庆四年(公元659年)举神童",足正诸本"六年"之误。盖显庆四年,杨炯十岁,为乡里所举,入都应选,未得授官,故次年待制宏文,至上元三年(公元676年),制举登科,始补校书郎也。炯之应制举补官,在举神童后之十七年,两《唐书》未书应制举事,而径云"拜校书郎",失之过简。又王溥《唐会要》卷七十六"制科举"条:"上元三年(公元676年),正月,辞殚文律科,崔融及第。"杨炯所应制举,当即是科,特《会要》漏载其名耳。

《新传》云:"迁詹事司直,俄坐从父弟神让与徐敬业乱,出为梓州司法参军。迁盈川令。"《旧传》云:"俄迁詹事司直。则天初,坐从祖弟神让犯逆,左转梓州司法参军。秩满,选授盈川令。"

茂元按:杨炯为詹事司直时,曾以本官分值习艺馆①。《新书》卷二百二《宋之问传》:"甫冠,武后召与杨炯分值习艺馆。"《全唐文》卷二百四十一宋之问《祭杨盈川文》有云:"大君有命,征子文房,余亦叨忝,随君颉颃。"即指其事。观"大君"一语,知在高宗末年。时朝政为则天所掌握,故谓武后召之也。又徐敬业以光宅元年(公元684年)七月起兵扬州,十一月兵败乱平,《旧书》所谓"则天初,……左转梓州司法参军",即是年矣。其任盈川令,史虽未载年月,然其时亦可考见。《旧书》

---

① 《通鉴》卷二百八胡三省注:"习艺馆,本名内文学馆。选官人一人有文学者为学士,教习宫人。武后改为习艺馆,又改为翰林内教坊,以地在宫中故也。《新书》云:'掌教习宫人书算众艺。'"

159

卷四十《地理志》三:"盈川,如意元年(公元692年)分龙丘置。"则炯之令盈川,不可能早于是年。本传云:"如意元年七月七日,宫中出盂兰盆分送佛寺,则天御洛阳南门与百僚观之。炯献《盂兰盆赋》,词甚雅丽。炯至官,……无何卒。"是献赋而后至官矣。两者互参,知炯洛阳献赋之时,正梓州秩满之日;其时盈川适新置县,而炯夙以文学受知于武后,故首膺其选也。

《旧传》云:"炯与王勃、卢照邻、骆宾王以文词齐名,海内称为王、杨、卢、骆,亦号为四杰。炯闻之,谓人曰:'吾愧在卢前,耻居王后。'当时议者,亦以为然。其后崔融、李峤、张说俱重四杰之文。崔融曰:'王勃文章宏逸,有绝尘之迹,固非常流所及,炯与照邻可以企之,盈川之言信矣。'说曰:'杨盈川文思如悬河注水,酌之不竭,既优于卢,亦不减王。耻居王后,信然;愧在卢前,谦也。'"《新书》炯及卢、骆之传,皆附王勃,故最后载其语于《骆宾王传》之末,以论四杰云。

茂元按:四杰之称,著于高宗后期,胡应麟《补唐书骆侍御传》谓宾王"与王勃、杨炯、卢照邻并以藻绘擅一时,号垂拱(公元685—688年)四杰",非也。考则天临朝,武周建国之后,王勃已前卒,宾王亡命,照邻病废,杨炯亦浮沉州县,郁郁失意。斯时,射洪崛起,沈、宋代兴,而四杰已成尾声矣。宋之问《祭杨盈川文》云:"之子妙年,香名早传。从来金马,凤昔崇贤,门庭若市,翰墨如泉。"则炯之蜚声文苑,早在待制宏文馆以至为崇文学士之日[①],与王勃比肩,与卢、骆相颉颃也。张鷟《朝野佥载》卷六言卢照邻"为益州新都尉,秩满,婆娑于蜀中,放旷诗酒,故世称王、杨、卢、骆"。照邻之尉新都,当乾封、总章之际,其去蜀,则在咸亨初。故咸亨二年(公元671年)王勃入都赴选时,公卿延誉,即以四杰相提并论矣[②]。

---

① 《唐会要》六十四:"永隆二年(公元681年)二月六日,皇太子亲行释奠之礼,礼毕,上表请博延耆硕英髦之士为崇文馆学士,许之。于是薛元超表荐郑祖玄、邓玄挺、杨炯、崔融等并为崇文学士。"崇文馆原名崇贤馆,上元二年(公元675年)八月二十七日,改名崇文。宋之问祭文中所云"凤昔崇贤",即指杨炯之为崇文学士也。

② 李昉《太平广记》一百八十五:"咸亨二年(公元671年),有杨炯、王勃、卢照邻、骆宾王并以文章见称,吏部侍郎李敬玄咸为延誉,引以示裴行俭。"

王、杨、卢、骆次序之先后,寓有评第文章高下之意,盖一时之论如此。然张说《赠太尉裴公神道碑》言"骆、卢、王、杨";郗云卿《骆宾王集序》则云"卢、骆、杨、王";而张鷟《朝野佥载》又谓杨、骆之文,时有"点鬼簿""算博士"之讥,独照邻无可议者①。是知艺苑雌黄,实难定论,固不仅作者有"王后卢前"之感也。考四杰之中,以年辈言,卢、骆长于王、杨;以时誉言,则王、杨高于卢、骆。王勃席父祖兄弟之重望,文采一门,互相辉映;杨炯幼举神童,早预清华之选,其在当时文坛之地位及影响,实居于卢、骆之先。故四杰之称,率多先王、杨而后卢、骆。《新书》卷二百一《文艺传序》云:"唐有天下三百年,文章无虑三变:高祖、太宗大难始夷,沿江左余风,缉句绘章,揣合低昂,故王、杨为之伯。"李商隐《漫成》诗亦云:"沈、宋裁词矜变律,王、杨落笔得良朋。"皆以王、杨概四杰,言王、杨而略卢、骆。此其大较。然亦有以王概杨,以卢概骆,偏举卢、王以概四杰者,如杜甫《戏为六绝句》之"纵使卢、王操翰墨"是也。至王、杨之优劣,当时及后世皆有不同之看法,即以两《唐书》言之,《旧书》则四杰并列,杨在王前;《新书》则主次分明,杨附王后。闻一多谓杨炯之所以"愧在卢前",乃因卢年辈在先,有愧不敢当之意;其"耻居王后",则与王分是同年,心所不甘。其言殊为近理。余观杨炯序子安之集,其推崇之者,可谓备至矣。"文章千古事,得失寸心知。"彼此俱年少才高,文场角逐,旗鼓相当。耻居其后,正以齐驱方驾,莫由争先,实乃一种无可奈何心理之反映耳。清人章藻功《登滕王阁书王子安序后》有云:"杨盈川耻居其后,似属无征。"殊不知封建文人之相轻,其所轻者,往往即为其所极端重视之人。瑜、亮一时,相轻与相誉,言各有宜,义相反而实相成也。

卢照邻传

《新书》二百一《文艺》上附《王勃传》,《旧书》一百九十上《文苑》上。

---

① 《朝野佥载》六:"时杨之为文,好以古人姓名连用,如'张平子之略谈,陆士衡之所记;潘安仁宜其陋矣,仲长统何足知之',号为点鬼簿;骆宾王文好以数对,如'秦地重关一百二,汉家离宫三十六',时人号为算博士;如卢生之文,时人莫能评其得失矣。"

《旧传》云:"初授邓王府典签。王甚爱重之,曾谓群官曰:'此即寡人相如也。'"《新传》云:"调邓王府典签。王爱重,谓人曰:'此吾之相如。'"

茂元按:照邻在邓府以前,未尝为他官。《旧传》作"初授邓王府典签",是也。《新传》改"初授"为"调",于义无着。张鷟《朝野佥载》六:"卢照邻……弱冠拜邓王府典签。王府书记,一以委之。王有书十二车,照邻总披览,略能记忆。"首书"弱冠拜邓王府典签",与《旧传》合。《旧书》六十四《邓王元裕传》:"邓王元裕,高祖第七子也。贞观五年(公元631年)封郇王,十一年(公元637年)改封邓王。……元裕好学,善谈名理,与典签卢照邻为布衣之交。……麟德二年(公元665年)薨。"考《卢昇之集》一《病梨树赋序》云:"癸酉之岁,……余年垂强仕。"癸酉为咸亨四年(公元673年),其时照邻年将四十,则其弱冠为邓府典签,当在永徽(公元650—655年)之末或显庆(公元656—660年)之初矣。元裕死于麟德二年(公元665年),照邻当以此时出任新都尉也。

《新传》云:"调新都尉。病去官,居太白山。得方士玄明膏饵之。会父丧,号呕,丹辄出,由是疾益甚。"《旧传》所叙略同。

茂元按:照邻涉历,两《唐书》叙次均不详,且语意又多含混不清者。考《朝野佥载》六云:"后为益州新都县尉。秩满,婆娑于蜀中,放旷诗酒,故世称王、杨、卢、骆。"则照邻以秩满去官,非因病也。《四库全书总目提要》一百四十九集部别集二《卢昇之集提要》云:"考集中《相里夫人檀龛序》,称乾封纪岁,当为乾封元年(公元666年)丙寅;《对蜀父老问》称龙集荒落,当为总章二年(公元669年)己巳,皆在益州时所作。"是照邻之尉新都,历乾封(公元666—667年)以至总章(公元668—669年),明矣。而其去蜀,则在咸亨之初。《骆临海集》六有《艳情代郭氏赠卢照邻》,作于照邻去蜀之后。考骆宾王于咸亨时始入蜀①。观卢、骆踪迹相接于蜀中,知咸亨之初,照邻固犹在蜀。《艳情》诗中有云:"柳叶园花处处新,洛阳桃李应芳春。

---

① 陈熙晋《续补唐书骆侍御传》:"咸亨元年(公元670年),吐蕃入寇,诏罢安西四镇,以薛仁贵为逻娑大总管,适宾王以事见谪,从军西域。"

妾向双流窥石镜,君住三川守玉人。"则照邻离蜀之后,曾客东都,且另有所恋,亦足证其非因病去官也。《病梨树赋序》云:"癸酉之岁(公元673年),余卧病于长安光德坊之官舍。父老云是鄱阳公主之邑司,昔公主未嫁而卒,故其邑废。时有处士孙君思邈居之。……余年垂强仕,则有幽忧之疾,椿菌之性,何其辽哉!于时天子避暑甘泉,邈亦征诣行在,余独卧病兹邑,闲寂无人,伏枕十旬,闭门三月。"照邻染疾,乃在此时。又本集卷七《寄裴舍人诸公遗衣药直书》云:"余家咸亨中良贱百口,自丁家难,私门弟妹凋丧,七八年间,货用都尽。余不幸遇斯疾,母兄哀怜,破产以供医药。"卷一《穷鱼赋序》云:"余曾有横事被拘,为群小所使,将致之深议,友人救护得免。"卷五有《狱中学骚体》,即被拘时所作。其因"家难""横事"而下狱,始末不可得而详;然以其时考之,则当在咸亨四年癸酉(公元673年)之前。盖照邻新都秩满,婆娑蜀中,离蜀以后,漫游京洛,不幸既遭缧绁之灾,又染幽忧之疾,遂至终身废弃也。

《旧传》云:"照邻既沉痼挛废,不堪其苦,尝与亲属执别,遂自投颍水而死。时年四十。"《新传》云:"照邻自以当高宗时尚吏,己独儒;武后尚法,己独黄老;后封嵩山,屡聘贤士,己已废,著《五悲文》以自明。病既久,与亲属诀,自沉颍水。"未载卒时年岁。

茂元按:照邻死于何年,史未明载,然观"后封嵩山"之语,则其死,当在万岁登封元年(公元695年)以后①。考咸亨四年(公元673年),照邻已年将四十,咸亨四年下距万岁登封元年为二十二年,假令不久即沉颍而死,其年岁亦当在六十左右。《旧书》所云"时年四十"疑为"六十"之误。以是上推,其生年当在贞观十年(公元636年)前后也。

《旧传》:"文集二十卷。"《新书》六十《艺文志》四著录《卢照邻集》二十卷(《旧书》四十七《经籍志》下同),又《幽忧子》三卷(《旧志》无)。

---

① 是年十二月甲申,登封于嵩岳,大赦天下,改天册万岁元年为万岁登封元年。见两《唐书·则天后本纪》。

茂元按：照邻病废之后，自称幽忧子。《朝野佥载》六言照邻"不幸有冉耕之疾，著《幽忧子》以释愤焉。文集二十卷"。则"幽忧子"者，不仅照邻以之自名，亦即以名其书。此例唐人多有之，如王绩之《东皋子》是也。然《佥载》及《新书》所著录之《幽忧子》，为照邻自编病中诗文，如《五悲》《释疾》之类，乃其集中之一部分，故别出于其集之外，而与其集并行，非如《东皋子》之即为王绩集之代称也。考晁公武《郡斋读书志》四上、陈振孙《直斋书录解题》十六均著录卢集十卷，《书录解题》称《卢照邻集》，而《读书志》则称《幽忧子集》，皆未另著录有《幽忧子》，知宋时卢集已合二为一，无别出之本，且已散佚不全矣。

骆宾王传

《新书》二百一《文艺》上附《王勃传》、《旧书》一百九十上《文苑》上。

《旧传》云："敬业败，伏诛。"《新传》云："敬业败，亡命不知所之。"

茂元按：《通鉴》卷二百三："[光宅元年（公元684年）十一月，]敬业大败。……乙丑，敬业至海陵界，阻风。其将王那相斩敬业、敬猷及骆宾王首来降。"《考异》曰："《唐纪》：'敬业入海，欲奔东夷，至海陵界，阻风。伪将王那相斩之以降，余党赴水死。'此从《实录》《唐统纪》。"张鷟《朝野佥载》卷一亦云："宾王与徐敬业兴兵扬州，大败，投江而死。"《旧书》所载，与《通鉴》同，皆以官书为据耳。《新书》谓"亡命不知所之"，则本诸传闻。其说与《佥载》及《唐纪》之言虽不相合，而义实相通。孟启《本事诗·征异》云："当敬业之败，与宾王俱逃，捕之不获。将帅虑失大魁，得不测罪。时死者数万人，因求戮类二人者，函首以献。后虽知不死，不敢捕送。故敬业得为衡山僧，年九十余乃卒（原注：出赵鲁《游南岳记》）。宾王亦落发，遍游名山，至灵隐，以周岁卒。"所言与诸书均不合。陈熙晋《续补唐书骆侍御传》注辨其事曰："敬业既为其将王那相斩以降，必无逃脱理，所传为僧于衡山，或非其实。临海之为僧与非为僧不可知，而其非死于广陵，则确而有征。张鷟《朝野佥载》曰：'明堂主簿骆宾王《帝京篇》曰：倏忽抟风生羽翼，须臾失浪委泥沙。后与徐敬业兴兵扬州，大败，投江水而死，此其谶也。'鷟举进士于高宗调露中（公元679

年),见闻不应有误,是临海之遁属实。盖宾王本不在传首之列,因以投水报闻也。故《新书》言'亡命不知所终',未有以为非者。"陈振孙《直斋书录解题》卷十六《骆宾王集》十卷,下云:"其卷首有鲁国郗云卿序,言:'宾王光宅中广陵乱伏诛,莫有收拾其文者。后有敕搜访,云卿撰焉。'又有蜀本,卷数亦同,而次序先后皆异;序文视前本加详,而云:'广陵起义不捷,因致逃遁,文集散失。中宗朝,诏令搜访。'案本传言:'宾王既败,亡命不知所之。'与蜀本合。"据蜀本郗序之言,则亡命之说,在当时即已有之,不自《本事诗》始。盖兵溃之际,主帅一死,众鸟兽散,《唐纪》所谓"余党赴水死",乃就一般情况言之,其中未必无逃脱之人也。

又《本事诗》同条云:"宋考功以事累贬黜,后放还,至江南,游灵隐寺。夜月极明,长廊吟行,且为诗曰:'鹫岭郁岧峣,龙宫隐寂寥。'第二联搜奇思,终不如意。有老僧点长明灯,坐大禅床,问曰:'少年夜夕久不寐,而吟讽甚苦,何耶?'之问答曰:'弟子业诗,适偶欲题此寺,而兴思不属。'僧曰:'试吟上联。'即吟与之。再三吟讽,因曰:'何不云"楼观沧海日,门听浙江潮?"'之问愕然,讶其遒丽。又续终篇曰:'桂子月中落,天香云外飘。扪萝登塔远,刳木取泉遥。霜薄花更发,冰轻叶未凋。待入天台路,看余度石桥。'僧所赠句,乃一篇之警策。迟明更访之,则不复见矣。寺僧有知者,曰:'此骆宾王也。'"此事为后世所盛传。晁公武《郡斋读书志》卷四上言广陵败后,宾王"亡命不知所之。后宋之问逢之于灵隐,已祝发为浮屠矣。"即本此。而计有功《唐诗纪事》卷七、辛文房《唐才子传》卷一则全采其语。《四库全书总目提要》卷一百四十九集部别集类二《骆丞集提要》辨其失曰:"今观集中与之问踪迹甚密,在江南则有投赠之作,在兖州则有饯别之章①,宜非不相识者,何至觌面失之?封演为天宝中人,去宾王时甚近,所作《闻见记》中载之问此诗,证'月中桂子'之事,并不云出宾王,知当时尚无是说②。又朱国祯《涌幢小品》载:正德九年(公元 1514 年)有鲁某者,凿䴇池于海门城东黄泥口,得古冢,题石曰'骆宾王之墓'云云,亦足征亡命为僧之说不确。"茂元按:骆、宋联吟,其事显出附会,《提要》之言是也。然此与亡命为僧,不可混

---

① 《骆临海集》卷一有《在江南赠宋五之问》,卷二有《在兖州饯宋五之问》《送宋五之问》。
② 《封氏闻见记》卷七"月桂子"条云:"宋之问台州作诗云:'桂子月中下,天香云外飘。'文士尚奇,非事实也。"

为一谈。盖扬州败后,宾王下落不明,当时虽以投水报闻,但亦无从证实,故有亡命为僧之说。此不可信其有,亦难以必其无。《新书》言"亡命不知所之",而不言"为僧",多闻阙疑,史笔固应如此。且宾王亡命为僧之与灵隐联诗,其间并无必然联系。岂可因后者之失实,遂并前者而否定之?至海门古墓,真伪不可知。假令此墓诚为宾王埋骨之所,则正足证亡命之说之可信:盖无论函首京师,抑或葬身鱼腹,均不得有墓穴留在人间;《提要》反据此谓"足征亡命为僧之说不确",于理尤不可通。

《旧书》云:"则天素重其文,遣使求之。有兖州人郗云卿集成十卷,盛传于世。"《新书》云:"中宗时,诏求其文,得数百篇。"

茂元按:郗云卿《骆宾王文集序》云:"后中宗朝降敕搜访宾王诗笔,令云卿集焉。所载者,即当时之遗漏,凡十卷。"晁公武《郡斋读书志》卷四上著录《骆宾王集》十卷,亦云:"中宗诏求其文,得百余篇,命郗云卿次序之。"所言皆与《新书》合;《旧书》谓骆集辑成于则天之时,非也。段成式《酉阳杂俎》卷一《忠志》云:"骆宾王为徐敬业作檄,极疏大周过恶,则天览及'蛾眉不肯让人','狐媚偏能惑主',微笑而已;至'一抔之土未干,六尺之孤安在',不悦曰:'宰相何得失如此人!'"此事为世所盛传,《新书》本传及《通鉴》皆载之,《旧书》谓"则天素重其文",当即本此而致误。考宾王所作《代李敬业传檄天下文》,其前段于则天虽尽情丑诋,然"蛾眉""狐媚",事涉宫闱,攻击止于人身,尚无重大政治影响;至"一抔""六尺"之语,则以封建君臣大义激发人心,当新旧政权交替之际,颇具有号召力量,故不得不为之动容。其言"宰相何得失如此人",盖以宾王牢落失志,为敌所用,深责宰相未能笼络人才,使之入吾彀中耳。其着眼点,在于政治斗争之得失,非关文学之爱好也。宾王心存唐室,集中诗文,如与程务挺之书,"宝剑思存楚,金椎许报韩"之句①,志事皆班班可考,又非仅讨则天之一檄也。中宗复国之后,搜访其文,编次成集,自有其政治历史背景。而当武周之时,其集实为谤书,将禁绝之不暇,又安肯"遣使求之",听其流布耶?

---

① 见《骆临海集》卷八《与程将军书》及卷五《咏怀》。

又宾王所著,除诗文集外,《宋史·艺文志》著录有《百道判》三卷,辛文房《唐才子传》作《百道判集》一卷。茂元按:刘肃《大唐新语》卷十:"国初因隋制,以吏部典选。主者将视其人,核之吏事,始取州县府寺疑狱,课其断决,而观其能否,此判之始焉。"盖唐入赴吏部选官须先试判,以验其折狱之能。而当时公文习用骈俪之体,文士竞尚辞藻,往往借判词以逞其才华。买椟还珠,所重者不在吏事,盖一时风气如此耳。《新书》卷二百一《杜审言传》云:"苏味道为天官侍郎,审言集判,出,谓人曰:'味道必死。'人惊问故。答曰:'彼见吾判,且羞死。'"即其一例。此种文字,入仕以前,即已习之。陈振孙《直斋书录解题》卷十六陆泽、张鷟《龙筋凤髓判解题》云:"唐以书判拔萃科选士。此集凡百题,自省台寺监百司下及州县,类事属辞,盖待选预备之具也。"洪迈《容斋续笔》卷十二评《龙筋凤髓判》云:"百判纯是当时文格,全类俳体,但知堆垛故事,而于蔽罪议法处,不能深切。殆无一篇可读,一联可味。"宾王所作之《百道判》,今虽不存,其性质当亦《龙筋凤髓》之类也。

杜审言传

《新书》二百一《文艺》上、《旧书》一百九十上《文苑》上附杜易简。

《旧传》云:"累转洛阳丞。坐事,贬授吉州司户参军。又与州僚不叶。司马周季重与员外司户郭若讷共构审言罪状,系狱,将因事杀之。既而季重等府中酺宴,审言子并年十三,怀刃以击之,季重中伤死,而并亦为左右所杀。……审言因此免官,还东都。"《新传》所叙略同。

茂元按:审言之谪吉州,详不可考。陈子昂《送吉州杜司户审言序》云:"杜司户炳灵翰林,研几策府,有重名于天下,而独秀于朝端。……而载笔下僚,三十余载。秉不羁之操,物莫同尘;含绝唱之音,人皆寡和。群公爱祢衡之俊,留在京师;天子以桓谭之非,谪居外郡。"观"桓谭"之言,盖以上书言事而得罪也。据洛阳建春门五里出土之《杜并墓志铭》,载杜并之刺周季童(史作"季重"),在圣历二年(公元699年)七月十二日,时并年十六岁(史作"十三"),审言贬官,当在是年春间。

考审言于咸亨元年(公元670年)成进士①,至是凡三十年,与陈《序》"载笔下僚,三十余载"亦合。陈《序》又云:"杜君乃挟琴起舞,抗首高歌,哀皓首而未遇,恐青春之蹉跎。"则其离东都赴贬所,正当春日也。

又《杜并墓志铭》言并以长安二年(公元702年)四月十二日瘗于洛阳建春门东五里,则审言之还东都,当在是时。

《旧传》云:"神龙初,坐与张易之兄弟交往,配流岭外。寻召授国子监主簿,加修文馆直学士。年六十余卒。"《新传》所叙略同。惟"配流岭外"作"流峰州",未著卒时年岁。

茂元按:神龙元年(公元705年)正月,张柬之等谋诛张易之、张昌宗,发生宫廷政变,中宗复位。二月,复国号为唐。其武周旧臣及二张之党皆流放南边②,审言与阎朝隐、沈佺期、宋之问等同时迁谪,《全唐诗》卷五十一有宋之问《至端州驿见杜五审言、沈三佺期、阎五朝隐、王二无竞题壁慨然成咏》一诗可证。审言何时被召还朝,详不可考;而其为修文馆直学士,则为景龙二年(公元708年)四月间事③,其卒亦即在是年。《全唐文》卷二百四十一宋之问《祭杜学士审言文》首题"大唐景龙二年,岁次戊申"。文中有云:"惟皇龙兴,再施法度,拂洗溟渤,骞翔雨露。通籍于八舍禁门,摇笔于万年芳树;仰赤墀兮非远,谓白首兮方遇。君病何病?到此弥留。药虽饵兮宁愈,针不及兮可忧;虽则妙医莫识,实冀明神获瘳。"盖审言入修文不久,即以暴疾而致死也。

《新传》云:"初,审言病甚,宋之问、武平一等省候何如,答曰:'甚为造化小儿相苦,尚何言!然吾在,久压公等;今且死,固大慰,但恨不见替人云。'"

茂元按:宋之问《祭杜学士审言文》云:"君之将亡,其言也善。余向十旬,日或

---

① 见辛文房《唐才子传》卷一,参徐松《登科记考》卷二。
② 见《通鉴》卷二百七—二百八。
③ 见《通鉴》卷二百九。

再展。君感斯意,赠言宛转。识金石之契密,悔文章之交浅。命子诫妻,既恳且辨。"观此,则"久压公等"之言,恐非其实。《祭文》又云:"自予与君,弱岁游执,文翰共许,风露相洇;况穷海兮同舻,复文房兮并入。"之问之年,虽少于审言,然文场角逐,宦海浮沉,彼此固同行辈,"替人"之语,亦于义无着。意者审言率性矜诞,平时好高自位置,庄谐杂出,往往腾播众口,好事者遂从而附益之耳。迨疾笃自知不起,乃命子诫妻,谆谆以身后托之友人,一变其嬉笑怒骂之作风,之问文中,盖已微露其意矣。

《旧传》云:"(审言)次子闲,闲子甫。"《新传》同。

茂元按:唐代诗人中,父子祖孙,擅篇什之誉,后先辉映者,往往有之;而审言之后,工部挺生,尤为世所艳称。陈师道《后山诗话》:"黄鲁直云:'杜之诗法出审言,句法出庾信,但过之耳。'"胡应麟《诗薮》内编卷四:"初唐无七言律,五律亦未超然,二体之妙,杜审言实为首倡:五言则'行止皆无地'(《秋夜宴临津郑明府宅》),'独有宦游人'(《和晋陵陆丞早春游望》),排律则'六位乾坤动'(《和李大夫嗣真奉使存抚河东》),'北地寒应苦'(《赠苏味道》),七言则'季冬除夜'(《守岁侍宴应制》),'毗陵震泽'(《大酺》),皆极高华雄整。少陵继起,百代模楷,有自来矣。"审言与苏、李、沈、宋同时,皆律诗能手。当时今体,以精工缛丽为宗。风会所趋,鲜有能别出蹊径者。审言所作,今存什一[①]。篇什之富,不逮沈、宋。然自有其独到之处。观《登襄阳城》《和晋陵陆丞早春游望》《春日京中有怀》诸篇,其气象之开阔,笔力之陡健,固非苏、李所可企及,亦非沈、宋所能范围。故王世懋《艺圃撷余》评审言之诗,谓其"华于子昂,质于沈、宋",推为"一代作家"。杜甫《赠蜀僧闾丘》诗亦云:"吾祖诗冠古。"意谓审言轩翥词林,度越侪辈也。古与今相对而言。自天宝言之,则神龙、景龙为古矣。少陵今体,权奇飞动,排奡纵横,中律而不可以律缚,其笔意或有取之于其祖而光大之者。然其光焰万丈,百世楷模,固别有诗人

---

① 《旧传》、《经籍志》及《新书·艺文志》并云审言集十卷,晁公武《郡斋读书志》卷四上著录《杜审言集》一卷,云:"集有诗四十余篇而已。"盖自宋时即已散佚。《全唐诗》卷六十二录存审言诗一卷,凡四十三首,即宋时相传之本也。

之大本在。非仅读书万卷,转益多师,淹有众长,极其能事;尤非所谓承传有自,渊源于家学也。管窥蠡测,求之于区区文字迹象之间,虽或得其一端,而实无异于扣盘扪烛之见矣。

沈佺期传

《新书》卷二百二《文艺》中附李适、《旧书》卷一百九十中《文苑》中。

《新传》云:"及进士第。由协律郎累除给事中。考功受赇,劾,未究。会张易之败,遂长流驩州。稍迁台州录事参军事。入计,得召见,拜起居郎,兼修文馆直学士。……寻历中书舍人、太子少詹事。开元初卒。"《旧传》云:"进士举。长安中,累迁通事舍人。……再转考功员外郎。坐赃,配流岭表。神龙中,授起居郎,加修文馆直学士。后历中书舍人、太子詹事。开元初卒。"

茂元按:佺期涉历,两《唐书》所载,多乖舛乱杂,今以其诗考之,可略知梗概。盖佺期以上元二年(公元675年)成进士①,释褐授协律郎,迁通事舍人,再转而为考功员外郎。《唐会要》卷五十八:"考功员外郎,贞观已后知贡举。"佺期因受赇被劾,曾一度下狱。《全唐诗》卷九十五佺期有《被弹》诗云:"知人昔不易,举非贵易失。尔何按国章,无罪见呵叱!平生守直道,遂为众所嫉。少以文作吏,手不曾开律;一旦法相持,荒忙意如漆。幼子双囹圄,老夫一请室;昆弟两三人,相次俱囚桎。"据此,则全家被系,非仅一身。同卷又有《枉系》二首,卷九十六有《同狱者叹狱中无燕》,卷九十七有《移禁刑司》,皆其时所作。《新传》谓"劾,未究",《旧传》谓"坐赃,配流岭表",皆非也。佺期出狱后,复旧职,迁给事中。《全唐诗》卷九十七有《自考功员外郎授给事中》可证。其为给事中,在考功知贡举之后,《新传》谓"由协郎累除给事中,考功受赇",亦误。盖佺期以阿附张易之,于神龙元年(公元705年)与杜审言、宋之问等人同流岭表,与知贡受赇无关,《旧传》乃以坐赃事当之,谬矣。

---

① 见《唐才子传》卷一,参《登科记考》卷二。

佺期被谪南行,时当春末。《夜宿七盘岭》诗云:"芳春平仲绿,清夜子规啼。"(同上卷九十六)其在驩州,次年即遇赦。《喜赦》诗云:"去岁投荒客,今春肆眚归。"(同上)"归",谓由南北返,盖指量移台州,"今春"谓神龙二年(公元706年)春也。考神龙三年(公元707年)八月,改元景龙,《旧传》谓"神龙中,授起居郎",则其由台入朝,当在二年秋冬或三年春夏也。

佺期之卒,史但云在开元初。考《唐会要》卷三十:"开元二年(公元714年)七月二十九日,以兴庆里旧邸为兴庆宫。初,上在藩邸,与宋王等同居于兴庆里,时人号曰五王子宅。至景龙末,宅内有龙池涌出,日以浸广,望气者云有天子气,中宗数行其地,命泛舟,以驱象踏气以厌之,至是为宫焉。"今按《全唐诗》卷九十六佺期诗有《龙池篇》《兴庆池侍宴应制》,皆作于兴庆建宫之后,则其卒,最早在是年之冬,或为次年(公元715年),未可知也。

宋之问传

《新书》二百二《文艺》附李适,《旧书》一百九十中《文苑》中。

《新传》云:"魏建安迄江左,诗律屡变。至沈约、庾信,以音律相婉附,属对精密。及之问、沈佺期,又加靡丽,回忌声病,约句准篇,如锦绣成文。学者宗之,号为沈、宋。语曰:'苏、李居前,沈、宋并肩。'谓苏武、李陵也。"

茂元按:元稹《元氏长庆集》卷五十六《唐故工部员外郎杜君墓系铭》云:"唐兴,官学大振,历世之文,能者互出。而又沈、宋之流,研练精切,稳顺声势,谓之为律诗。由是之后,文变之体极焉。"《唐文粹》卷九十二独孤及《唐左补阙安定皇甫冉文集序》云:"五言诗之源,生于《国风》,广于《离骚》,著于李、苏,盛于曹、刘,其所自远矣。当汉、魏之间,虽已朴散为器,作者犹质有余而文不足。以今揆昔,则有朱弦疏越、太羹遗味之叹。历千余岁,至沈詹事、宋考功,始裁成六律,彰施五色,使言之而中伦,歌之而成声,缘情绮靡之功,至是乃备。虽去雅寖远,其丽有过于古者,亦犹路鼗出于土鼓,篆籀生于鸟迹也。"以唐代律诗之变体,系之沈、宋,盖当时之议论如此,故宋祁摭采其语以成文耳。王世贞《艺苑卮言》卷四:"五言至沈、宋,始可称律,律为音律、法律,天下无严于是者。知虚实平仄,不得任情而度,明矣。二君正是敌手。"刘熙载《艺概·诗概》释之曰:"律,取吕律之义,为其和也;取法律之义,为其严也。"考律诗之兴,肇端于永明新体;而沈约"四声""八病"之说,实为其理论之权舆。构成此种诗体之要素,一为平仄声调之叶合,一为骈偶语言之运用。所谓"粘"与"对"是也。徐、庾有作,粗具规模;唐初诗人,并皆致力于此。演进之痕迹,斑斑可考。其间已不乏完整之五言律诗,如王绩《野望》《九月九日》之类;然数量不多,且法度未明,尚未有律诗之称也。高宗之末以至中宗景龙之际,律风大畅,作者云兴,人握灵珠,家持玉尺,沈、宋于此种风气下,总结前代积累之经验与时人创作之成果,因势利导,遂使诗歌古今体之分,成为定局。世言律诗而必推沈、宋者,盖以其篇什繁丽,纂组精工,举为格律成熟时期之代表,标志诗体发展之过程。非谓沈、宋以前,遂无协律之诗;亦非谓沈、宋之外,同时诗人遂无律体之佳构也。胡应麟《诗薮》内编卷四云:"五言律体,兆自梁陈,唐初四子,靡缛相矜,时或拗涩,未堪正始。神龙以还,卓然成调,沈、宋、苏、李,合轨于先;王、孟、高、岑,并驱于后。新制迭出,古体攸分,实词章改革之大机,气运推迁之一会也。"所论大致得之。

又王夫之《夕堂永日绪论》内编云:"近体梁、陈已有,至杜审言而始叶于度。"则以律体最后完成之功,系之审言,而不言沈、宋。其实审言与沈、宋并时而出,唱酬相接。虽彼此风调,不尽相同,而于诗歌形式之运用,格律研练之精切,固达到同一时代水平。即此一端而言,则举此以概彼,均无不可者。惟审言前卒,其作品流传于后世者仅四十余篇,论其影响,似不如沈、宋之广泛耳。

"苏、李居前,沈、宋比肩。"时人之语,盖谓律体之兴,作者辈出,沈、宋与苏、李相接踵。此"苏、李",乃指李峤、苏味道,非汉之苏武、李陵也。考《新书》卷一百十四《苏味道传》言味道"九岁能属辞,与里人李峤俱以文翰显,时号苏、李"。卷一百二十三《李峤传》云:"然其仕,前与王勃、杨盈川接;中与崔融、苏味道齐名;晚诸人没,而为文章宿老,一时学者取法焉。"盖苏、李、沈、宋,俱一时律诗作手,其中之问与佺期同年成进士[①],仕履亦大略相同;而苏、李之蜚声翰苑,致身朝列,则较早于沈、宋。"居前""比肩",殆谓此耳。若谓唐诗变体,始自沈、宋,亦犹汉代五言诗始

---

① 宋之问于上元二年(公元761年)进士及第,与沈佺期同榜,见《唐才子传》卷一、《登科记考》卷二。

自苏武、李陵(苏、李诗之为伪托,姑置不论),则当云"古有苏、李,今有沈、宋"矣。

沈、宋之诗,流播甚广,披沙拣金,单篇只韵,不无可取。然迹其平生,品质卑劣,小人之尤。言为心声,其形于咏歌者,凡属侍从宴游之作,无非献谀陈谄之词;而流放迁谪之篇,不出叹老嗟卑之意。富艳辞藻,终不掩其空虚腐朽之内容,殆所谓金玉其外,败絮其中者耶?特以生当诗坛新故因革之会,力有专攻,才适相应,遂尔因时乘势,雄长词坛。尝试论之,沈、宋之成就,在于律诗体制之建设,其历史作用,功有不可泯者。而当此种诗体既经定型之后,在一段漫长时期内,作者继起,揣摩研习,踵事增华①,经验愈益丰富,体制愈益明融。虽运用之妙,各有匠心;而其基本规律,则举凡吟咏之士,人人童而习之,皆能掌握。于以反顾创始之时,回忌声病之术,准篇约句之方,四杰之所留心,沈、宋之所矜尚者,大类已陈之刍狗矣。李商隐《漫成》诗云:"沈、宋裁辞矜变律,王、杨落笔得良朋。当时自谓宗师妙,今日惟观对属能。"意谓当诗律变新之际,王、杨、沈、宋,落笔裁辞,大衍宗风,群流景慕。然自今日观之,则其擅场之能事,惟在属对之精工。于以见文学之发展,自有其历史过程;而作者之成就,则不能不受时代之制约。斯乃方家之笃论,所以通古今之变异,明演进之痕迹,初非有意于贬抑前人,故作嘲讽之词,如少陵所讥"王、杨、卢、骆当时体,轻薄为文哂未休"②者也。

沈、宋并称,其诗往往互相混淆,有不易辨识者,以二人身世略同,而风格又相近也。然其间亦未尝不可以区分。盖之问思致缜密,清丽居宗,五言是其擅场。其《昆明池》应制之作,固已压倒佺期③。沈则气度较宏,七言独辟胜境。其《独不见》一章,"高振唐音,远包古调"④,亦非之问所能企及。王世贞《艺苑卮言》卷四云:"沈詹事七律,高华胜宋员外。"《旧书》谓佺期"尤长七言之作";而于之问,则称其

---

① 杜甫《寄彭州高三十五使君适、虢州岑二十七长史参三十韵》云:"更得清新否?遥知对属忙。"据此可知,时至天宝,高、岑制作,尚刻意于吐辞之清新,属对之精切。盖所以衍四杰、沈、宋之绪,收诗律建设之功也。故又云:"举天悲富、骆,近代惜卢、王。"
② 见《戏为六绝句》第二首。"轻薄为文",乃时人诋毁四杰之词。
③ 《唐诗纪事》卷三:"中宗正月晦日幸昆明池,赋诗,群臣应制百余篇。帐前结彩楼,命(上官)昭容选一首为新翻御制曲。从臣悉集其下。须臾,纸落如飞,各认其名而怀之。既进,惟沈、宋二诗不下。又移时,一纸飞坠,竞取而视之,乃沈诗也。及阅其评曰:'二诗工力悉敌。'沈落句云:'微臣雕朽质,羞睹豫章材。'盖词气已竭。宋诗云:'不愁明月尽,自有夜珠来。'犹陟健骞举。沈乃伏,不敢复争。"
④ 姚鼐语,见《今体诗钞》卷一。

"尤善五言诗,当时无出其右者"。尺有所短,寸有所长,文分举而义互见也。又沈、宋并工五言排律,之问所作,犹不过百余言;而佺期《代魑魅答家人》一篇,长达四十八韵,其排比铺陈,尽情刻画处,已开盛唐风气之渐矣。

陈子昂传

《新书》一百七,《旧书》一百九十中《文苑》中。

《新传》云:"圣历初,以父老,表解官归侍。诏以官供养。会父丧,庐冢次。每哀恸,闻者为涕。县令段简贪暴,闻其富,欲害子昂。家人纳钱二十万缗,简薄其赂,捕送狱中。子昂之见捕,自筮,卦成,惊曰:'天命不祐,吾殆死乎!'果死狱中。年四十三。"《旧传》云:"子昂父在乡,为县令段简所辱,子昂闻之,遽还乡里。简乃因事收系狱中,忧愤而卒,时年四十余。"

茂元按:子昂死于冤狱,《新传》所载,本诸《陈氏别传》。《别传》云:"以父老,表乞罢职归侍,天子优之,听带官取给而归。锺文林府君忧。……子昂性至孝,哀号柴毁,气息不逮。属本县令段简贪暴残忍,闻其家有财,将欲害之。子昂慌惧,使家人纳钱二十万,而简意未已,数舆曳就吏。子昂素羸疾,又哀毁,杖不能起。外迫苛政,自度气力,恐不能全,因命著自筮卦成,仰而号曰:'天命不祐,吾其死矣!'于是遂绝,年四十二。"叙次虽若甚详,然其词隐约含糊,实多可疑者。胡震亨《唐音癸签》卷二十五云:"尝怪陈射洪以拾遗归乡里,何至为县令所杀。后读沈亚之《上郑使君书》云:'武三思疑子昂排摈,阴令邑宰拉辱,死非命。'始悟有大力人主使在,故至此。'排摈'不知云何。子昂故武攸宜幕属也,衅所生,必自此始矣。游凶人间,得自免,故难哉!"考沈《书》原文云:"乔〔知之〕死于谗,陈〔子昂〕死于枉,皆由武三思嫉怒于一时之情,致力克害:一则夺其妓妾以加憾;一则疑其摈排以为累,阴令桑梓之宰拉辱之,皆死于不命。"子昂居武攸宜幕,龃龉不合,《别传》叙之详矣。时诸武相结,把持朝政,而三思"阻忌正人特甚"[1]。子昂之死,沈氏所谓"疑

---

[1] 见《新书》卷二百六《武三思传》。

其摈排以为累"，而"致力克害"者，或出攸宜。特众恶有首，系之于三思耳。《旧书》卷一百九十中《乔知之传》云："知之有侍婢曰窈娘，美丽善歌舞，为武承嗣所夺。知之怨惜，因作《绿珠篇》以寄情，密送与婢。婢感愤自杀。承嗣大怒，因讽酷吏罗织诛之。"《新书》卷二百六《武承嗣传》所叙略同。则"夺其妓妾以加憾"者，亦为承嗣而非三思。以彼例此，胡氏言段简之陷害子昂，与子昂之居武攸宜幕有关，益觉其言可信。段简一卑鄙无耻之酷吏耳，希承权贵之旨以陷子昂，自当无所不用其极。《别传》言子昂"自度气力，恐不能全"，盖隐指横逆之来，有大力者操纵于幕后，莫能与之相抗，语意双关，非仅谓居丧哀毁，气力不胜而已也。设使段简出于贪婪求财，觊觎子昂之富有，固不必置之死地而后快。且唐重内职，简一县令，敢于拉辱在籍之朝官，彼必有恃而无恐；枉杀缙绅，国有常典，而竟安然无事，此中消息断可知矣。杜甫《送梓州李使君之任》诗云："遇害陈公殒，于今蜀道怜。君行射洪县，为我一潸然。"子昂遭受政治迫害，沉冤以死，行道悲怜，其事在唐时当为人所共知，故沈亚之但言"死于枉"，而不详其始末也。

又《别传》言子昂返里之后，"于射洪西山构茅屋数十间，种树采药以为养"。又云："圣历初，君归宁旧山，有挂冠之志。予怀役南游，遘兹欢甚。幽林清泉，醉歌弦咏，周览所记，倏遍岷峨。"倘如《旧传》所云，因父辱而遽归，不应有此闲情逸致。且子昂之父，卒于圣历二年（公元699年）①，而子昂遇害，则为长安二年（公元702年），中间相距三年之久，亦足证冤狱之兴，与其父无关。《旧书》之言，未知何本，不足信也。

子昂年寿，《别传》及《旌德碑》皆作四十二，宜可信。《旧传》作四十余，未言确数。独《新传》作四十三，"三"当是"二"字之误。考文明元年（公元684年），子昂年二十四，见《旌德碑》，则其卒，当为长安二年（公元702年），推知生于龙朔元年（公元661年）也。

《新传》云："唐兴，文章承徐、庾余风，天下祖尚，子昂始变雅正。"

茂元按：《唐文粹》卷九十二卢藏用《唐右拾遗陈子昂文集序》云："宋、齐之

---

① 见《陈子昂集》卷六《我府君有周居士文林郎陈公墓志文》。

末,盖憔悴矣。逶迤陵颓,流靡忘返,至于徐、庾,天之将丧斯文也。后进之士若上官仪者,继踵而生,于是风雅之道,扫地尽矣。……道丧五百,而得陈君。……崛起江汉,虎视函夏,卓立千古,横制颓波,天下翕然,质文一变。"此盖檃括其语以成文耳。子昂生与沈、宋并时,吟咏相接,而泾渭分流,志趣各异。观其《修竹篇序》所言,则祈向所在,宗旨可窥。四杰行辈稍前,当"文场体变"之际,亦尝以"争构纤微,竞为雕刻","骨气都尽,刚健靡闻"为病①,然而黜浮返正,课实刊华,则有待于射洪,而无预王、杨者,诚以子昂推崇汉、魏,上溯《风》《雅》,用以揭橥文学反映现实之传统;其以复古为革新,旗帜至为鲜明,而理论又与创作实践相一致故也。厥后青莲崛起,遂成廓清摧陷之功。虽青出于蓝,冰寒于水,而议论多衍射洪余绪。观《古风》"大雅久不作"一章,则知异代同声,其揆则一;而李阳冰之《草堂集序》,亦可与卢藏用之序子昂相发明也。要之,李唐一代诗风之盛,子昂实有开疆蓝缕之功。胡震亨拟之于秦末陈涉之初发难②,斯为笃论。元好问《论诗绝句》有云:"沈宋横驰翰墨场,风流初不废齐梁。论功若准平吴例,合着黄金铸子昂。"亦即此意。盖唐初诗歌,古今体尚未严格区分。所谓古体,率皆气格卑弱,丽叶堆花,沿六朝藻绘余习。沈、宋回忌声病,专攻今体;四杰佳构,亦在律诗与歌行。子昂首倡古调,《感遇》之作,雄才健笔,实启盛唐。其五言律诗,往往直起直落,以古意蟠曲入八句中,虽或宫商未叶,文采不彰,而自然浑成,不落凡近。严羽《沧浪诗话·诗体》载有"陈拾遗体",所以别于初唐诸家之作,辨之晰矣。

《新传》云:"初为《感遇诗》三十八章,王适曰:'是必为海内文宗!'乃请交。"《旧传》云:"初为《感遇诗》三十首,京兆司功王适见而惊曰:'此子必为天下文宗矣!'由是知名。"

茂元按:子昂少时,以诗见赏于王适,两《唐书》所叙,本诸《陈氏别传》。然《别传》但云:"初为诗,幽人王适见而惊曰:'此子必为文宗矣!'"未言所见即为《感

---

① 见杨炯《王子安文集序》。
② 《唐音癸签》卷五云:"子昂自以复古返正,于有唐一代,诗功为大耳。正如夥涉为王,殿屋非必沉沉,但大泽一呼,为群雄先,自不得不取冠汉史。"

遇诗》也。考《感遇》三十八章,非成于一时一地,绝大部分皆子昂成名以后所作。读其诗而论其世,大率与时事政治以及作者生平涉历密切相关,写作背景,彰明较著,班班可考,罗庸《陈子昂年谱》论之详矣。刘昫、宋祁岂视而不见?其致误,何也?考杜甫《陈拾遗故宅》诗云:"终古立忠义,《感遇》有遗篇。"皎然《诗式》曰:"子昂《感遇》,其源出于阮公。"白居易《与元九书》亦云:"唐兴二百年,其间诗人不可胜数,所可举者,陈子昂有《感遇诗》二十首,鲍防有《感兴诗》十五首。"足见在唐人心目中,《感遇》为子昂之代表作;论子昂之诗,未有不言《感遇》者。然当中唐之时,白居易所见,仅二十篇,已非全本矣。五代乱离,图书散佚,以昌黎之望重斗山,其集犹弃置敝筐,无人过问,几至淹没①,则子昂制作,亦未必列在缥缃。余颇疑刘昫撰史时,徒闻《感遇》之名,而实未见其诗,故撷拾《别传》之语,而漫以此当之耳。宋祁增减《旧传》以成文,或未之深究。独怪计有功撰《唐诗纪事》,全载《感遇》三十八篇,仍沿其失,殊令人不解。

《新传》云:"子昂所论著,世以为法。"

《四库全书总目提要》卷一百四十九集部别集类二《陈子昂集提要》云:"唐初文章,不脱陈、隋旧习,子昂始奋发自为,追古作者。韩愈诗云:'国朝盛文章,子昂始高蹈。'柳宗元亦谓:'张说工著述,张九龄善比兴,兼备者,子昂而已。'②马端临《文献通考》乃谓:'子昂惟诗语高妙,其他文皆不脱偶俪卑弱之体,韩、柳之论,不专称其诗,皆所未喻。'今观其集,惟诸表序,犹沿排偶之习,若论事书疏之类,实疏朴近古,韩、柳之论,未为非也。"茂元按:唐代推崇子昂散文,视为楷模者,殊不乏其人。《全唐文》卷三百十五李华《萧颖士文集序》云:"君以为……近日陈子昂文体最正,以此而言,见君之述作矣。"同书卷四百四十三李舟《独孤州文常集序》亦云:"天后朝,广汉陈子昂独泝颓波,以趣清源,自兹作者,稍稍而出。"开、天而后,

---

① 见欧阳修《书旧本韩文后》。
② 柳宗元《杨评事文集后序》云:"文有二道:辞令褒贬,本乎著述者也;导扬讽谕,本乎比兴者也。……兹二者,考其旨义,乖离不合。故秉笔之士,恒偏胜独得,而罕有兼者焉。厥有能而专美,命之曰艺成。虽古文雅之世,不能并肩而生。唐兴以来,称是选而不作者,梓潼陈拾遗。其后燕文贞以著述之余,攻比兴而莫能极;张曲江以比兴之隙,穷著述而不克备;其余各探一隅,相与背驰于道者,其去弥远。文之难兼,斯亦甚矣。"

古文渐兴，萧颖士及独孤及皆一时作者，为韩、柳之先驱，而论其流别，则皆追始于子昂。盖子昂之于诗歌与散文，造诣虽殊，志趣则一。其散文之成就，虽不能与其诗相提并论，然在初唐，实已不可多得。此云："子昂所论著，世以为法。"所谓"论著"，亦指其文而言之也。惟马端临谓韩愈及柳宗元皆兼崇子昂之诗文，于韩则有所误解。考古人所称文章，合诗歌与各体文言之，此通义也。然其用，则往往有所侧重或偏属，不可一概而论，顾当审其语气如何耳。韩愈《荐士》诗云："周诗三百篇，雅丽理训诰；曾经圣人手，议论安敢到！五言出汉时，苏、李首更号。东都渐弥漫，派别百川导。建安能者七，卓荦变风操。逶迤抵晋宋，气象日凋耗。中间数鲍谢，比近最清奥。齐梁及陈隋，众作等蝉噪；搜春摘花卉，沿袭伤剽盗。国朝盛文章，子昂始高蹈。勃兴得李杜，万类困陵暴。"观其论述，专在诗歌，所谓"文章"，即《调张籍》诗中所言"李杜文章在"之"文章"，实指其诗，与其他文体固无预也。又《送孟东野序》云："唐之有天下，陈子昂、苏源明、元结、李白、杜甫、李观皆以所能鸣。"所谓"以所能鸣"，虽未明言为诗抑为文，然东野诗人也，拟必其伦，则韩氏之意，凡所称举，侧重仍在诗歌。通观昌黎之论，其推重子昂，在诗而不在文；与柳州之诗文兼崇，持论区以别矣。

原文刊载于《文史》1980年第八辑，后收入《晚照楼论文集》

五 唐诗赏鉴

读诗偶记

骆宾王《在狱咏蝉》中的"白头吟"

唐人咏蝉诗中有两首脍炙人口的名篇,一是骆宾王的《在狱咏蝉》:

西陆蝉声唱,南冠客思侵。那堪玄鬓影,来对白头吟!雾重飞难过,风多响易沉。无人信高洁,谁为表予心!

另一首是李商隐的《蝉》:

本以高难饱,徒劳恨费声。五更疏欲断,一树碧无情。薄宦梗犹泛,故园芜已平。烦君最相警,我亦举家清。

诗人咏物,类多比兴之词,借以抒写情怀。其妙境正在于遗貌取神,使物我契合无垠,托物而不凝滞于物。倘不是如此,即使善于渲染环境,烘托气氛,极尽描摹意态之能事,如"郑鹧鸪"的"雨昏青草湖边过,花落黄陵庙里啼"①,虽佳句流传一时,已落第二义。至于尺尺寸寸,以精丽贴切为工,那就如王夫之所指出的"虽剪裁齐整,而生意索然"②,更不值一谈了。

从这个意义来说,临海和玉谿两诗同样托兴超妙,笔墨俱化,在艺术上达到了

---

① 郑谷《鹧鸪》诗中句。辛文房《唐才子传》卷九《郑谷传》:"又尝赋《鹧鸪》,警绝,复称'郑鹧鸪'云。"
② 王夫之评李峤咏物诗语。见《薑斋诗话》。

同样的高度。然而情缘物生,物因情异。同一题材,取义各不相同;表现的手法或显或隐,也是互相区别的。怎样以意逆志,探抉其本旨,那就要求解诗者本着知人论世的精神,会心言外,而得意言中,对诗的语言文字作出具体的阐释。详略浅深,因诗而异。从这个意义来说,《蝉》这首诗尽管写得兴象空灵,不可凑泊,可是"前四句写蝉即以自喻,后四句自写,仍归到蝉",①用意比较明显,不烦辞费;而《在狱咏蝉》就要曲折隐晦得多。历代和并时注家,包括我自己在内,都没有把它说清楚②。灯下订正旧稿,深叹注诗之不易。王士禛说:"一篇《锦瑟》解人难。"③其实,解人之难,又何止一篇《锦瑟》而已哉!

《在狱咏蝉》不同于《蝉》的是:作者身系囹圄,闻蝉兴感,寄兴于蝉的那就不是风尘觅食,一饱无时,一般失意文人薄宦远游的羁旅之情,而必然和"在狱"联系起来。宾王是怎样系狱的呢?清人陈熙晋在《骆临海集笺注》卷四《宪台出絷寒夜有怀》题下笺云:"郗云卿《骆宾王文集序》:'骆宾王仕至御史。后以天后即位,频贡疏章讽谏,因斯得罪,贬临海丞。'《旧唐书·文苑传》:'骆宾王高宗末为长安主簿,坐赃迁临海丞。'合二说观之,盖因为御史时讽谏得罪,而坐以前为长安主簿时之赃。《畴昔篇》所谓'适离京兆谤,还从御史弹'是也。"系狱之年,据陈氏考订为仪凤三年(公元678年)冬,《在狱咏蝉》则作于调露元年(公元679年)秋。这就给理解此诗提出了一条思想线索,使我们明确地认识到"无人信高洁"的"高洁"有所指实,是针对受赃而言的。蝉栖树上,餐风饮露,有如人情怀之高洁,故比附以见义,也就是诗序所说"故洁其身也,禀君子达人之高行"的意思。

结尾处点明主题,轩豁呈露,并不难理解;难于理解的是"那堪玄鬓影,来对白头吟"一联。这一联紧承"西陆蝉声唱,南冠客思侵"写闻蝉兴感。用"白头吟"何所取义呢?问题的关键就在这里。过去许多注本,大都浮光掠影,未加究竟。陈氏引《白头吟》古辞,但却岔到与诗意无关的古辞的作者的问题上去,作了一番辨析④。近阅中国科学院文学研究所编的《唐诗选》注此条云:

---

① 纪昀评此诗语。
② 参看拙编《唐诗选》上卷二四页,人民文学出版社一九六〇年四月版。
③ 《戏仿元遗山论诗绝句》诗中句。
④ 《西京杂记》有卓文君作《白头吟》之说,后人谓即指此篇。陈氏引冯舒《诗纪匡谬》以辨其非。

"玄鬓",指蝉。"白头"指作者自己。《汉乐府·杂曲歌辞·古歌》:"座中何人,谁不怀忧?令我白头。"作者忧心深重,所以自谓"白头",并不是以老人自居(时作者不足四十岁)。"吟"谓蝉鸣。①

其初感到别出机杼,颇有新意,但仔细寻绎,又觉窒碍难通。因为"玄鬓影"和"白头吟"对举成文,语言结构是相同的。既然"'玄鬓',指蝉。'白头',指作者自己",那么"玄鬓影"的"影"是蝉影,而"白头吟"的"吟",为什么不是作者的吟声而是"蝉鸣"呢?也许注者的原意是取"令我头白"之义,以"白头吟"比拟蝉鸣之悲,说听了令人心忧头白。也如杜牧《边上闻笳》诗中形容笳声之悲,说"游人一听头堪白"一样。所谓"指作者自己",意谓作者自言其感受。我们不能因注文在行文上某些欠妥之处,而以辞害义。然而即使这样去解释,也还是很勉强的。明明乐府《相和歌》古题中有《白头吟》,却说这里的"白头吟"不是指此,而是指《杂曲歌辞·古歌》中有"白头"二字的另一篇,诗人的思路恐怕不会这样迂回蹊跷吧。

我以为这一联上句写蝉的意态,下句写蝉的声响。"那堪""来对"互文见义,并非分属。"对"字涵有"见""闻"二义。意谓自己蒙冤系狱,望蝉影而听蝉声,更加触动愁怀,情何以堪。即诗序所云"每至夕照低阴,秋蝉疏引,发声幽息,有切尝闻。岂人心异于曩时,将虫响悲乎前听"是也。"玄"偕"蝉"声;"玄鬓影"即蝉影。《古今注》:"魏文帝宫人莫琼树始制蝉鬓,缥缈如蝉。"这里借蝉鬓字面,描绘"夕照低阴"中蝉影的缥缈幽深。乐府《白头吟》是悲哀的曲调,它本与蝉无关,这里以之比拟蝉鸣的悲切,是诗人结合自己蒙冤系狱有感而发的。按:郭茂倩《乐府诗集》卷四十一《相和歌辞·楚调曲·白头吟》,列有本辞和后代文人的拟作。题下引王僧虔《技录》曰:"《白头吟》行歌古'皑如山上雪'篇。"又引《乐府解题》曰:"古辞云:'皑如山上雪,皎若云间月。'……终言:'男儿重义气,何用钱刀为?'②宋鲍照'直如朱丝绳'、陈张正见'生平怀直道'、唐虞世南'气如幽径兰',皆自伤清直芬馥,而遭铄金玷玉之谤,君恩以薄,与古文近焉。"这说明了鲍照等人拟作这一乐府

---

① 见该书上册二二页。人民文学出版社一九七八年四月版。
② 今本《乐府解题》,与郭氏所引文字略同。"何用钱刀为",原作"何用于钱刀",据古辞本文校改。

古题取义之所在。骆宾王也是取义于古辞的开头和结尾,明己胸怀皎洁,受赃非实;亦即"自伤清直芬馥,而遭铄金玷玉之谤"之意也。诗人闻蝉兴感,不是为咏蝉而咏蝉,像写应试、应制诗那样,句句贴紧蝉不放。此诗用笔之妙,在于若即若离,不黏不滞,可谓隐而显,婉而多讽矣!正因为有了这两句,才使得"南冠客思侵"的"客思"和"谁为表予心"的"予心",一呼一应,首尾关合,有了具体的内容;而"无人信高洁","高洁"的涵义也落到了实处。

李贺诗中的"庞眉"

李贺《巴童答》:"巨鼻宜山褐,庞眉入苦吟。"庞眉究竟是怎样的眉?王琦注云:"庞眉,长吉自谓。……王褒《四子讲德论》:'庞眉耆耇之老。'李善注:'庞,杂也。谓眉间有黑白杂色。'张衡《思玄赋》:'尉庞眉而郎潜。'用颜驷庞眉皓发,老于郎署事。按:长吉年未过三十,安得遽有庞眉如颜驷?或者其眉黑白庞杂,生而已然。今人亦间有之。又庞字一训厚,一训大。李义山作《长吉小传》,谓长吉'通眉'。盖其眉浓密,中间相连,不甚开豁。自谓庞眉者,或取厚大之义,亦未可定。"①

王氏提出了两种可供选择的解释,义均可通。然而却没有解决另外的这样一个问题:李贺诗中提到"庞眉"的并不只这一处。《高轩过》有云"庞眉书客感秋蓬",不但说自己生有"庞眉",而且以"庞眉书客"自称。很显然,他是以庞眉作为仪表之美而自负的。这就有点令人困惑不解了。因为如训庞为大,为厚,则庞眉即浓眉。浓眉对武夫来说,颇能表现出一种猛勇的雄姿;而对像长吉这样细长瘦弱的书生来说,则很不相称。如训庞为杂,则黑白相杂的眉,像个老头,又有什么值得自我欣赏呢?

偶读《三国志》,想到《蜀书·马良传》云:"马良字季常,襄阳宜城人也。兄弟五人并有才名。乡里为之谚曰:'马氏五常,白眉最良。'良眉中有白毛,故以称之。""眉中有白毛",亦即眉毛黑白相杂。李贺诗中"庞眉"之义当指此,而不是指浓眉。人到年老,眉间才生白毛,但有人生来就是这样。在《马良传》中谓之"白

---

① 见《李长吉歌诗汇解》卷三。

眉",在李贺诗中谓之"庞眉",名歧为二,其实一也。从《马良传》的记载来看,古代把"白眉"看成一种不同寻常的异相;否则马良乡里的人就不会以此作为容貌的特征来称颂他了。唐时当亦如此,故李贺屡自称其"庞眉"。义山《李长吉小传》说他"细瘦,通眉,长指爪",这"通眉",可能是庞眉当时的口语。容续考。

释李贺《昌谷北园新笋》

王琦《李长吉歌诗汇解》,是通行的较详备的李诗旧注本。偶一翻阅,感到他采集诸家之说,搜罗了不少资料;对诗义的阐释,也下了一番功夫,态度是严肃认真的。然而王氏毕竟是学者而不是诗人。学者注诗,往往把精力和兴趣淹没在文字典实的海洋中,字栉句比,以求诗意。结果辗转胶葛,滞相反生,隔靴搔痒,总难搔着痒处;倘用力过猛,有时还会伤害肌体。王氏正不免落入这一悲剧之中。《四库全书总目提要》指出他在解《雁门太守行》中的"塞土胭脂凝暮紫"时,"不用紫塞之说,而改'塞土'为'塞上',引《隋书·长孙晟传》望见碛北有赤气,为匈奴欲灭之征",叹息说:"此岂复作者之意哉!"①正说明学者解诗,求之愈深,而失之愈远。

类似这种情况,在《汇解》中并不是个别的。例如《昌谷北园新笋》:

斫取青光写《楚辞》,腻香春粉黑离离。无情有恨何人见?露压烟啼千万枝②。

王氏是这样注的:

刮去竹上青皮,而写"楚辞"于其上。所谓"楚辞"者,乃长吉所自作之辞,莫错认屈、宋所作"楚辞"解。"腻香春粉",咏新竹之美。"黑离离",言所写字迹之形。"无情有恨",即所写之"楚辞",其句或出于无心,或出于有意。虽俱

---

① 见集部·别集类三《笺注评点李长吉歌诗四卷外集一卷》提要。
② 原诗四首,这是其中的第二首。

题竹上,无人肯寻觅观之。千枝万干,惟有露压烟啼而已。慨世人无能知之也。《南园》诗有"舍南有竹堪书字"之句,是长吉好于竹上书写,与此诗可互相印证。①

说得似乎头头是道,字字句句都有着落。然而这是经学家在疏解经文,一首活诗给他注死了。

竹竿上刻字,是常见的事;但"刮去竹上青皮",书写大量诗篇,则很难设想。而且"所谓'楚辞'者,乃长吉自作之辞",这就更离奇了。倘若李贺所作诗歌,在形式上是沿用骚体,如朱熹《楚辞后语》所录诸篇,称之为"楚辞",犹有可说。然而事实并不是这样。更为迂拘可笑的是把"无情有恨"分析开来,解释为"或出于无心","或出于有意"。这里抄录与此诗意境和句法都相类似的陆龟蒙的《白莲》中的两句:

无情有恨何人觉?月晓风清欲堕时。

试问这里的"无情有恨",王氏又将如何解释呢?

我以为李贺这诗写的是竹林寂寞幽深的景色所给予他心情上的感受。它在章法上是倒装,开头两句是从后两句生发出来的。竹梢含露,竹叶下垂,故曰"压"。竹林深邃,烟雾迷茫,望去有如泪眼模糊,故曰"啼"。杜甫《堂成》有句云:"笼竹和烟滴露梢。"写的也是这种景色。竹本无情,但千枝万竿,压露啼烟,似乎又是有恨,故曰"无情有恨"。"无情",就竹而言;"有恨",就诗人的感觉而言。"无"和"有"是主客观的对立统一;"无情有恨",是情景交融的一个不可分割的整体。"斫取青光",即断竹为简的意思。断竹为简,在上面书写《楚辞》,乃设想之词,是虚写而非实叙。诗人为什么会从竹林幽深景色联想到"斫取青光写《楚辞》"呢?黄秋涵云:"湘妃啼竹,望彻九嶷,借《楚辞》以写怨耳。"②意思是说,《楚辞·九歌》有《湘君》《湘夫人》篇,而湘娥啼竹的故事传说又和竹有联系,

---

① 见《汇解》卷二。
② 见姚文燮《昌谷集注》卷二引。

故诗人借以抒写情怀。说亦可通。不过我觉得这样理解,还不够圆融。因为《湘君》《湘夫人》的内容和李白《远别离》不同,根本没有涉及湘妃啼竹的事。"斫取青光写《楚辞》",可能与《九歌》中的另一篇《山鬼》有关。按,《山鬼》中有云:"余处幽篁兮终不见天。""幽篁",即幽深的丛竹。景物的具体描写,也就是竹林。不仅如此,《山鬼》通篇所表的孤独之情,寂寞之感,和当时李贺索居昌谷山中的心境更为契合无间。诗人面对眼前景物,自伤身世,浮想联翩,想到《楚辞·九歌》中《山鬼》所描绘的意境,借以抒其幽怨之情。从这个意义来说,这首咏竹诗,正如王氏所说:"慨世人无能知之也。"是有所寄托的。不过这种寄托在有意无意之间。诗人用笔,有如列子御风,凌虚无迹。决不能像王氏理解得那样实,那样死,那样牵强附会,拉沙抵水。

没有想象就没有诗,特别是李贺的诗。《四库全书总目提要》说得好:"贺之为诗,冥心孤诣,往往出笔墨蹊径之外。""又所用典故,率多点化其意,藻饰其文,宛转关生,不名一格。如'羲和敲日玻璃声'句,因羲和驭日而生'敲日',因'敲日'而生'玻璃声',非真有敲日事也。又如'秋坟鬼唱鲍家诗',因鲍照有《蒿里吟》而生'鬼唱',因'鬼唱'而生'秋坟',非真有唱诗事也。循文衍义,讵得其真?"①这是体会、欣赏李贺诗的一把钥匙,给我们以无穷的启发。从这诗也可看出诗人"点化其意","宛转关生"的丰富联想和"冥心孤诣"的独特艺术构思。王氏之失,正坐"循文衍义",求其说而不得,又从而为之辞故也。

也许有人会问:把"斫取青光"理解为"断竹为简",可是竹简在唐代是不存在的。我的回答是:诗是生活感受的提炼,而不是生活现象的记录。李贺在另一首《赠陈商》诗里说:"长安有男儿,二十心已朽。《楞伽》堆案前,《楚辞》系肘后。"倘若不是竹简,就说不上"系"。难道李贺读的《楚辞》,真的是韦编的古竹简,而且把它挂在身上吗?懂得诗的读者就会知道,这话只不过是说,自己喜爱《楞伽经》和《楚辞》而已。因《楚辞》是古代的书而生竹简,因竹简而生"系",又因"系"而生"肘后"。"宛转关生","《楚辞》系肘后"的诗句,就是产生于这一系列的联想的。而况这里的"斫取青光写《楚辞》"乃是虚拟之词,更不应求之于牝牡骊黄之内了。

---

① 见同前。"羲和敲日玻璃声"是《秦王饮酒》诗中句。"秋坟鬼唱鲍家诗",是《秋来》诗中句。

读柳宗元、李德裕和苏轼三首七言绝句

我国古典诗歌,绝大部分是封建士大夫的作品。由于生活的局限,写来写去,不外相思离别、宫怨闺情、念国忧时、登临览古、边塞风光、田园逸兴、羁旅愁怀、身世感慨,以及宴游居处、投赠应酬,等等。然而就在这重复着千万遍的题材里,却涌现出大量的优秀诗篇。它们各以其思想情感的深度和广度,感动着处于类似环境中的异代读者;特别是它们在艺术上的丰富性和多样性,对我们更具有启发意义和借鉴作用。

这里举三首为例:一是柳宗元的《与浩初上人同看山寄京华亲故》:

海畔尖山似剑芒,秋来处处割愁肠。若为化得身千亿,散上峰头望故乡。

一是李德裕的《登崖州城作》:

独上高楼望帝京,鸟飞犹是半年程。青山似欲留人住,百匝千遭绕郡城。

另一首是苏轼的《澄迈驿通潮阁》①:

余生欲老海南村,帝遣巫阳招我魂。杳杳天低鹘没处,青山一发是中原。

这三首诗都是篇幅短小的七言绝句,作者都是迁谪失意的人,写的同样是在边远的南荒之地北望中原的感慨,而且同样是以山作为描写的背景;然而它们所反映的诗人心情各不相同,诗的意境和风格也是迥然各别的。

读柳诗,它首先给我们的印象,是奇异的想象,独特的艺术构思;而这并不是有意出奇制胜,故作惊人之笔。

柳宗元是进步诗人。早年他参加了以王叔文为首的"永贞革新",积极进行政

---

① 原诗二首,这是其中的第二首。

治活动。不幸失败了,被贬为永州司马。十年之后,执政中有人怜惜他的才能,想加以任用,曾经和刘禹锡等人一同奉诏进京。可是由于阻力太大,结果仍被分发到更边远的地区。这诗是他任柳州刺史时所作。当时他还是个中年人。"一斥不复,群飞刺天。"①政治上沉重的打击,使得他愤激不平,终年生活在忧危愁苦之中。《新唐书》本传说他,"既窜斥,地又荒疠,因自放山泽间。其堙危感郁,一寓诸文"。这首诗里一连串奇异的想象,正是"堙危感郁"心情的具体写照。

"一身去国六千里,万死投荒十二年。"②"自放山泽间",为的是借山水以消遣愁怀,然而正如李白所说借酒浇愁一样,"抽刀断水水更流,举杯消愁愁更愁"。③特别在秋天季节,草木变衰,自然界一片荒凉,临水登山,更使人百端交感,愁肠欲断。从肠断这一意念出发,于是耸峙在四周的奇峰峻岭,着眼点便在于它的峻削陡峭,在于它的"尖",从而使群山的形象,转化为无数锋利的剑芒,这"愁肠"仿佛就是被它们"割"断似的。说"海畔尖山",正以见地处西南滨海,去故乡之远。身在贬所,"望故乡"而不能归故乡,当然是痛苦的;然而"远望可以当归",却又能从这痛苦中得到某种满足。于是在无可奈何的矛盾心情的支配下,他就尽情地望去,唯恐其望得不够。这无数像剑芒一样"割愁肠"的"尖山",山山都可以"望故乡",可自己只有一个身子,一双眼睛,该怎么办呢?我们不要忘记,和他一同看山的是个和尚④,而佛经中有化身的说法⑤。在这种微妙的启示下,诗人就想入非非,想到"化得身千亿"了。

在这首诗里,诗人就是通过上述一系列的形象思维来揭示其内心世界的。

诗题标明"寄京华亲故"。"望故乡"而"寄京华亲故",意在诉说自己的愁苦的心情,迫切的归思,希望在朝旧交能够一为援手,使他得以狐死首丘,不至葬身瘴疠之地。

二十年前,我在《唐诗选》"柳宗元评介"中说:"他的诗,像悬崖峻谷中凛冽的

---

① 韩愈《祭柳子厚文》中句。
② 柳宗元《别舍弟宗一》诗中句。
③ 李白《宣城谢朓楼饯别校书叔云》诗中句。
④ 诗题里的"浩初上人",是龙安海禅师的弟子。佛教称有道德的人为"上人",后来用作僧人的代称。浩初上人,即浩初和尚。
⑤ 佛经中有化身之说。隋慧远《大乘义章》十九:"佛随众生现种种形,或人或天,或龙或鬼,如是一切,同世色相,不为佛形,名为化身。"

潭水,它经过冲沙激石、千回百折的过程,最后终于流入险阻的绝涧,停蓄到彻底的澄清。冷冷的清光,鉴人毛发;岸旁兰芷,发散着幽郁的芬芳。但有时山洪陡发,瀑布奔流,会把它激起跳动飞溅的波澜,发出凄厉而激越的声响,使人产生一种魂悸魄动的感觉。"曾举此诗及《登柳州城楼寄漳、汀、封、连四州刺史》和《别舍弟宗一》等篇为例①。倘若说,此诗给人以惊心动魄的强烈感染力,是诗人跳动飞溅的情感波澜无法抑制,奔进而出,那么李德裕那首《登崖州城作》,其感人之处,则在于另一种深沉的意境。

李德裕是杰出的政治家。武宗朝任宰相,在短短的秉政六年中,外攘回纥,内平泽潞,扭转了长期以来唐王朝积弱而混乱的国势②。正如范祖禹所说的那样:"李德裕以一相而制御三镇,如运之掌。使武宗享国长久,天下岂有不平者乎!'"③可惜宣宗继位之后,政局发生变化,白敏中、令狐绹当国,一反会昌时李德裕所推行的政令。他们从私人恩怨出发,妒贤害能,排除异己,而李德裕更成为和他们势不两立的打击、陷害的主要对象。其初外出为荆南节度使,不久,又改为东都留守,接着左迁太子少保,分司东都,再贬潮州司马,最后终于将他窜逐到海南,贬为崖州司户参军。这诗就是他在崖州时所作。

作为身系安危的元老重臣的李德裕,无论在任何情况下,他那依恋君国的心情是不难设想的。王谠《唐语林》卷七有云:"李卫公在珠崖郡④,北亭谓之望阙亭。公每登临,未尝不北睇悲咽。题诗云……"他登临北睇,主要不是为了怀念乡土,而是出于政治上的向往与感伤。"独上高楼望帝京",诗一开头,作者当时心情就昭然若揭。"鸟飞犹是半年程",当然是艺术上的夸张;然而这种夸张,不仅极言路程的遥远,更重要的是借以寓托"君门九重","哀见君而不再得"的悲伤。

再说,李德裕当时的处境和柳宗元也不相同。虽然同是迁谪,柳宗元之在柳州,毕竟还是一个地区的行政长官,只不过因为他曾经是王叔文的党羽,弃置边地,不加重用而已。他思归不得,但北归的这种可能性还是存在的,否则他也不会乞援于"京华亲故"了。而李德裕之在崖州,则是白敏中、令狐绹等人必欲置之死地而

---

① 见《唐诗选》下卷一一二页。
② 参看《新唐书·李德裕传》。
③ 见《唐鉴》卷二十。
④ 珠崖郡即崖州。

后快所采取的一个决定性的打击步骤。在残酷无情的派系斗争中，他是失败一方的首领。他已落入政敌所布置的弥天罗纲之中。历史的教训，现实的遭遇，使他清醒地意识到自己必然会贬死在这南荒之地，断无生还之理。压在心头沉重的阴影，使得他在登临时所看到的山，着眼点便在于山的重叠阻深。"青山似欲留人住，百匝千遭绕郡城。"这"百匝千遭"的绕郡群山，不正成为四面环伺、重重包围的敌对势力的象征吗？人在极端困难、极端危险的时刻，由于希望已经断绝，心情往往反而会平静下来。不诅咒这可恶的穷山，不说人被山所阻隔，却说"山欲留人"，正是"事到艰难意转平"的心理状态的反映。

诗中只说"望帝京"，只说这"望帝京"的"高楼"是在群山环绕的天涯海角。通篇到底，没有提到迁谪的哀愁。从表面看来，语气似乎舒缓而宁静；然而正是在这舒缓而宁静的语气中，包孕着无限的忧郁与感伤。它的情调是深沉而悲凉的。

至于苏轼《澄迈驿通潮阁》所表现的作者的心情和诗的艺术风格，跟上面两首又不一样。

《宋史·苏轼传》："绍圣初，御史论轼掌内外制日所作词命，以为讥斥先朝。……贬宁远军节度副使，惠州安置。居三年……又贬琼州别驾，居昌化。昌化故儋耳地，非人所居，药饵皆无有。初僦官屋以居，有司犹谓不可。轼遂买地筑室，儋人运甓畚土以助之。独与幼子过处，著书以为乐。时时从其父老游，若将终身。徽宗立，移廉州。"这诗便是离开儋耳时所作。

苏轼自从应举以来，便卷入当时尖锐复杂的政治斗争之中。他秉性耿直，敢于发表自己的意见，因而经常受到排挤陷害。曾经下过狱，多次贬官。琼州这一次，是迁谪最远、打击最沉重的一次。从《宋史》本传上面一节记载里，我们不难看出这位饱经忧患的老人，是怎样自我地与世隔绝，在这"非人所居"的炎海边荒，度过其暮年生活的。苏轼之贬官海南，其遭遇虽然与李德裕有些相类似，但两人的思想、两人的政治地位和所处时代并不相同，因而心境也不一样。"余生欲老海南村"，不像"青山似欲留人住，百匝千遭绕郡城"那样的沉痛悲凉，而是反映了"此心安处即吾乡"①东坡思想旷达的一面。"山欲留人"，是客观的限制；"欲老海南"，是主观的心情。当时苏轼确是随缘且住，有终老此乡之意。这在他同时期所作的

---

① 苏轼《定风波》(自海南归赠王定国侍儿寓娘)词中句。

大量诗文以及流传的轶事里,完全可以得到印证。没有想到新皇帝登极、得以遇赦量移。这就使得他那久已熄灭的政治热情,重新在心底燃起微弱的余烬。"帝遣巫阳招我魂",正说出了这种心事。然而量移并非起复还朝,仅仅是现实处境有了转变的一个开端。在北宋后期政局多变的情况下,他的政治前途究竟怎样,还是很难说的。一种突如其来的喜悦夹杂着抚今思昔的感伤,微茫的希望伴和着迷惘的忧疑,交织在一起,汇合成为他当时复杂的心理状态。"杳杳天低鹘没处,青山一发是中原。"在登临北望的时候,一缕思绪便越过视线的尽头,飞向遥远的中原去了。李德裕在崖州城上,"望帝京",什么也没有望到;他那依恋君国的心情,是找不到着落之点的。苏轼在澄迈驿通潮阁上北望中原,看到的是微如一发,若有若无的青山;他的归思是有着而又无着的。

诗以轻微淡远的笔触,写绵邈蕴藉的含思,不仅恰到好处地反映出诗人当时的真实心境,同时也表现了东坡晚年诗文在艺术上更高的境界。所谓"绚烂之极,归于平淡"是也。

清人吴乔说:"意喻之米,文喻之炊而为饭,诗喻之酿而为酒。饭不变米形,酒形质尽变。啖饭则饱,可以养生,可以尽年,为人事之正道;饮酒则醉,忧者以乐,喜者以悲,有不知其所以然者。"①读了上面三首诗,我深深有这样一点体会:优秀的抒情诗,必然是用大量的生活原料酝酿出来的液汁。也就是说,诗是诉诸情感的,诗人没有必要对生活中的事件作正面叙写,而是要把生活中所感受到的东西加以提炼,集中地表现出来,用情感来扣住读者的心弦。这样的诗,读了如饮醇醪,是能使"忧者以乐,喜者以悲"的。诗的特质,司空图所说"辨于味而后可以言诗"的"诗味"②,正在于此。诗是语言的艺术,要品评这"诗味",就必须深入诗人的艺术构思;而要深入诗人的艺术构思,就必须了解诗人当时具体的处境和心情以及有关的本事。"颂其诗,读其书,不知其人,可乎?是以论其世也。"③孟轲"知人论世"之说,我想,应该还是不易之论吧。

原文刊载于《上海师范大学学报》(哲学社会科学版)1980 年第 1 期

---

① 见《答万季野诗问》。
② 见《司空表圣文集·与李生论诗书》。
③ 见《孟子·万章》下。"颂",字同诵。

晚照楼诗话

（"晚照楼诗话"是马茂元先生日常读诗心得的结集，现发表其中几节，以飨读者。）

沈云卿《独不见》一诗，开门见山，从卢家少妇居处写起，而以海燕双栖起兴，见独宿之苦，念远之情，全诗意思均由此生发出来；而人居堂上，燕在梁间，又是眼中所见实景，故能凑泊入妙，所谓在有意无意间也。颔联"九月寒砧催木叶，十年征戍忆辽阳"，由思妇写到征人，颈联"白狼河北音书断，丹凤城南秋夜长"，再由征人回到思妇，自然归结到尾联之"含愁不见""明月流黄"，与首联相呼应。用笔如弹丸脱手，而转换处不犯痕迹，于流动中见浑圆成完整之美。此乐府歌行之胜境，而初、盛唐人七言律诗所擅场也。

殷璠《河岳英灵集》卷下王湾下评云："湾词翰早著，为天下所称最者，不过一二。游吴中作《江南意》诗云：'海日生残夜，江春入旧年。'诗人已来，少有此句。张燕公（说）手题政事堂，每示能文，令为楷式。"唐末郑谷自编诗集二卷，题诗云："一卷疏芜一百篇，名成未敢暂忘筌。何如'海日生残夜'，一句能令万古传。"观此可见此诗影响之深远，不仅耸动一时，为燕公之所激赏也。此诗首联云："南国多新意，东行伺早天。""海日"句写破晓时一轮红日从宽阔的江心中涌出，是"早天""东行"所见之奇景；"江春"句言江南气候和暖，旧年未过，春意已萌，是"南国"所感之"新意"，亦即诗题所谓"江南意"。故结语云："从来观气象，惟向此中偏。"谓在同一季节末，自然气象，江南江北从来有所偏异也。此诗最早见于《英灵》，文字如此，其意绪语脉，宛然可寻。今通行本题为《次北固山下》，首联作"客路青山外，行舟绿水前";尾联作"乡书何处达,归雁洛阳边",便觉浮泛松散,无可取者;尤其是结语与上文意不相属,当以《英灵》为准。

又按:"海日"一联,构思之奇,与杜审言《和晋陵陆丞早春游望》之"云霞出海曙,梅柳渡江春",机杼略同,意境亦相近似。沈德潜云:"诗不可不造句。江中日早,残冬立春,亦寻常意思,而王湾云:'海日生残夜,江春入旧年。'一经锤炼,便成警绝,宜张曲江(当作'张燕公')悬以示人。"(《说诗晬语》卷下)谓"江春入旧年"之"春"为立春节,大误。诗人即景会心,惟在直觉。此写当时感受,非历书之推算节气。立春通常在开年以后,残冬立春,间或有之,乃是特例。此诗不知作年,沈氏所云,且亦无据,难以自圆其说也。至谓造句锤炼,则陈义尤卑。此二句之所以传诵千古,乃在诗人善于形象思维,能平中见奇,常中见险,使人读之如身临其境,光景长新。以造意胜,不以造句炼字胜,求之字句之间,本末倒置矣!

于𫖮镇襄阳,以苛暴著称。李涉献诗云:"方城汉水旧城池,陵谷依然世自移。歇马独来寻故事,逢人唯说岘山碑。"(《过襄阳上于司空𫖮》)此诗可与许浑《途经秦始皇墓》对读。许诗云:"龙盘虎踞树层层,势入浮云亦是崩。一种青山秋草里,路人唯拜汉文陵。"两诗都是以仁讽暴,对比见意。优游善入,婉而多讽,风格颇相近似。所不同者,李所讽是现存当权者,故正反两面的对比是暗比,不说他所要否定的反面,而是一味歌颂正面,从正面的光圈中照射出所谴责的反面。诗是送给于𫖮看的,没有一句提到于𫖮,然而却又都是针对于𫖮有感而发的。这意思通过"逢人唯说岘山碑"的"唯说"透露出来。时移世易,陵谷变迁,羊祜已是历史人物了。为什么襄阳人民还是如此怀念他,而且只怀念他而不称别人?这难道不是向于提出一个尖锐的问题,促使他深长思之吗?献诗的目的在此。言者无罪,闻者足戒。所谓词微而意显也。至于许浑所讥刺的秦始皇,是历史上所公认的暴君,当然用不着什么顾虑,可以从两个方面着笔,所以诗的前两句写秦墓,后两句说汉陵。然而在写秦墓时,也并没有明白地表现出讥刺之意,而只是慨叹于华屋山丘,权势之不能长保。到结句才从"路人唯拜汉文陵"的"唯拜"点出秦墓之无人瞻仰。用笔之妙,与李诗同一机杼。不如此,则浅直无诗味矣。谢逸说:"霸陵与秦皇墓相近。……衰草颓坟,气消影灭,秦汉无异也。然行路之人知拜霸陵而不拜秦皇墓,为君仁与不仁之异,至是有定论矣。"(《唐诗品汇》卷五十三引)这话说明此诗作意,深得诗人之用心。

韩愈《湘中酬张十一功曹》诗云:"休垂绝徼千行泪,共泛清湘一叶舟。今日岭猿兼越鸟,可怜同听不知愁!"此诗写迁谪失意之感,作于贞元二十一年(公元805年)由衡州赴江陵途中。岭猿越鸟,北人应该听而生愁,诗却说所听不知愁,这是由于南迁日久,惯听猿鸟悲鸣,精神上已丧失反应的敏感,处于一种麻木不仁状态,故曰"可怜",谓可悲可叹也。此等处,乍看易忽略,但细加玩味,便觉沉着深厚,惊心动魄。"不知愁",正见其愁之深,所谓透过一层法也。白居易《新乐府·卖炭翁》有云:"可怜身上衣正单,心忧炭贱愿天寒。"写的也是在特定情况下的反常心理。但《卖炭翁》用第三人称叙述语气,说明衣单而愿天寒的原因,是"心忧炭贱",语意显豁呈露,一看就明白,与此诗不同。何焯说此诗"召还志喜"之作。纪昀评云:"退之胸襟阔,自别有一种兴趣,反用猿鸟语,亦唐人所未有。"照他们看来,"可怜"在这里作可爱称。意谓情随境迁,今日同听岭猿越鸟,但觉其可爱而不知其可愁。如此理解,殊肤浅可笑,跟诗人当时心境是不相符合的。贞元十九年(公元803年),韩愈与张署同官监察御史,因直言极谏,同贬南方,韩任阳山令,张任临武令。到了贞元二十一年(公元805年)八月,宪宗登位,政局发生变化,随着赦令的颁布,迁谪官员纷纷还朝,而韩愈和张署却因湖南观察使杨凭从中作梗,仅改官江陵府。韩任法曹参军,张为功曹参军。遭受这一沉重的政治打击,他们的心情非常沉重。韩在《八月十五夜赠张功曹》诗里说:"昨者州前槌大鼓,嗣皇继圣登夔皋。赦书一日行万里,罪从大辟皆除死。迁者追回流者还,涤瑕荡垢朝清班。州家申名使家抑,坎轲只得移荆蛮。判司卑官不堪说,未免捶楚尘埃间。同时辈流多上道,天路幽险难追攀。"具体叙说了这次改官经过和他们的处境,堪作此诗注脚。而"君歌声酸辞且苦,不能听终泪如雨",则是两人心情的写照,更可与此诗首句发明。正因为"坎轲荆蛮",还朝无路,崎岖绝徼,泪眼相看,故作宽慰之辞,说"休垂绝徼千行泪"。倘如义门所说"召还志喜",则本无涕泪,何云"休垂"? 这话就于义无着了。

陈陶《陇西行》:"誓扫匈奴不顾身,五千貂锦丧胡尘。可怜无定河边骨,犹是春闺梦里人!"魏泰《临汉隐居诗话》云:"李华《吊古战场文》曰:'其存其殁,家莫闻知。人或有言,将信将疑。睅睅心目,梦寐见之。'陈陶则云:'可怜无定河边骨,犹是春闺梦里人!'盖愈工于前也。"杨慎《升庵诗话》云:"汉贾捐之《议罢珠崖疏》云:'父战死于前,子斗伤于后,女子乘亭鄣,孤儿号于道。老母寡妇,饮泣巷哭,遥设虚祭,想魂乎万里之外。'《后汉·南匈奴传》、唐李华《吊古战场文》全用其意语,总不若陈陶诗……一变而妙,真夺胎换骨矣。"按:魏泰和杨慎所论都肤泛而不切实际。《议罢珠崖疏》说的是战争的残酷以及战争给人民带来巨大的痛苦;《吊古战场文》说的是征人战死,消息尚未证实时家人的悲哀,与《陇西行》所写情事各异,是难以较量工拙的。《陇西行》动人之处,全在征人战死,而少妇不知消息。诗的新意,就是从这里生发出来的。从这个意义来说,许浑《塞下曲》差堪相提并论。许诗云:"夜战桑干北,秦兵半不归。朝来有乡信,犹自寄寒衣!"用意与《陇西行》略同。结句"犹自寄寒衣",无穷悲慨之意尽在其中,"犹"字的用法,也和《陇西行》一样。然而陈诗却脍炙人口,成为传诵千古的名篇;许诗注意的人并不多,这是因为在艺术构思和审美价值上两者是有差异的。盖两诗虽同是认死作生,而《塞下曲》所写,正于寄寒衣一事;《陇西行》则托诸梦境化实为虚,给读者留有空阔的想象余地。此其一。《陇西行》写春闺忆远,积思成梦,梦缘心生,美景良辰,赏心乐事,凡所深切向往之欢娱情景,均可于迷离恍惚之梦境中得之。岂知所梦之人,已是无定河边白骨。由梦境转入现实,哀乐相形,于强烈的鲜明对照中,给人以惊心动魄、富有悲剧意味的美感。所谓以乐写哀,益倍增其哀乐,非如《塞下曲》之一味悲苦也。此其二。"夜战桑干北,秦兵半不归。"言兵凶战危,大军一败,猿鸟虫沙,同罹浩劫,义只此耳。而"誓扫匈奴不顾身,五千貂锦丧胡尘"则歌颂国殇勇敢赴敌,壮烈牺牲,激昂慷慨,高唱入云,读之使人感发兴起。就思想意义言,和《塞下曲》也有上下之别。此其三也。

原文刊载于《上海师范大学学报》(哲学社会科学版)1986 年第 3 期

唐诗赏析三题

李白《静夜思》

床前明月光,疑是地上霜。
举头望明月,低头思故乡。

这首五言绝句,用的是乐府旧题。绝句来源于乐府民歌;在曲子词还没有兴盛以前,绝句也就是唐代的乐府。从人们所熟知的旗亭画壁的故事,便可知道当时伶工歌女唱的多是绝句诗。正因为绝句来源于乐府民歌,正因为它是流传在口头上的歌唱文学,所以在体制上和其他诗体有所不同。司空图在《与李生论诗书》中有这样几句话:"盖绝句之作,本于诣极,此外千变万状,不知所以神而自神也。"意思是说,写绝句诗,要有极高的艺术造诣,能够把"千变万状"的丰富诗意,提炼压缩在极短的篇幅之中,达到出神入化的境地;而又要极其自然,使不得一点气力,逞不得一点才学,见不出一点针线的痕迹。这才是本色当行。

在繁星灿烂的盛唐诗坛上,绝句诗作者众多、名家辈出,其中成就最高的是李白和王昌龄。胡应麟说:"太白诸绝句,信口而成,所谓无意于工而无不工者。"[1]王世懋则认为:"(绝句)盛唐惟青莲、龙标二家诣极。李更自然,故居王上。"[2]怎样才算"自然",才是"无意于工而无不工"呢?这首《静夜思》就是个榜样。所以胡氏特地把它提了出来,说是"妙绝古今"。

---

① 见《诗薮》内编卷六。
② 见《艺圃撷余》。"青莲"是李白的别号,"龙标"指王昌龄,因王曾任龙标尉。

这首小诗,差不多尽人皆知,连五六岁的孩子们也都能上口成诵。它既没有奇特新颖的想象,更没有精工华美的辞藻;它只是用叙述的语气,写远客思乡之情,然而它却意味深长,耐人寻绎,千百年来,如此广泛地吸引着读者。

一个作客他乡的人,大概都会有这样的感觉吧,白天倒还罢了,到了夜深人静的时候,思乡的情绪,就难免一阵阵地在心头泛起微澜;何况是月明之夜,更何况是明月如霜的秋夜!

月白霜清,是清秋夜景;以霜色形容月光,也是古典诗歌中所经常看到的。例如梁简文帝萧纲《玄圃纳凉》诗中就有"夜月似秋霜"之句;而稍早于李白的唐代诗人张若虚在《春江花月夜》里,用"空里流霜不觉飞"来写空明澄澈的月光,给人以立体感,尤见构思之妙。可是这些都是作为一种修辞的手段而在诗中出现的。这诗的"疑是地上霜",是叙述,而非摹形拟象的状物之辞,乃是诗人在特定环境中一刹那间所产生的幻觉。为什么会有这样的错觉呢?不难想象,这两句所描写的是客中深夜不能成眠、短梦初回的情景。这时庭院是寂寥的,透过窗户的皎洁月光射到床前,带来了冷森森的秋宵寒意。诗人朦胧地乍一望去,在迷离恍惚的心情中,真好像是地下铺了一层白皑皑的浓霜;可是再定神一看,四周的环境告诉他,这不是霜痕而是月色。月色不免吸引着他抬头一看,一轮娟娟素魄正挂在窗前,秋夜的太空是如此的明净!这时,他完全清醒了。

秋月是分外光明的,然而"秋月色令人凄恻",它又是清冷的。对孤身远客来说,最容易触动旅思秋怀,使人感到客况萧条,年华易逝。凝望着月光,也最容易使人产生遐想,想到故乡的一切,想到家里的亲人。想着,想着,头渐渐地低了下去,完全浸入沉思之中。

从"疑"到"举头",从"举头"到"低头",形象地揭示了诗人内心活动,鲜明地勾勒出一幅月夜思乡的诗意图。

这短短四句诗,写得清新朴素,明白如话,简直是一首白话诗。它的内容是单纯的,但同时却又是丰富的,它是容易理解的,却又是体味不尽的。诗人所没有说的,比他已经说出来的要多得多。它的构思是细致而深曲的,但却又是不假雕琢,浑然无迹的。从这,我们不难领会到李白绝句的"自然","无意于工而无不工"的妙境。

胡应麟又说:"古诗、乐府后,惟太白诸绝近之。"①沿流溯源,从艺术风格上指出它的传统继承关系,这话是确有所见的。为了说明问题,不妨读一读《古诗十九首》里的一首:

明月何皎皎,照我罗床帏。
忧愁不能寐,揽衣起徘徊。
客行虽云乐,不如早旋归。
出户独彷徨,愁思当告谁?
引领还入房,泪下沾裳衣。

和《静夜思》一样,也是写月夜思乡的情景,也是从床前月光写起;但它通过"揽衣徘徊""出户彷徨""引领入房"一系列的行动描绘,千回百折地抒写了无可告诉的愁思。两诗的具体内容及其表现手法并不完全相同,然而从诗的意境来说,则深婉自然,波澜莫二。王士禛说《古诗十九首》"如天衣无缝"。② 从这首《静夜思》,又可看出李白诗和《古诗十九首》一脉相承之处,李白是怎样把《古诗十九首》的艺术特色运用到篇幅短小的绝句之中。

杜甫《堂成》

背郭堂成荫白茅,
缘江路熟俯青郊。
桤林碍日吟风叶,③
笼竹和烟滴露梢。④
暂止飞鸟将数子,
频来语燕定新巢。

---

① 见《诗薮》内编卷六。
② 见郎廷槐《师友诗传录》。
③ 桤,蜀地所产之木,易于成长,三年成荫。
④ 蜀地方言,称大竹为笼竹。

>　　旁人错比扬雄宅,
>　　懒惰无心作《解嘲》。①

　　浣花草堂,是我国诗歌史上圣地。千百年来,它和伟大诗人杜甫的名字连在一起;和"少陵""工部"一样,"浣花"成了杜甫的代称。杜甫遗留下来那些不朽诗篇,就有一部分是在草堂里吟成的。

　　杜甫于唐肃宗乾元二载(公元759年)年底来到成都,在百花潭北、万里桥边营建一所草堂。经过两三个月时间,到第二年春末,草堂落成了。这诗便是那时所作。

　　诗以"堂成"为题,写的主要是草堂景物和定居草堂的心情。堂用白茅盖成,背向城郭,邻近锦江,坐落在沿江大路的高地上。从草堂可以俯瞰春郊景色。诗的开头两句,从环境背景勾勒出草堂的方位。这是个绝好的所在啊!中间四句写草堂本身之景,反映出新居初定时的生活和心情。

　　从安史之乱起,到这时已四年多,杜甫一直是转徙于兵燹之间。沉重的时代灾难,实在把他折磨得够了。现在,居然得到一个安定的环境。对于自己所亲手经营的新居,寄予以一种特殊深厚的情感,这是不难理解的。诗的妙处,就在于通过自然景物的描写,把诗人当时的心情细致而生动地表现出来了。

　　"桤林碍日""笼竹和烟",从这两句的描写,可以想象草堂的清幽。它隐在丛林修篁深处,透不进强烈的阳光,好像有一层漠漠轻烟笼罩着。"吟风叶""滴露梢"是"叶吟风""梢滴露"的倒文。说"吟",说"滴",则声响极微。连这微细的声响都能察觉出,可见诗人生活得多么宁静;他领略、欣赏这草堂景物,心情和草堂景物完全融合在一起。因此,在他的眼里,飞鸟语燕,各有深情。"暂止飞鸟将数子,频来语燕定新巢",正是以自己的欢欣,来体会禽鸟的动态的。在这之前,他像那"绕树三匝,无枝可依"的乌鹊一样,带着孩子们奔波于关陇之间,后来才漂流到这里。草堂营成了,不但一家人有了个安身之处,连禽鸟也都各得其所。那么,翔集的飞鸟,营巢的燕子,不正是与自己同其喜悦,莫逆于心吗?然而

---

①《解嘲》,汉代扬雄所作的一篇文章,内容是假设人嘲笑他仕官失意,他作了辩解,实际是借以发泄胸中的牢骚。

这只是问题的一面。杜甫之卜居草堂,是否如陶渊明之归田园,诗中所抒之情,是否如同陶诗之"众鸟欣有托,吾亦爱吾庐"①呢?则又不尽然。我们知道,杜甫来到成都,是为了避乱;可是这里并不是隔绝人世的桃花源,在那"干戈犹未定"②的岁月里,谁又知道能够在这儿定居多久!再说,杜甫来到成都的第一天,他就怀着"信美无与适,侧身望川梁。鸟雀各夜归,中原杳茫茫"③的羁旅之思;直到后来,他还是说"此身那老蜀?不死会归秦"。④ 因而草堂的营建,对他只不过是颠沛流离的辛苦途程中息肩之地,而终非投老之乡。从这个意义来说,尽管新居初定,景物怡人,而在宁静喜悦的心情中,总不免有彷徨忧伤之感。"以我观物,故物皆着我之色彩。"⑤这种复杂而微妙的矛盾心理状态,通过"暂止飞鸟"的"暂"字深深地透露了出来。

尾联"旁人错比扬雄宅,懒惰无心作《解嘲》",有两层涵义。

扬雄宅又名草玄堂,故址在成都少城西南角,和杜甫的浣花草堂有着地理上的联系。杜甫在草堂吟诗作赋,幽静而落寞的生活,和左思《咏史》诗里所说"寂寂扬子宅,门无卿相舆"的情况颇相类似。扬雄曾闭门著书,写那模拟《周易》的《太玄》,草玄堂因而得名。杜甫初到成都,寓居浣花溪寺时,高适《赠杜二拾遗》诗说:"传道招提客,诗书自讨论。……草《玄》今已毕,此后更何言?"就拿他和扬雄草《玄》相比;可是杜甫在《酬高使君相赠》里的答复,却是"草《玄》吾岂敢,赋或似相如"。这诗说草堂不能比拟扬雄宅,也是表示自己并没有像扬雄那样,写《太玄》之类的鸿篇巨著。这意思是可以从上答高适诗里得到印证的。此其一。扬雄在《解嘲》里,高自标榜,说自己闭门草《玄》,阐明圣道,无意于富贵功名。实际上,他之所以要写这篇文章,正是狐狸吃不到葡萄就说葡萄酸的一种心理表现。我们知道,在唐朝,不是也有不少官途失意之士,以隐居作为入仕的"终南捷径"吗?至于杜甫,他本是个有宏伟抱负的人,怀着己饥己溺的积极用世之心,可是在实际政治生活中,遭遇到的却是一连串的无情打击。这次,他弃官入

---

① 《读山海经》诗中句。
② 《遣兴》诗中句。
③ 《成都府》诗中句。
④ 《奉送严郑公入朝十韵》诗中句。
⑤ 王国维语。见《人间词话》。

蜀,意味着对唐王朝的腐朽统治,已有一定程度的认识;他只不过把这草堂作为避乱偷生之所,和草玄堂里的扬雄心情是不同的,因而也就懒于发那《解嘲》式的牢骚了。这是第二层意思。

诗从草堂营成说起,中间写景,用"语燕新巢"作为过脉;由物到人,最后仍然归结到草堂,点出身世感慨。"背郭堂成"之"堂",和"错比扬雄宅"之"宅"遥相呼应,关合之妙,不见痕迹。

李商隐《霜月》

> 初闻征雁已无蝉,
> 百尺楼高水接天。
> 青女素娥俱耐冷,①
> 月中霜里斗婵娟。②

文学作品,特别是诗歌,它的特点在于即景寓情,因象寄兴。诗人不仅是写生的妙手,而应该是随物赋形的化工。最通常的题材,在杰出的诗人的笔底,往往能够创造出一种高超优美的意境。读了李商隐的这首《霜月》,我想,会有这样的感觉。

这诗写的是深秋季节,在一座临水高楼上观赏霜月交辉的夜景。它的意思只不过说,月白霜清,给人们带来了寒凉的秋意而已。这样的景色,会使人心旷神怡。然而这诗所给予读者美的享受,却大大超过了我们在类似的实际环境中所感受到的那些。虽然诗的形象很单纯,而它的内涵则是饱满而丰富的。

秋天,草木摇落而变衰,眼里看到的一切,都是萎约枯黄,黯然无色;可是清宵的月影霜痕,却显得分外光明皎洁。这秋夜自然景色之美意味着什么呢?"青女素娥俱耐冷,月中霜里斗婵娟。"尽管"琼楼玉宇,高处不胜寒",可是冰肌玉骨的绝代佳人,愈是在宵寒露冷之中,愈是见出雾鬓风鬟之美。她们的绰约仙姿之所以不同

---

① 青女,即青霄玉女,主霜雪的女神。素娥,即月里的嫦娥。
② 婵娟,美好的容态。

于庸脂俗粉,正因为她们具有耐寒的特性,经得起寒冷的考验啊!

写霜月,不从霜月本身着笔,而写月中霜里的素娥和青女;青女、素娥在诗里是作为霜和月的象征的。这样,诗人所描绘的就不仅仅是秋夜的自然景象,而是勾摄了清秋的魂魄,霜月的精神。这精神是诗人从霜月交辉的夜景里发掘出来的自然之美,同时也反映了诗人在混浊的现实环境里追求美好、向往光明的深切愿望,是他性格中高标绝俗、耿介不随的一面的自然流露。当然,我们不能说,这耐寒的素娥、青女,就是诗人隐以自喻;或者说,它另有所实指。诗中寓情寄兴,是不会如此狭隘的。王夫之说得好:"兴在有意无意之间。"① 倘若刻舟求剑,理解得过于窄实,反而会缩小它的意义,降低它的美学价值。

范元实云:"义山诗,世人但称其巧丽,至与温庭筠齐名。盖俗学只见其皮肤。其高情远意,皆不识也。"他引了《筹笔驿》《马嵬》等篇来说明。② 其实,不仅咏史以及叙志述怀之作是如此,在更多的即景寄兴的小诗里,同样可以见出李商隐的"高情远意"。叶燮是看到了这点的,所以他特别指出李商隐的七言绝句,"寄托深而措辞婉"。③ 于此诗,也可见其一斑。

这诗在艺术手法上有一点值得注意:诗人的笔触完全在空标点染,诗境如海市蜃楼,弹指即现;诗的形象是幻想和现实交织在一起而构成的完美的整体。秋深了,树枝上已听不到聒耳的蝉鸣,辽阔的长空里,时时传来惊寒的雁阵。在月白霜清的宵夜,高楼独倚,水光接天,望去一片澄澈空明。"初闻征雁已无蝉"二句,是实写环境背景,这环境是美妙想象的摇篮,它会唤起人们绝俗离尘的意念。正是在这个摇篮里,诗人的灵府飞进月地云阶的神话世界中去了。后两句想象中的意境,是从前两句生发出来的。

原文刊载于《名作欣赏》1981 年第 1 期

---

① 见《薑斋诗话》。
② 见魏庆之《诗人玉屑》卷十五引《诗眼》。
③ 见《原诗》外编下。

附录

马茂元先生学术年表*

1918 年
农历九月十三日出生于安徽桐城县西门内马宅,字懋园,乳名贺宝。

1925 年
私塾读书。祖父马其昶聘请李诚(字敬夫),来马家教育长孙马茂元。马先生后来追忆道:"敬夫师,是我学业的奠基人,更是我治学的楷模。"

1931 年
9 月,入安徽桐城中学学习。

1935 年
7 月,桐城中学毕业,考入无锡国学专修学校。校长唐文治、闽派诗首领人物陈衍,均亲自执教。另有留校任教的钱仲联亦为先生业师。
12 月,为庆贺唐文治校长七十寿辰,马先生献诗祝寿,双目失明的唐先生使人诵而听之,首肯再三。陈衍对马先生也极力赞赏,他的《拾遗室诗话》选择极严,但也将这位年轻学子的诗作入选若干,褒奖有加。

1937 年
11 月日军侵占无锡前夕,唐文治率领全校师生内迁,辗转湘西,最后到达桂

---

* 本年表由王从仁撰写。

林。马先生随着学校迁徙到湘西。

1938 年
无锡国学专修学校毕业。

1939 年
8 月,任安徽省桐城县立中学初中语文教员、安徽省立第二临时中学高中语文教员,并任安徽省中小学补充教材编审会编审,负责编辑高中语文课本。

1945 年
8 月,任安徽省政府教育厅编审,核阅该省教育法规,任安徽省政府教育厅秘书、省政府主席李品仙秘书。

这期间,马先生进入旧诗创作的高峰期,吟诗酬唱,声名鹊起。其作多发表于《学术世界》《新学风》《安徽日报》《皖报》等报刊。随着国民党政府统治变得岌岌可危,他的不少诗歌创作都抒发了对时局的担忧和对归隐田园的向往。

1949 年
1 月,桐城解放,先生逃离了当时还在国民党统治下的省城安庆,来到桐城,任桐城中学教师。

1950 年
3 月,任南京市立师范学校文史教员,住表兄宗白华家,直至次年 1 月。

1951 年
2 月,任上海同济中学语文教师和上海大公职业学校兼课教师。

1953 年
10 月,任华东速成实验学校师资训练部语文教员。

1954 年

8月,任上海师范专科学校讲师、副教授,中国古典文学教研室主任。

1956 年

6月,《古诗十九首探索》由作家出版社出版。

1957 年

12月,《韩昌黎文集校注》(马其昶校注、马茂元编次整理)由古代文学出版社出版。

1958 年

4月,《楚辞选》由人民文学出版社出版。

1960 年

《唐诗选》(上、下册)由人民文学出版社出版。

1962 年

主编的《中国历代文学作品选》(中编)由中华书局上海编辑所出版。

1981 年

任上海师范大学中文系教授、上海市古籍整理小组成员。后调任上海师范大学古籍整理研究所教授、顾问,文学研究所教授。

4月,《晚照楼论文集》由上海古籍出版社出版。

6月,《古诗十九首初探》由陕西人民出版社出版。

1984—1986 年

主编的《楚辞研究集成》(四册)由湖北人民出版社出版。

1985 年

5月,选注的《唐诗三百首新编》由岳麓书社出版。

1986 年

11月,作为"隋唐五代文学"支编副主编的《中国大百科全书·中国文学卷》由中国大百科全书出版社出版。

12月,《韩昌黎文集校注》(马其昶校注、马茂元整理)由上海古籍出版社再版。

1989 年

8月,主编《十大诗人》由上海古籍出版社出版。

12月12日,逝世于上海,享年71岁。

1999年7月,《马茂元说唐诗》由上海古籍出版社出版。

10月,《唐诗选》由上海古籍出版社再版。

图书在版编目(CIP)数据

马茂元论唐诗/马茂元著；刘晓编. —上海：中西书局，2024
(上海师大中文学术文库/刘畅主编)
ISBN 978-7-5475-2265-3

Ⅰ.①马… Ⅱ.①马…②刘… Ⅲ.①唐诗—诗歌研究 Ⅳ.①I207.227.42

中国国家版本馆CIP数据核字(2024)第097278号

马茂元论唐诗

马茂元　著
刘　晓　编

责任编辑　汪惠民
封面设计　黄　骏
责任印制　朱人杰

出版发行	上海世纪出版集团　中西书局(www.zxpress.com.cn)
地　　址	上海市闵行区号景路159弄B座(邮政编码：201101)
印　　刷	常熟市人民印刷有限公司
开　　本	710毫米×1000毫米　1/16
印　　张	14
字　　数	223 300
版　　次	2024年8月第1版　2024年8月第1次印刷
书　　号	ISBN 978-7-5475-2265-3/I・253
定　　价	98.00元

本书如有质量问题，请与承印厂联系。电话：0512-52601369